人类能够创建文明，很重要的一个原因是因为能够想象出现实中不存在的东西，让我们珍惜这种能力。

刘慈欣

刘慈欣

祖籍河南，长于山西，高级工程师，中国作家协会会员，中国科普作家协会会员，中国科幻代表人物，亚洲首位世界科幻大奖雨果奖得主。

自1999年处女作《鲸歌》问世以来，刘慈欣已发表短篇科幻小说三十余篇、出版长篇科幻小说六部，十次荣获中国科幻最高奖银河奖。他的长篇代表作“三体”三部曲被普遍认为是中国科幻文学的里程碑，将中国科幻推升到了世界高度。

中国科幻基石丛书
主编 姚海军

刘慈欣文集
8

随笔集

刘慈欣
著

重庆出版集团 重庆出版社

写在“基石”之前

姚海军

“基石”是个平实的词，不够“炫”，却能够准确传达我们对构建中的中国科幻繁华巨厦的情感与信心，因此，我们用它来作为这套原创丛书的名字。

最近十年，是科幻创作飞速发展的十年。王晋康、刘慈欣、何夕、韩松等一大批科幻作家发表了大量深受读者喜爱、极具开拓与探索价值的科幻佳作。科幻文学的龙头期刊更是从一本传统的《科幻世界》，发展壮大成为涵盖各个读者层的系列刊物。与此同时，科幻文学的市场环境也有了改善，省会级城市的大型书店里终于有了属于科幻的领地。

仍然有人经常问及中国科幻与美国科幻的差距，但现在的答案已与十年前不同。在很多作品上（它们不再是那种毫无文学技巧与色彩、想象力拘谨的幼稚故事），这种比较已经变成了人家的牛排之于我们的土豆牛肉。差距是明显的——更准确地说，应该是“差别”——却已经无法再为它们排个名次。口味问题有了实际意义，这正是我们的科幻走向成熟的标志。

与美国科幻的差距，实际上是市场化程度的差距。美国科幻从期刊到图书到影视再到游戏和玩具，已经形成了一条完整的产业链，动力十足；而我们的图书出版却仍然处于这样一种局面：读者的阅读需求不能满足的同时，出版者却感叹于科幻书那区区几千册的销量。结果，我们基本上只有为热爱而创作的科幻作家，鲜有为版税而创作的科幻作家。这不是有责任心的出版人所乐于看到的现状。

科幻世界作为我国最有影响力的专业科幻出版机构，一直致力于对中国科幻的全方位推动。科幻图书出版是其中的重点之一。中国科幻需要长远眼光，需要一种务实精神，需要引入更市场化的手段，因而我们着眼于远景，而着手之处则在于一块块“基石”。

需要特别说明的是，对于基石，我们并没有什么限定。因为，要建一座大厦需要各种各样的石料。

对于那样一座大厦，我们满怀期待。

目录

写在“基石”之前 …………………… 姚海军 I

混沌中的科幻 …………………… 1

筑起我们的金字塔 …………………… 7

消失的溪流 …………………… 13

电子诗人 …………………… 19

理想之路 …………………… 29

“SF 教” …………………… 37

无奈的和美丽的错误 …………………… 43

明天晚上有电影 …………………… 49

在 2000 年度中国科幻银河奖颁奖会
暨北师大科幻联谊会上的发言 …………………… 53

《异度空间》访刘慈欣 …………………… 57

科幻与魔幻的对决 …………………… 63

三维的韩松 …………………… 67

我们是科幻迷 …………………… 71

《东京圣战》和《冷酷的方程式》 …… 75
第一代科幻迷的回忆 …… 79
《超新星纪元》后记 …… 87
文明的反向扩张 …… 91
被忘却的佳作 …… 99
从双奖看美国当代科幻 …… 107
远航！远航！ …… 111
我们需要的科幻 …… 119
从大海见一滴水 …… 127
《球状闪电》后记 …… 141
《球状闪电》访谈 …… 145
五十年后的世界 …… 151
科幻边界上的诸神复活 …… 169
快乐的科幻 …… 177
也祝柳文扬生日快乐 …… 181
西风百年 …… 183
我的科幻之路上的几本书 …… 197
写在《三体》第二部完成之际 …… 203

为什么人类还值得拯救? …… 207
《中国科幻小说年选》前言 …… 219
关于人类未来的断想 …… 225
当科普的科幻尝起来是文学的 …… 229
寻找家园之旅 …… 233
在平淡中创造神奇的三十年 …… 237
“三体”系列第三部《死神永生》完成 …… 241
技术奇点二题 …… 243
重返伊甸园 …… 253
AI 种族的史前时代 …… 261
科幻文学中的青春和梦 …… 265
一个和十万个地球 …… 269
重建对科幻文学的信心 …… 277
漫游在末世的美国大地上 …… 283
雷·布拉德伯里 …… 287
科幻阶梯阅读荐书榜 …… 291
奇点前夜的科幻小说 …… 297
拥抱星舰文明 …… 303

城市，由实体走向虚拟 …… 311
给女儿的一封信 …… 315
壮丽的宇宙云图 …… 321
走了三十亿年，我们干吗来了？ …… 327
2013 年，转化中的科幻文学 …… 335
珍贵的末日体验 …… 339
最糟的宇宙，最好的地球 …… 345
《三体》英文版后记 …… 351
黑暗森林猜想 …… 357
诗意的科幻 …… 361
星海中的蜉蝣 …… 367
时间足够你爱 …… 373
人与机器的黑暗史诗 …… 377
新冠疫情与外星人 …… 383
科幻的原力 …… 387
科幻文学中的可持续未来 …… 397

混沌中的科幻

成都《科幻世界》笔会期间，在青城山上的一个深夜，我第一次倾听中国最优秀的科幻作者谈他们的科幻思想。周围有许多高大的柱子围绕着我们，柱子上有繁星般的点点灯光，使人如同置身外星世界。他们对科幻的思考深刻、严肃而执着，给我留下难以磨灭的印象。相比之下，我对科幻的思考是混乱和漫不经心的。现在，既然《星云》杂志让我谈这些思考，只好让大家领略一下这种混乱了。

一、科幻为什么能存在？

任何一门艺术的存在，都是因为它有着某种别的艺术不具备、并且无法代替的东西，这种东西就是这门艺术的灵魂。那么，科幻的灵魂是什么呢？

首先，不是其中的文学人物。人物的刻画对科幻小说来说十分重要，但同纯文学不同，大部分科幻名著并不是由于其人物而流传下来的，科幻历史中也没有形成纯文学历史中那样鲜明而多彩的人物画廊。在一些科幻小说中，如阿瑟·克拉克的《诅咒》，根本没有人；在更极端的例子中，如博尔赫斯的《巴别图书馆》，连具有人性的替代物都没有。

其次，也不是幻想。人类上古时代的文学中就早已充满了幻想，那不是什么稀罕东西。

但没有任何一种文学与科学如此天衣无缝地融为一体，科幻的灵魂是科学。

科幻小说的另一个独有的优势是它极其广阔的视野。一部《战争与和平》，洋洋百万字，也只是描写了一个地区几十年的历史；而像阿西莫夫的《最后答案》这样的科幻小说，短短几千字就生动描述了包括人类在内的整个宇宙几十亿年的历史。如此的包容量和气魄，是传统文学不可能达到的。

科幻的视野能到达传统文学不可能到达的时空范围，科幻是最大气的文学！

二、科幻美学原理

写下如此“伟岸”的标题，连我自己也觉得不好意思，但想到今后相当长的一段时间里，国内不会有封面印着此标题的巨著，所以也就厚着脸皮写下去了。

科幻的灵魂是幻想（混乱开始了），科幻小说的成功，在很大程度上取决于其幻想的奇丽与震撼的程度，这可能也是科幻小说的读者主要寻找的东西。问题是,这种幻想从什么地方才能找到?世界各个民族都用自己最大胆、最绚丽的幻想来构筑自己的创世神话,但没有一个民族的创世神话如现代宇宙学的大爆炸理论那样壮丽,那样震撼人心;漫长的生命进化故事的曲折和浪漫,也是上帝和女娲造人的故事所无法相比的。还有广义相对论诗一样的时空观,量子物理中精灵一样的微观世界,这些科学所创造的世界不但超出了我们的想象,而且超出了我们可能的想象。如果没有科学,我们把自己的脑髓榨干也无力创造出这样的幻想世界来。所以,科学是科幻小说力量的源泉。

科学是一座美的矿藏,但科学之美同传统的文学之美有着完全不同的表现形式。科学的美感被禁锢在冷酷的方程式中,普通人需要经过巨大的努力,才能窥见她的一线光芒。但科学之美一旦展现在人们面前,其对灵魂的震撼和净化的力量便是巨大的,某些方面是传统文学之美难以达到的。而科幻小说,正是通向科学之美的一座桥梁,它把这种美从方程式中解放出来,展现在大众面前。

除了科学,甚至连技术也蕴含着巨大的美感。诗人奥斯卡·王尔德在19世纪末曾这样表述过对美国的印象:“我一直期望相信,力的线条也是美的线条。在我注视着美国机器的时候,这一期望得到了实现。直至我见到了芝加哥的供水系统,我才意识到机器的奇妙;钢铁连杆的起落,巨大轮子的对称运动,是我见过的节奏最美的东西……”

比起科学之美来,技术之美更容易为大众所感受。一个小男孩(女孩我不知道)第一次被带到一台大机器面前时,很难想象他不会感觉到一种发自内心深处的震撼。我至今还清楚地记得,当自己第一次看到轰鸣的大型火力发电机组,第一次看到高速歼击机在头顶呼啸而过时,那种心灵的震颤，这震颤只能来自对一种巨大的强有力的美的深切感受。任何一个平庸的男人，在看到一幅航空母舰或太空飞行器的照片时，都会不由自主地眼睛一亮。是什么吸引了他？当一个小男孩偷偷旋开爸爸的手表，敬畏地看着那些微小的精美零件在小小的空间中忙碌时，他是不是在读着一首歌颂技术之美的诗呢？这次从成都回家经过三峡，当船驶过三峡工地巨大的水泥构筑物时，当葛洲坝船闸高大的钢门慢慢关闭时，我看到了船上人们敬畏的眼神，这种敬畏是发自内心的，包含了对技术之美的感受和认可。技术之美产生了技术崇拜，常见的有高速行驶器（如赛车、赛艇和飞行器等）崇拜和武器崇拜。当然，这两种崇拜还有其他的原因，但不可否认技术之美在其中的作用。比起科学美，技术美更不为文学家所承认，甚至把它同丑陋连在一起。这其中的原因，可能有技术带来的负作用的影响，但技术本身的美感是无法否认的。

技术之美的另一个最奇特、最不可思议的特征是它的性别取向，它似乎只影响男性。关于这点说下去就偏了深了，我也不甚了了。

科学之美和技术之美，构成了科幻小说的美学基础。离开这个基础，科幻小说很难展现出自己独特的美。

现在，前卫的科幻时时在涌现，但其中科学和技术的影子越来越淡；科幻的定义时时在变，但每变一次就离科学更远一步。我伤心而无奈地看着这种变化。

三、以上论点皆不正确

上面所描述的，只是我自己想读和想写的那种科幻小说。如某位有识之士指出的那样，科幻小说中的科学和技术内核，是科幻迷读科幻的原因，同时也是大量其他读者远离科幻的原因。而现在的中国科幻事业，首要任务是争取读者。同时，在西方，科幻的范畴在急剧扩大，不管愿不愿意，我们必须去接触和欣赏那些新型的前卫的科幻小说。在这里，我想介绍一篇这样的科幻，借以说明自己的想法。

这个短篇叫《耳朵》，是一个名不见经传的作家史蒂夫·里斯伯格写的，讲述了这样一个故事：

一位医生给一名怀着双胞胎的孕妇诊断，这名孕妇来自战乱的波黑，目睹和经历了战争的血腥和残酷，精神受到了很大的刺激，同时她的营养状况很差，两个胎儿中只能存活一个。小说的前半部分描写医生给孕妇诊断的细节，平平淡淡，似乎没什么看头，但后来，一个噩梦般的震撼人心的情节出现了：当医生仔细观察孕妇的超声波照片时，看到在营养不良的子宫中，两个胎儿为争夺生存的权利进行着残酷的搏斗，其中一个胎儿正在用脐带把他的孪生兄弟勒死！

这是我读过的最恐怖的一篇科幻小说，它像一把灼热的烙铁，在任何读过它的人的脑海中烙下深深的印记。当然，我们可以给小说中加上一些“硬”科学，我们可以解释说母亲的精神影响到血液成分进而影响到胎儿云云，但任何的科学解释在这篇小说中都是画蛇添足，只会削弱它的力量！

从上面这些内容已经可以看出我的科幻观混乱到什么程度，这可能也是中国科幻思潮的一种反映。但目前科幻思潮的这种混乱，更像是一种混沌，宇宙大爆炸后几分钟的那种混沌。希望混沌的时空能很快发生扰动，宇宙尘开始凝聚，最终在中国科幻的宇宙中形成灿烂的星群。

发表于1999年第3期《星云》

筑起我们的金字塔

——由银河奖想到的

最近几乎把科幻忘了，灰色的现实几乎占据了全部身心。比如，在机构改革中，我所在的计算机中心包括我在内的四个人中只能留下两个，而裁掉哪两个要由我来决定。这是一个艰难的选择。这三位同事都很称职，也没有任何过错，我们一起在这太行山深处度过了数不清的不眠之夜，多少次一起憧憬未来，现在竟是这么个结局，想想心里很是沉重。

当姚海军的约稿把我拉回到科幻上来时，同以前不一样，我没有那种超脱感了。我突然发现，科幻是现实的一部分，它同样面临着现实中无处不在的那种艰难的选择。

1999年，我发表了四篇小说，按照完成时间的顺序是：《宇宙坍缩》《微观尽头》《鲸歌》《带上她的眼睛》。从这四篇小说中，可以看到一个明显的分水岭，这就是选择的结果。事实上，直到《带上她的眼睛》写完后很久，我都没接到唐风那个宝贵的电话，我的小说还没有一丝能发表的迹象。当投稿一年过后，我不得不研究《科幻世界》想要什么样的小说，于是买来杂志看（从古老的《科学文艺》改名后就很少再看），然后我创作了《鲸歌》和《带上她的眼睛》这样的小说。这之前我还尝试过别的风格，比如政治色彩浓厚的《新创世纪》，改变历史的《西洋》，甚至故作深沉的《时间流浪》。我不想这么变化，但终于明白，就算我像前十年那样执着于自己喜欢的那种科幻，最后也无法对那种科幻做出任何贡献。

没多少人认为《宇宙坍缩》和《微观尽头》有多出色，但正是这样的小说把我引进科幻世界，我写作的最终目标也是这样的小说。至于内涵，我想起了一位评论家对华莱士小说的评论："想从那里面找到文学美，就像从沙子中找雕塑美一样徒劳。"这话也适用于这种技术内核型的小说，它们只会让一些爱做技术梦的理工科低年级学生会心一笑，并从中体会到水晶一样单纯的快乐，我想不出它同厚重的文学和复杂的人性这些东西有什么关系，要从这方面评论，这样的小说确实毫无价值。这样的小说连所谓硬科幻都算不上，因为好的硬科幻是有相当的文学内容的，而这种技术内核型的小说，正如"水木清华"网站上的一位朋友所说，除了技术内核什么都没有，它的文学描写都集中在技术内核上，试图使技术诗意化。应该承认，比起文学型科幻来（包括硬科幻和软科幻），这样的小说在文学上很难达到一定的高度。但总有数量不多但相当固定的一群人喜欢这种小说，我就是其中之一。这十年来我一直在构思这样的小说，想写出来同这不多的人们一起分享，这对我和他们无疑都是一件十分快乐的事。后来我发现，这种想法是何等幼稚。但作为一个从童年时代就热爱科幻的人，我真的不想只读不写，于是就像一篇美国获奖小说的题目那样，变得现实。在我还是初中生，第一次提笔写科幻小说的时候，做梦都不会想到，我有一天要用科幻之外的东西去吸引读者，那东西是从那些以前看都懒得看的通俗小说中学来的。

汇集到科幻这个广场上的人们，他们有的是因爱科学而来，有的是因爱幻想而来，有的是因爱文学而来。他们从广场四周的各条大路小路上来，这些路呈放射状，方向不同，有的甚至相反，除了目的地相同外，它们没有一点相交的地方。所以目前网上关于科幻的那些争论永远不会有结果。大家的观点都对，但讨论的根本不是同一种东西。我们这一群盲人，是在摸着包括象在内的多个不同的动物在争论。但在这个多元化的时代，目的地相同已很不容易了。各条路上来的人在科幻广场上都有其存在的合理性，我们应齐心协力使这个广场繁荣起来，而多样性是繁荣的保证之一。

《带上她的眼睛》能得一等奖出乎我的预料，给我带来的思考远多于喜悦：我发现自己完全错误地估计了中国科幻读者的价值取向，他们想看的，不是我热爱的那种科幻。（但《科幻世界》对此把握得很准，现在说它什么的都有，但在对大多数读者取向的把握上，它真是没说的，毕竟二十年了！）而我在科幻上最擅长的方面，根本吸引不了读者，这摧毁了我以前坚定的自信。最初选择《鲸歌》和《带上她的眼睛》这样的写法是为了作品能发表出去，但现在我发现，如果想在科幻领域走下去，这是一条不归路。如果我接着写《宇宙坍缩》和《微观尽头》之类的作品，先是没人读，接着就会没人发了。我曾打算沿这条不归路走下去，其目标之一，就是希望有一天能够回到那出发的地方，那地方不大，人也不多，但那是我这样的科幻迷的家。

整个中国科幻，目前也同样面临着艰难的选择。中国科幻有自己的信念,也用一种令人敬佩的精神在坚持和推行这种信念。这种信念现在有两个倾向:宣扬科幻的科学性,或宣扬科幻的文学性。抛弃这些信念,对作者们是很痛苦的事。但现在的事实是:科学性(硬科幻)和文学性(软科幻)都难以改变中国科幻的现状,难以扩大它的规模。

请设想,假如克拉克和布拉德伯里是中国的科幻作者,中国科幻的现状是什么样儿呢?现实点儿想想,答案很明确:还是这样儿,甚至这二位也不会成为大师(克拉克的一些东西能不能发表都成问题)。但假如再出两位倪匡和黄易,会怎么样呢?答案同样明确:中国科幻的面貌一夜之间就会大变样,在这样的基础上,那些阳春白雪的高层次作品才能有底气。倪匡的小说我看不下去(黄易的好一些),但这并不影响我对他的尊敬。在车间里,我同工人们谈起科幻,发现他们都知道科幻,让他们知道科幻的不是克拉克和布拉德伯里,而是倪匡。我们哪个科幻作家能把科幻之火燃得如此广阔?

一座金字塔,最令人神往的是那高高的塔尖,但如果把塔尖切下来放到地上,它只是沙漠中一块不起眼的锥形石块,很快就会被时间之沙吞没,只有在宏大的塔身之上才能显示出它的神圣。中国科幻(外国也一样)的塔身是那些拥有大量读者的作品,只有这样的作品达到一定的数量,科幻作为一项产业达到一定的规模,高层次的作品才有存在的基础。科幻同主流文学不一样,后者有庞大的学院派评论和研究体系做后盾,这个体系可以保证真正高层次但一时不为普通读者理解的作品存在下去,但科幻显然不存在这种后盾,它的作品要想十年后有人看,必须在十天十个星期内有人看。看看世界科幻史,哪部经典之作不是靠广大读者留下来的?在目前的形势下,声称为十年二十年后写作,简直是痴人说梦。

我们向往着那座云中的金字塔,但现在要做的,还是齐心协力,在中国的大地上放好第一块沉重的基石。

发表于2000年第2期《星云》

消失的溪流
——20世纪80年代的中国科幻

科幻界有一种被大家默认的看法：中国没有自己的特色科幻，中国科幻只是对西方科幻的模仿。就目前的中国科幻而论，这种看法也不是全无道理，但从历史上看就不正确了。中国差一点儿就培育出自己的科幻，只是我们对这段历史全然不知。

这事发生在20世纪80年代初。

先请看以下作品：

一、《壮举》：从南极大陆拖运冰山，以缓解非洲干旱。（郑平，发表于1980年）[①]

二、《XT方案》：仍然是拖运南极冰山，不过是用其制冷以消灭台风。（黄胜利，发表于1980年）[②]

三、《吐烟圈的女人》：使城市中大型烟囱像吐烟圈一样排气，这样烟

①发表于《科普创作》1980年第1期。（本书注释均为编者所加。）

②发表于《海洋》1979年12月号。

气环可以上升到高空并飘得很远，不会污染城市空气。（20世纪80年代初发表于《科学文艺》，作者不详）[①]

四、《甜甜的睡莲》：利用麻风病细胞的侵蚀性和癌细胞的速生性进行整容手术。（鲁肇文，1981年发表于《科学画报》）[②]

五、《牧鱼》：使用电子网，用在草原上放牧的方式在大海中放鱼。（赵玉秋，发表于1980年）[③]

还可以举出那个年代的许多这样的作品。现在看这些作品，如同从憋闷的房间中来到原野，一种清新惊喜的感觉扑面而来。这种类型的作品在当时大量涌现，形成了20世纪80年代初中国科幻的一条支流。遗憾的是，这些迷人的小说即使在当时也几乎不为人知。这些小说有以下特点：

1. 幻想以当时已有的技术为基础，并且从已有的技术基础上走得不远。这些小说中描述的技术设想，即使在当时，如果投入足够资金的话真有可能实现，至少有理由进行立项研究。如《吐烟圈的女人》，这是一篇最能代表这类小说特点的作品，它所描写的技术设想，笔者在20世纪90年代初亲眼见到在日本的火力发电厂成为现实。

2. 技术构思十分巧妙，与历史上和同时代的作品极少重复，很多本身就是一项美妙的技术发明。

3. 技术描写十分准确和精确，其专业化程度远远超过今天的科幻小说。

---

①作者记忆有误，原作标题为《吐烟圈的女友》，发表于《科学文艺》1982年第3期，作者万焕奎。

②发表于《科学画报》1981年6月号。

③发表于《知识就是力量》1980年4月号。

4. 作品篇幅很短,如《吐烟圈的女人》,只有三五千字;大多以技术设想为核心,没有或少有人文主题,人物简单,只是工具而已,叙述技巧在当时也是简单而单纯的。

我不知道该如何称呼这些小说,可以叫它们技术科幻或发明科幻,但都不能确切表述它们的特点。我们应该关注的一点是:作为一个整体类型,这样的科幻小说在世界科幻史上是第一次出现。它们有些像凡尔纳和坎贝尔倡导的小说,但它们更现实,更具有技术设计的特点。同时在写作理念上,它们也与前者完全不同:这些作者是为了说出自己的技术设想才写小说的。看过这种小说后你会有一种感觉:它们像小说式的可行性报告,他们真打算照着去干!可以毫不夸张地说:这是中国创造的科幻!

吴岩老师曾经回忆过20世纪50年代中国科幻的燃情时代,本文所述的科幻也有它产生的历史背景。那时,浩劫刚刚结束,举目望去,一片废墟,无数人在默默地舔着自己的伤口。但在人们眼中,未来的曙光已经显现。虽然在现在看来,他们看到的曙光很大部分只是天真的幻影,但那时的天真已不是之前的天真,燃情时代已经过去,也不会再来了。那时,对新时代的思考还没开始,人们坚信,创造未来的奋斗虽是艰难的,但也是简单的,他们立刻投入了这种简单的奋斗,希望在所剩不多的时间里,为国家和自己创造一个光明的未来。那时,大学中出现了带着孩子的学生,书店里文学名著被抢购,工厂中技术革新成了一件最了不起的事情,科学研究更是被罩上了一层神圣的光环。科学和技术一时成了打开未来之门的唯一钥匙,人们像小学生那样真诚地接近科学,接近技术。他们不知道证明哥德巴赫猜想能给生活带来什么,但他们为此激动，只因为这是哥德巴赫猜想。人们并不知道科学和技术如何创造未来，只有一种现在看来十分幼稚单纯的想象。他们的奋斗虽是天真的，但也是脚踏实地的，中国科幻的这条支流就是在这样的情境下出现的。

一提起20世纪80年代的中国科幻，人们就想起了童恩正、叶永烈、郑文光等老一辈作家，但他们的作品并不是纯20世纪80年代的产物，而是“文革”前五六十年代的余光（甚至很多作品就是写于那时）。由于老一辈的作品强大的影响和艺术力量，真正的20世纪80年代科幻没有引起人们的注意。

但这条支流没有成功的主要原因，还在于他们本身的致命缺陷。如前所述，它们在艺术上十分粗糙，在可读性上吸引不了低层次读者，在文学性上对高层次读者来说更是不值一提，所以它们最终只能被技术型科幻迷所接受。另外，它们大多题材太小，没有震撼力——即使像《创举》和《XT方案》这样的大题材也没写出应有的气势来，总给人一种小品的感觉，这都是这股溪流消失的原因。

回顾中国科幻这段不为人知的历史，带给我们很多的思考。我们的科幻在那时曾经进行了轰轰烈烈的奋斗，我们总应该从这段历史中得到些什么。对20世纪80年代的中国科幻，特别是那时的科幻思想，我们大多持一种否定态度，认为它扭曲了科幻的定义，把它引向了一个不正确的方向。这种说法至少部分是不准确的。建立在科普理念上的作品只能说是科幻小说的一个类型，并不一定就是低水平的作品。阿西莫夫的很多作品都是建立在科普理念上的，克拉克也一样，甚至像《2001：太空漫游》这样的顶峰之作，其中也有相当的科普理念和内容。更准确的说法应该是：20世纪80年代的中国科幻类型太单一了。但问题是，这种单一在我们今天并没有什么改观，只是形式变了。就是今天的西方科幻，也并非除了新浪潮就是赛博朋克，比如1995年有一篇美国科幻小说，罗伯特·西尔弗伯格的《岩浆城的酷热日子》，描写一群接受劳教和戒毒的流浪汉用水龙头阻挡火山岩浆保护城市的故事。这篇东西即使放到我们的20世纪80年代，手法和风格也是传统和平实的，但它却经过严格的筛选，被收入《1995年美国最佳科幻小说选》。评论者认为：出自科幻小说领域几大天才作家的有影响的小说中，很少有像这篇这样给人印象深刻的。同时，美国科幻在理念上也没有完全抛弃过去，这几年美国仿古作品的大量出现就是证明，如史蒂芬·巴克斯特的《哥伦布号》（模仿凡尔纳）和《时间之舟》（模仿威尔斯），代夫·沃尔夫顿的《一个贫瘠之冬后》（模仿杰克·伦敦和威尔斯）等，这些小说都得到了很高的评价。

我并不主张现在的科幻都像那个风格，但至少应该有以科普为理念的科幻作为一个类型存在，在这个类型中，科普是理直气壮的使命和功能。要让大众了解现代科学的某些领域，可能只有科幻才能做到。科幻小说向神怪文学发展，被人誉为"向主流靠拢"；而来源于科学的科幻向科普倾斜却成了大逆不道，这多少有些不公平。

更重要的是，如前面提到的，那是中国自己的科幻，它的产生有深刻的原因，我们应该从中吸取有用的东西。大家一直在为中国特色科幻努力，却对曾出现过的地地道道的中国科幻全然不知，这是可悲的。现在那些所谓的中国特色科幻，用科幻来改造历史和神话，出来的东西比真实的历史和神话更乏味。难道中国只有几千年前的过去有特色？看看美国特色的科幻，每个细胞中都渗透着现代美国的文化价值观和生活方式。我们呢？几千年后的历史学家从出土的残书断简中，能看出现在这些小说是我们时代的产物吗？我们是怎么把这个时代的中国人的幻想留给后人的？

如果在西方，这段历史会在科幻史中大书特书，但我们却把它完全遗忘了。那些作者已完全淹没于时光之中，他们默默地来默默地走，全然不知自己已创造了一种世界科幻史上首次出现的真正的中国科幻。翻着这些发黄的书页，我感慨万千。我回忆起自己在停电的寒冷的学校宿舍中，在烛光下一字一句读那些小说时的情景。我写的《地火》就是模仿那些小说的风格，其中很大的愿望就是想让读者看看那条已消失的支流是什么样子，并向那些不知名的科幻前辈致敬。

发表于2000年第2期《星云》

电子诗人

各位幻友，新世纪将临，你们一定想从本世纪带些土特产过去。想来想去，想到一样：诗人。诗人当然不是本世纪的产物，但肯定是在这个世纪灭绝的。诗意的世纪已永远消失，在新世纪，就算有诗人，也一定像恐龙蛋一样稀奇了。

今年春天，看了斯坦尼斯拉夫·莱姆的《第一次旅行：特鲁尔的电子诗人》(《科幻之路》第四卷，是篇杰作，愿大家都去读读)，激动不已，随后在计算机前埋头苦干一周，把莱姆的幻想至少部分变成了现实：造出了一个电子诗人，或用吉布森在《神经浪游者》中的话说，一个诗人的“构念”。

我和“构念”都有自知之明，不想去同李白、雪莱比，但绝对能同现代派诗人比。据说现代派诗人讲究朦胧和自由，那就让他们同我的CPU比比，看谁朦胧过谁，谁自由过谁！

也许读这些诗时，有人觉得诗人的哪根神经搭错了，但这不正是现代诗所追求的吗？更重要的是，这是计算机的诗，人写不出来的！不信你照这风格试试，不一会儿就心力衰竭。

但电子诗人最大的优势在于速度，据最新测定，其产诗量为200行/秒（不押韵）或150行/秒（押韵）。这还是在我那台老态龙钟的166MMX机上的测试结果，要是到了PIII500上，呵呵……此外，电子诗人的产诗方式绝对全自动，除了告知行数外，不需人的任何干预。前天和朋友聚会，命其赋一首三十万行长诗助兴，真争气，半瓶二锅头还没喝完就赋出来了。遗憾的是，我等连几千分之一都没能欣赏完。但该诗人以其数学人格保证，以rand()函数保证，这三十万行中绝无一行重复！

电子诗人用VF编程，含五个程序模块、六个词库和一个语法库。本人刚刚对其进行了减肥，去掉了所有图形控件，虽不漂亮了，一副DOS样，但十分苗条，仅75K。本人愿作为新世纪的礼物送给各位科幻同仁。我没有主页，希望哪位能在网上提供一个地方供大家下载。

想想吧，当您已近暮年，和您不多的几个重孙站在生态防护罩内，二十个人造太阳从太空中洒下贼亮的光芒，这时，您对不多的几个重孙谈起我们这个浪漫而多情的时代。您压低声音告诉他们，曾有过夜这种东西，曾有过月亮这种东西，曾有过树这种东西、草这种东西……当他们大眼瞪小眼时，您又告诉他们，还有诗这种东西呢！

说时迟那时快，从您手腕上的奔30腕机上，成吨成吨地流出了……新诗！想想您那不多的几个重孙的表情吧，呵呵。

下面请大家再欣赏几首，怕有灌水之嫌，不敢多贴，更不敢贴长诗。

作品第75509号

我面对着黑色的艺术家和荆棘丛生的波浪
我看到,刺眼的心灵在午睡,程序代码在猛击着操场
在这橄榄绿的操场中,没有货车,只有蝴蝶
我想吸毒,我想软弱地变黄

我面对着光灿灿的冬雪和双曲线形的霞光
我看到,青色的乳房在飘荡,肥皂在聆听着海象
在这弱小的春雨中,没有贝多芬,只有母亲
我想上升,我想呼吸着地歌唱

我面对着宽大的小船和透明的微波束
我看到,枯死的渔船在叫,蒸馏水在铲起羊
在这多孔的青苔中,没有夏娃,只有老师
我想冬眠,我想可恶地发光

我面对着多血的史诗和悠远的大火
我看到,生机勃勃的战舰在沉默,透明裙在爱抚着操场
在这曲线形的奋斗者中,没有月光舞会,只有风沙
我想摆动,我想粗糙地惊慌

作品第28610号

哈，废墟是如此的烦死人
唉，我多想水晶般晶莹地打盹
到处都是苔藓，到处都是理性
到处都是八角形的上弦月和固态的初春

咦，夏令营是如此的波翻浪滚!
唉，我多想酸性地弹琴
到处都是数学，到处都是整数
到处都是曲线形的维纳斯和偏离重心的冰

啊，肋骨是如此的失落!
哈，我多想星形地吻
到处都是迪斯科，到处都是天窗
到处都是七彩的照明弹和卑鄙的灰尘

啊，威士忌是如此地深远!
咦，我多想爱跳舞地吻
到处都是雷电，到处都是奴隶社会
到处都是陡峭的《诗经》和宽大的黄金

作品第46号

对着黑暗的故宫，我思念

狂饮吧猜测吧冬眠吧抬头吧,弓形的新的一年

鬼影幢幢的消毒液追逐多疑的野马

骑士是杂乱

如果大洋已经绝望了,你就幻想吧!!

罗盘不是精确的,而是银光闪闪

我看到,奶色的重力在衰老,光合作用在欢送着阿米巴虫

襁褓,我要撞击你

洪荒时代是烦死人的如沙粒般渺小的高密度的浅浅的而且还是人造的!!

久旱的天线,像高能射线

娇小,在牛车上出现……

哈,我的篝火,我的冰,我的南极圈

啊呀,这无边的院墙,这绝美的逻辑啊!

让核能变得浊浪滔天

哦,哈!哈哈哈哈!!!

帆船咒骂滑雪衫

哦,雷电

聚会被污染

作品第28611号

小行星被呼唤

在固体的周围,只有胶状的稻田

不,我不想飞翔!!

我思念

三角函数被观看了!

在仙女座的周围,只有活的巨川

不,我不想自我吞食!!

我沉淀

蜻蜓被捏住了!

在东方快车的周围,只有哇哇叫的弓箭

不,我不想冒烟!!

我交谈

禁闭室被警告了!

在剑的周围,只有吱吱响的时间

不,我不想梦游!!

我腐烂

作品第28612号

到处是哲学家到处是湿风到处是印度洋到处是金碧辉煌的狂犬

只要春仍然是惊心动魄的,感觉就会冒烟

一切都在互相排斥一切都在下降一切都在发酸,啊……

只要放牛娃仍然在昏迷,深渊就还是严寒

到处是归宿到处是垂直线到处是烟丝到处是诱人的三角帆船……

只要猎户星座仍然是纯洁的,聚会就会眨眼

一切都在互相哭诉一切都在变红一切都在会谈,啊……

只要水潭仍然在打滚,老人就还是多变

到处是百合花到处是闹钟到处是斯芬克斯到处是充满幻想的海蜘蛛……

只要信天游仍然是蛋形的,晚会就会发酸

一切都在变黄一切都在思考一切都在狂饮,啊……

只要学者仍然在打滚,导火索就还是浊浪滔天

作品第47号

痰盂在跑

在花里,无数的星际在冷笑

我在大骂黑死病在替换激素在诱惑星光贝在处死梧桐树还在狂吻波音747

啊,我多想准确地上吊

你是我的悲剧,我是你的圆周率

哈哈哈哈!苦闷的静悄悄的无尽的城堡

霜在计算鱼群

只要荡妇仍然是宏大的,春雷就会号叫

作品第86号

我搏斗了

你是我的黑乎乎的绞索

温柔,痛苦,险恶……

为了堡垒,机关炮在交谈着……

我看到,绝望的少女在电离,鸭在照射着岩石

作品第28614号

想从前彩云是多么理想

烛光远在天边地躲避着镜像

忧伤的晨露,像虹

唉呀呀,她是我的黑色的泳装

想从前漫天大雪是多么黑乎乎……

染色体优美地跟踪着乌托邦

半圆形的水洼,像电话

呀,她是我的清高的弧光

想从前雷管是多么锯齿形……

公路有机地解放了着床

X形的银行,像皮肤

哦,她是我的高入云端的阳光

想从前船夫是多么固态……

赌场波光灿灿地润滑着高墙

宝塔形的白桦,像牛车

嘘,她是我的激动的病房

作品第38号

思念吧飞驰吧闪动吧震荡吧,半球形的淤泥!

我要沸腾我要爱我要摇头我要枯萎我还要痉挛呢!

结冰吧谈心吧叹息吧喘粗气吧,锯齿形的宙斯!

我要欢跳我要跳迪斯科我要谈判我要发誓我还要怒吼呢!

接吻吧发呆吧反思吧叽叽喳喳吧,广阔的丈夫!

我要互相撞击我要抬头我要徘徊我要繁殖我还要相对而笑呢!

拥抱吧说梦话吧抖动吧鼓掌吧,凛冽的峰顶!

我要转动我要变红我要念叨我要说胡话我还要高高地飞呢!

衰败吧膨胀吧转动吧沉睡吧,弱小的广义相对论!

我要熄灭我要腐蚀我要滚动我要抽搐我还要电离呢!

互相哭诉吧幻想吧下坠吧狼吞虎咽吧，酸性的打谷场！

我要高歌我要演说我要午睡我要苏醒我还要招手呢！

发表于2001年1月7日水木清华论坛“科学幻想”版

理想之路
—— 科幻和理想社会

在过去的时代，在严酷的革命和战争中，很多人在面对痛苦和死亡时表现出惊人的平静和从容，在我们今天这些见花落泪的新一代看来很是不可思议，似乎他们的精神是由核能驱动的。这种令人难以置信的精神力量可能来源于多个方面：对黑暗社会的痛恨，对某种主义的坚定信仰，以及强烈的责任心和使命感，等等。但其中有一个因素是最关键的：一个理想中的美好社会在激励着他们。

我认识父亲的一个老战友，他参加过朝鲜战争中震惊世界的长津湖战役。有一次，我试着同他谈科幻——我当然不指望从他那里得到什么有意思的回应——但万万没有想到，他的一句话，至今仍是我听到过的最深刻、最让我铭心刻骨的科幻评论：

“科幻小说好啊！干了这么多年革命，到现在我们也没让老百姓知道共产主义到底是啥样儿。”

他这句不经意的话所表达的东西，不但远远超出了当时的科幻思想

（要知道，那时距现在的中国科幻新思维时代，还有漫长的十多个年头啊！），也超出了今天的科幻思想。

重温这一百多年的科幻小说，我们如同走在一条由黑暗、灾难和恐怖筑成的长廊中。科幻小说家们对于阴暗的未来有着天生的感悟力，科幻小说的几乎所有巅峰之作都是在对这种未来的失望中产生的。在对未来的黑暗和灾难的描写中，科幻作家创造了最让人难忘的幻想世界，挖掘了最深刻的主题。这些黑暗和灾难，直看得人心灰意冷，汗毛倒立。外国科幻自不必说，在中国科幻中，未来的亮色也不多，20世纪90年代的新生代科幻尤其如此。看看近期得到承认的一些作品，大都是悲观色调的。国内作者中描写黑暗未来最成功的当属刘维佳。一般的悲观描写是使人有一种从悬崖下坠的感觉，昏眩中极力想抓住一根藤条什么的；但刘维佳笔下的黑暗则像是已摔到谷底，只剩下一片漆黑和垂死的剧痛了。

应该承认，黑暗未来是科幻中极有价值的主题，它像一把利刃，可以扎到很深的地方，使人类对未来可能出现的灾难产生戒心和免疫力。

但是，每个人之所以能忍受各种痛苦走过艰难的人生之路，全人类之所以能在变幻莫测的冷酷大自然中建起灿烂的文明，最根本的精神支柱就是对未来的憧憬。如果所有的希望都已破灭，可能连一只蚂蚁都难以生存下去。只描写人类刻意逃避的世界，而不描写人类做出难以想象的巨大牺牲、世世代代用全部生命去追求的世界，这绝不是完美的科幻。从社会使命来说，科幻不应是一块冰冷的石头，无情地打碎人类的所有梦想，而应是一支火炬，在寒夜的远方给人以希望；从文学角度讲，真正的美最终还是要从光明和希望中得到。

把美好的未来展示给人们，是科幻所独有的功能，在人类的文化世界绝对找不出第二种东西能实现这个目标。主流文学没有这个能力，它对现实的描写，使我们对人类走过的艰难历程有了鲜活深刻的记忆，但对人类所要去的地方却一无所知。事实上，中国老百姓并不知道共产主义是什么样子，西方老百姓也对他们的乌托邦想象不出什么轮廓。

人类生活最基本的寄托是对未来的希望，而唯一能把这种希望变成鲜活图景的科幻在这方面无所作为，不能不说是一个极大的遗憾，这种遗憾可能已远远超出了科幻的范围，它可能是人类精神生活中的一个惨痛损失。

《乌托邦》和《太阳城》只能算是政论著作，难以归入科幻文学，除此之外，西方科幻中很难见到描写光明未来的科幻经典（倒是出了大名鼎鼎的“反乌托邦”三部曲）。当然，一些小说中的未来世界也是有亮色甚至光明的，如克拉克的《天堂的喷泉》，但那大多是小说中技术主题的需要，作者没有也无意对那个光明的世界进行深入的或全景式的描写。外国为数不多的描写理想社会的科幻小说大多出自苏联，其中较为成功的有斯特鲁伽茨基兄弟的一些作品，但总的来说，它们在世界科幻史上没有什么地位。国内的理想社会科幻主要创作于20世纪50年代，但也没什么成功之作。《共产主义畅想曲》就不用说了，三十年后的《小灵通漫游未来》也只是把理想社会作为一个展示技术发明的橱窗。当时，共产主义是使用频率最高的一个词，按说应该能出现全景式描写共产主义社会的作品，但作家对这种理想社会形态的文学描写却极其谨慎，甚至连严格按马克思对它的定义进行一些文学图解都没有做过，这不能不说是一件很奇怪的事。

同描写黑暗和灾难的科幻作品相比,理想社会科幻的水平都较低。举一个较近的例子:《测谎仪》可以说是当代西方少见的理想社会科幻,但在这本书中,当人们都说真话时,人类社会的罪恶和纷争一扫而光,理想世界立刻到来了,字里行间的幼稚和天真到了让人无法忍受的程度。同样是描写真话世界的《真实之城》读起来则感觉大不一样,它创造的世界更为可信,但在那个世界中,说真话带来的灾难比益处大得多。

纵观国内外的理想社会科幻,给人最深的感受(也可能是唯一的感受)就是两个字:乏味。那些理想社会感觉就像是玻璃温室中的小泳池,纯白池底,水清澈到极点且平静如镜,不会游泳的人跳下去也能浮着。在这里游泳,对经过大风浪的人是一种休息,但游不了一会儿就真的乏味了。在理想世界中,罪恶、危险和灾难这类东西仿佛被一个强有力的吸尘器吸得无影无踪,一切都那么纯洁,那么合理舒适,整个社会如同一块晶莹的水晶,而这社会中的人都成了幸福宁静的机器,他们当然有工作,甚至还要作某种程度的努力和奋斗,但这都是为了使他们得到的幸福和宁静变得更显著而已。一句话,乏味。看多了这些小说,你甚至宁愿选择一个不那么理想的未来。

比起对黑暗和灾难的想象力来,人类对理想社会的想象力一贯贫乏,正如民间的一句话:人多大的苦都能吃,可不是多大的福都能享。记得我第一次听到共产主义的完整定义是在小学的一堂课上,老师特别说明了按需分配的含义:"同学们啊,那时你们想要什么,不用花钱,去商店拿就行了!"我还记得当时教室里发出的由衷赞叹声。但我记得更清楚,那时是早春三月,教室中炉子已经停了,很冷,比冷更难受的是饿,下了第二节课肚子就咕咕叫了。于是我就张开想象的翅膀,想着要是我按需分配一下子会去拿些什么。那时，首先要做的是去熟肉店搬一大块酱卤猪头肉出来，先吃耳朵再吃舌头……当时这伟大的想象征服了我，后来才知道，我的思想同赫鲁晓夫同志的土豆烧牛肉有异曲同工之妙。

同对灾难和黑暗未来的想象力相比，人们对理想未来的想象更多地受到他们所处社会环境的限制。记得小时候，对于爱看电影的我们来说，有一台黑白电视机的家真是一个如神话般美妙的仙境，可后来电视机有了，后来又换成彩色大屏幕的，还有了VCD甚至电脑，但又怎么样？我们得到的快乐并不比那虽然贫困但仍是金色的童年多，而且对未来的渴望反而增多了：我们又想要汽车，想要带游泳池的别墅。然而当拥有这些时，我们唯一的收获就是更多的渴望……

说到按需分配，这真是个神话吗？根本不是！按需分配社会的到来之快，可能远远出乎我们的预料，它没有我们想象的那么难，甚至比科幻小说中的大多数想象都更容易实现。事实上，只要人类在能源、材料和生物这三个领域中的任何两个取得重大突破，就足以形成按需分配社会的物质基础。

这就是理想社会了吗？远远不是。置身于那个社会远没有你想象的那么多快乐，但有一点可以肯定——那时你的梦想中将又有一个全新的理想社会了。

对灾难的想象可能从人在子宫中时就开始了，所以以后才可以毫不困难地把这种想象延伸到几百亿年之后（比如宇宙坍缩或热寂什么的）；但对理想世界的想象就这么艰难，只能比现实稍前一步。

那么，理想社会究竟是什么样呢？没有绝对的理想社会，它就像吊在拉车的毛驴前面的一小捆青草，你走它也走。对公元前的奴隶来讲，我们已经是理想社会了。我们只能够想象我们能够想象、并且经过努力能在小说中引起读者共鸣的那些。

再仔细看看共产主义的定义,请注意这定义中以前最不为我们注意的一句话:劳动是人们的第一需要。马克思的理想社会比我们想象中的要深刻得多!这句话是定义中的精髓,它使得理想社会已从猪头肉或土豆烧牛肉中升华了。在人类通往未来的漫长旅途中,不同的理想社会将如夜三峡中的航标灯一样不断地在前方出现,每一个新的理想社会都会对物质提出更高的要求。但质变将会出现,那时,理想社会突然把对物质的向往转移到精神上了。这个伟大的质变最有可能发生的时间是在按需分配的社会到来之际。

至于那时人类的精神向往具体是什么,很遗憾,我想不出来。可能他们的一生是不断地追求惊奇和刺激,但惊奇和刺激总得不断升级才有效果,这又太累了;也可能大到整个宇宙,小到每一个原子,在他们眼中都是一首美得让他们昏倒的诗,这又太玄乎了;也可能他们的一生都处于绝对无忧无虑的精神宁静中,但前面说过,这又太乏味;还有可能这些同时都有……

不论理想社会是什么样的,有一点可以肯定:理想社会是有灾难的。事实上,可能只有在人类被不可抗拒的大灾难毁灭前的一天,理想社会才能真正显示出它的优越来。

同别人一样,想象一个真正具有美感的理想社会对我来说也是十分艰难的,我只做了一小点尝试,它具体体现在将要发表的《微纪元》中。面对同样的大灾难,《流浪地球》中的人类走向了极端的专制和压抑,但在《微纪元》中,这种灾难却使人类无论从物质上还是精神上都得到了完美的升华。

我坚信,最美的科幻小说应该是乐观的,中国的科幻作者们应该开始描写美好的未来,这是科幻小说的一个新使命。“反乌托邦”三部曲已经诞生,我们应该从中国的土地上创造出科学的“乌托邦”三部曲。

这个使命也许只能由中国人完成,因为同西方文化相比,中华文化是乐观的文化!

发表于2001年第1期《星云》

"SF教"

——谈科幻小说对宇宙的描写

目前中国科幻缺少很多东西，其中有一样从未被人注意和提及，但极其重要。

中国科幻缺少宗教感情。

首先声明，本人是个坚定的无神论者。同时我们深知，科学和宗教水火不相容，科幻和宗教想来也是如此了。但有学者认为，现代自然科学之所以诞生在西方，同西方文化中浓厚的宗教感情有关。这是一个用压死人的巨著也说不清的题目，在此无力深究，只谈科幻中的宗教感情。

注意，这里谈的不是宗教，而是宗教感情。它不是对上帝的那种感情，它是无神论的，也没有斯宾诺莎什么的那么复杂。

科幻的宗教感情，就是对宇宙的宏大神秘的深深的敬畏感。

请看以下两则描写，其一是描写警察在星际追捕罪犯：

……警务飞船紧咬着走私飞船，掠过了一颗又一颗星球。每经过一颗星球时，走私飞船船长都仔细观察星球的地貌，他急切地想找到一颗地形合适的星球降落，同追击者决战，但一直找不到，只好回头看看越逼越近的警务飞船，咬紧牙关继续向前飞去……

其二是描写两艘以几分之一光速的速度飞行的巨型星际飞船的迎面相遇：

……“他们刚刚同我们错过去!”“××号”飞船上的领航员大喊，飞船驾驶员闻声猛地把操纵杆向回一拉，“××号”一个筋斗翻过来，转向180度，向那艘飞船追去……

以上两个情节(大意)都来自国内的科幻小说。前者给读者的印象是，宇宙比警匪片中的小镇子大不了多少，太空中的星球也就像小镇路边的一家家商店似的；后者使读者觉得，以光速级速度飞行的恒星际飞船的行为同大街上的出租车差不多。在这样的描写中，作者对宇宙的宏大是麻木不仁的。并不是说这样的描写完全不可接受，这样的情节在许多世界名篇中也时常出现，如《星际侦探》等。对于这些寓言式的小说来说，宇宙只是一个展开情节的工具。但科幻的主要魅力不在于此。

一艘巨大的宇宙飞船，在漆黑寂静的太空中飞向一个遥远的目标，它要用两千年时间加速，保持巡航速度三千年，再用两千年减速。飞船上一代又一代的人出生又死去，地球已经成了上古时代虚无缥缈的梦幻，飞船上的考古学家们已无法从飞船沧海桑田的历史遗迹中找到可以证实它存在的证据;那遥远的目的地也成了一个流传了几千年的神话,成了一个宗教的幻影。一代又一代,人们搞不清自己从哪里来;一代又一代,人们不知道自己到哪里去。大部分人认为,飞船就是一个过去和将来都永远存在的永恒世界,只有不多的智者坚信目的地的存在,日日夜夜地遥望着飞船前方那无限深远的宇宙深渊……这是多部西方科幻小说的主题。在这样的描写中你感到了什么?是宇宙的深远广漠,还是人生的短暂?也许,你会因此以上帝的眼光从宇宙的角度远远地俯瞰整个人类历史。你会感慨地发现,我们的文明只是宇宙时空大漠中的一粒微小的沙子。

人们可能会认为,科幻小说中描写的超光速航行和时空跃迁技术必然会使宇宙在感觉上变小,就像飞机和现代通信网使地球变小一样。这是对的。如果超光速技术真的可能实现,也许宇宙有一天在人类的感觉中只是一个村庄,就像今天的地球村一样。但我们是在谈小说,想一想,有两篇小说,一篇是描写哥伦布在茫茫的大西洋上,怀着巨大的恐惧和渺茫的希望寻找梦中的新大陆;另一篇描写一个公司职员乘飞机从巴黎到纽约出差旅行,你想看哪篇?同时,地球在实际上并没有被缩小,广阔的大地和海洋依然存在,现代人还在通过徒步旅行,还在举办"美洲杯"帆船赛,体验着古代人类在这个星球表面跋涉的浪漫和刺激。在目前大部分人还不能飞出大气层时,科幻小说没有理由把宇宙缩小成村庄。更重要的是,即使在超光速时代,宇宙作为一个整体,仍充满着巨大的神秘和震撼力。

弗雷德里克·波尔的小说《星辰之父》,描写了一个亿万富翁,穷毕生精力建造了几十艘巨大的宇宙飞船,均使用传统的火箭发动机,这些飞船载着几万人飞向茫茫太空，为人类开拓新的生存空间。在这些飞船出发几十年后，地球上的科学使超光速飞船成为现实，而这种飞船载着已至暮年的主人公，仅用了一两天时间就追上了那些几十年前出发的传统飞船，使得主人公和几万名先驱者用全部生命进行的壮举成了一场无意义的悲剧。在这篇小说中，波尔用两种技术的对比，同样使人感到了外太空的广阔、先驱者的悲壮和命运的无情。

描写时空跃迁的顶峰之作当属阿瑟·克拉克的《2001：太空漫游》，小说中表现的人类在神秘宇宙面前的那种恐惧、孤独和敬畏，令读者铭心刻骨，终生难忘。记得二十年前的那个冬夜，我读完那本书后出门仰望夜空，突然感觉周围的一切都消失了，脚下的大地变成了无限伸延的雪白光滑的纯几何平面。在这无限广阔的二维平面上，在壮丽的星空下，就站着我一个人，孤独地面对着这人类头脑无法把握的巨大的神秘……从此以后，星空在我的眼中是另一个样子了，那感觉像离开池塘看到了大海，这使我深深地领略到科幻小说的力量。

在忙碌和现实的现代社会中，人们的目光大都局限在现实社会这样一个盒子中，很少望一眼太空。我曾问过十个人白天会不会出月亮，除了一位有些犹豫外，其他人都十分肯定地说不会。现代社会同样造成了人们对数字的麻木感，没有人认真想象过(注意，是想象)一光年到底有多远，而一百五十亿光年的宇宙尺度在大多数人的意识深处同一百五十亿公里没多大区别。对宇宙的麻木感充斥整个社会。科幻的使命是使人们的思想更广阔、更深刻，如果读者因一篇科幻小说，在下班的夜路上停下来，抬头若有所思地望了一会儿星空，这篇小说就是十分成功的了。很遗憾，我们的科幻小说目前在相当程度上也处于这种麻木感之

中。这可能是由于以下两方面的原因:

首先是科幻理念上的原因。认为科幻小说同主流文学一样,是描写人与人之间的关系。在这种理念下,宇宙在作品中只是一个道具,一个背景,一个陪衬。不可否认,在这种理念下也产生了许多优秀的作品,但科幻小说最大的优势和魅力是描写人和宇宙的关系。宇宙在科幻小说中,应该是和人同样重要的主人公。《2001:太空漫游》的两部续集《2010:太空漫游》和《2061:太空漫游》之所以不太成功,很大的原因是作者把侧重点转向了描写人类社会的种种关系,并破坏了在《2001:太空漫游》中建立起来的那种宇宙的神秘和空灵。

其次,感受宇宙不是一件容易的事。站到高楼楼顶,我们有居高临下的感觉;坐在升到千米的热气球上,这种感觉更强烈,令人头晕目眩;但如果从一架在两万米高空飞行的客机上向下看,这种高度感反而减弱了;从几百公里高的轨道上的航天飞机里向下看,要想得到高度感可能多少要借助一些想象;而到三十多万公里之外的月球看地球,无论如何也得不到任何高度感了,这时的地球在我们眼中只是一个可爱的蓝色玩具。人类的感官对超大尺度的把握是十分困难的。宇宙的宏大也同时表现在相反的微观方向,人类感官对这个方向的把握更加困难。同时,现代科学对宇宙宏观和微观的思考已到了很深的程度,科学对宇宙的描述不仅超出了我们的想象,甚至超出了我们可能的想象。真切地体会宇宙的宏大,并在小说中把这种宏大表现出来,是需要超越常人的想象力和十分高超的表现技巧的,并需要作者对最前沿的现代科学有较深的理解,这是科幻小说永远面临的一个巨大挑战,也是最有吸引力的目标。

但这一切的前提,是科幻作者对宇宙的那种宗教感情。

有位哲学教授说过，哲学系新生的第一课应是在深夜长时间地仰望星空。我想这更应该是科幻作者的第一课，这能使他们在内心深处真正找到科幻的感觉。

宏伟神秘的宇宙是科幻小说的上帝，“SF教”的教义如下：

感受主的大，感受主的深，把这感觉写出来，给那些忙碌的人看，让他们和你有同样的感受，让他们也感受到主的大和深，那样的话，你和那些忙碌的人，都有福了。

发表于2001年2月22日水木清华论坛“科学幻想”版

无奈的和美丽的错误
—— 科幻硬伤概论

挑作品中的科学和技术硬伤是目前国内科幻评论的一个重要内容，特别是在网上的评论中，这占了很大的比例。在国外科幻网站，如 *Asimov*、*Galaxy*、*Amazing Story* 等杂志的网站上，也附有以评论为主的 BBS，但上面的评论中很少有挑硬伤的。所以，对作品硬伤的重视是中国科幻评论的一个特色。这是件大好事，它首先说明，不管目前对科幻的定义有多少种争论，在数量并不少的高层次读者心中，科学仍是科幻的灵魂。对科幻进行技术评论的论坛中，水平最高的当属水木清华论坛的“科学幻想”版（龙的天空网站对科幻作品的文学评论水平最高，但数量太少），其严格和精确当属世界之最。

中国科幻迷对科学准确性的这种追求，使我们不得不对科幻小说的硬伤进行一些系统的思考。以下就是笔者以自己的一些小说为例，对这个题目进行的一些探讨，只限于科技类的硬伤。

科幻的科技类硬伤可粗略地分为四类：

一、疏忽硬伤。这类硬伤都是由于作者粗心马虎所造成的，如《乡村教师》中的行星文明测试数量，《流浪地球》中地球绕太阳公转却不产生日夜，《邮差》中欧洲第二天知道亚洲战况等。这类硬伤没有什么讨论的价值，它是不应该出现的，反映了作者写作态度的不认真。不过说些题外话：现在写科幻的都是业余爱好者，忙完一天乱七八糟的事，晚上坐到电脑前静下心来时也到十点了，而硬伤与鬼魂有相似之处，都是在午夜时分出现……当然这不是理由，随便说说。

二、知识硬伤。这是科幻作品中出现得最多的一类硬伤，是由作者的知识水平所致。最典型的例子就是《鲸歌》中鲸长着牙，这已经到了让人无法容忍的地步，但笔者写的时候确实不知道，所以也没有办法。

创作科幻文学所需要的知识结构十分怪异，是一种“顶天立地”型的结构。“顶天”是说作者需要对最前沿、最深刻、最抽象的知识内核有透彻的理解；“立地”是说作者需要对最低层、最繁琐的技术细节有深刻的认识，而对于目前理工科专业学得最多的中间层次的知识反而要求不多。

以计算机为例，要写出好的作品，就要求科幻作者理解人工智能的哲学含义，从哲学层面上理解机器意识的深刻内涵，以及这种内涵对人类文明将产生的深远影响。他必须涉猎诸如图灵机、中文屋、哥德尔定律之类的普通计算机专业涉及不多的东西；另一方面，他还需要知道当主机房断电时，UPS发出的声儿听起来像什么；咖啡泼到键盘上时屏幕有什么反应……而学得最多的在实际工作中最有意义的C语言和JAVA编程倒是不太重要。

“顶天”的知识当然不容易获得，比如现代物理学，其最前沿的大多数理论离开了数学表述是很难真正理解的，而那些数学表述一般人很难看懂。由此在作品中产生偏差，比如在描写宇宙创生的一些小说中，大爆炸就像是在无际的漆黑空间中放了一大片焰火。

但给人误解最多的其实是“立地”的知识。很多人都认为只要作者勤奋就能获得这方面的知识，但事情可没那么简单。科幻与主流文学的一大区别在于，它所描写的现实大都是“非凡”的，很难亲历。可以肯定，现在的科幻作者们百分之九十九没见过火箭发射。笔者比较幸运，距太原发射基地较近，目睹过两次火箭发射，其中一次是阴天。后来在一篇美国科幻中看到了火箭穿过云层的描写，立刻知道那个家伙在想当然地瞎编，那种情景不亲眼看到是很难准确地想象出来的。由此也可以理解各专业的读者对科幻小说的轻蔑之情。外行作者在描写某个专业时，只能做到看上去专业，而不可能做到真正专业，在专业的读者面前，肯定是破绽百出。有人可能会说，这种专业的读者只是少数，其实不然，现在的科幻读者有相当部分是理工科学生，他们肯定遍布各个专业，像科幻常涉及的计算机专业和各种物理专业，读者人数并不少。科幻小说更多的关键性细节，在现实中根本就不存在，要想把这种真正的“科幻细节”写得严密，也不是一件容易的事。

所以，获得科幻写作完整的知识结构只看书是不行的，变成一个知识篓子并不能避免硬伤。这需要某种对科学和技术的深刻感觉，具有这种感觉的人写出的小说，信手拈来即滴水不漏。在国外这样的作者很多，但在国内科幻领域还没有见到。这样的人肯定有，但人家不会来写科幻，只有等我们这些科学和技术修养上先天不足的“票友”把科幻做大后，才可能吸引他们来。

以上的两类硬伤与科幻本身无关，所以从科幻理论的角度没什么讨论价值，而下面提到的两类硬伤则涉及科幻的本质。

三、背景硬伤。对这类硬伤，作者在写小说时是心知肚明的，但只能硬着头皮写下去，因为这种硬伤是故事赖以存在的条件，否则小说就没法写了。这样的硬伤在中外科幻中比比皆是。

一个典型的例子就是用身体透明方式来隐形。稍有常识的人都能想到，即使其折射率与空气相同，在现实环境中也不可能隐形，更别提隐形人的视觉问题了。威尔斯肯定想到了这些，但他还是把小说写出来了，现在已成经典。在所能见到的对《隐形人》的评论中，很少提到这些硬伤。而且现在又出了个《透明人》电影，虽然评论界有人说它是"垃圾"，但这也与其硬伤无关，这方面同样很少被提及。

另一个最典型的例子就是《冷酷的方程式》，它的硬伤就不用在这里细说了。在中国第二次直播澳星发射时，我们看到火箭冒出一股白烟后在发射台上不动了，事后知道是火箭上的控制系统检测到发动机的推力不够。中国的航天工程师完全不必沮丧，他们的火箭比那艘遥远未来的星际飞船强多了。这是科幻短篇经典中的经典，在《科幻之路》中，被冈恩称为"从没有哪一篇小说把科幻的要素和特点表现得如此充分"，现在仍被评论界不断地提及，以至于被称为"灼热的方程式"，但据我所知，从没有谁提到过它的硬伤。

这种硬伤可以看做是科幻作者和读者的一种约定。对于神话来说，那全是约定了，你只有先无条件认同作者写的全部，再去读他的书。对科幻来说,这种约定只是其中的一部分,是为了给那些真正科幻的东西搭一个舞台,如果非要去深究就没什么意思了。

四、灵魂硬伤。这是对于科幻来说最重要的一类硬伤,重要到它就是科幻的灵魂。这里涉及一个问题:仅从科幻意义来说,最高级的科幻小说是什么?

让我们剥开科幻这颗洋葱:最外层的是那些把科幻作为外衣的武侠和言情;然后是把现有技术进行超前一步应用所产生的故事;再向里是可能出现的技术和世界。以上三类是目前最常见的科幻,它们的共同点在于,其中所描写的世界都是运行在已知宇宙规律之下的。再向里是洋葱的心,它是这样一种科幻:它幻想的是宇宙规律,并在其上建立一个新世界。

这是最高级的科幻,因为没有比幻想宇宙规律本身更纯粹的科学幻想了;同时也是最难写的科幻,比如把万有引力与距离的关系改一下,改成线性或三次方,那宇宙会变成什么样?这绞尽脑汁也难想出来。纵观世界科幻史,这类作品很少,成为经典的更少。目前,科幻界评价较高的有《重冰》和《博彩世界》两篇,都是美国人所作,前者描述冰的比重突然变得比水大,从而对世界产生的后果(同志们可以想想会有什么后果);后者则描写了一个以打赌为基础的社会。但这两部作品所改变的自然和社会规律都不太基本。《巴比伦塔》也有这方面的影子,克莱门特写了一些类似的小说,且此公科学功底深厚,很少出错,但那些小说并不好读,看它们比看《第一推动》都费神。这类科幻与神话最根本的区别在于:它要在自己创造的宇宙规律下使世界自洽,这是写科幻时最难的思想体操，是造物主的活儿。

硬伤成了这类科幻的灵魂。这类科幻的理念就是要考查宇宙带伤运行时是什么样儿，这事儿也只有科幻能做到。

综上所述：出现疏忽硬伤，格杀勿论；知识硬伤，指出来，给作者一个学习的机会（虽然再学恐怕也改善不了多少）；背景硬伤，装着没看见；灵魂硬伤，您很幸运，这是最棒的科幻了！

发表于2001年第3期《异度空间》

明天晚上有电影

中央电视台6套节目将播放《珊瑚岛上的死光》。如果要回顾中国科幻,可以说没有哪部作品比它更能引起我们的回忆和感叹了。这与它的内容无关,它的内容现在也没有太多可讨论的。它之所以意义重大,是因为它像一件文物,全面反映出中国科幻第二个黄金时代的面貌。作为一个老科幻迷,它也引起我很多美好的回忆。下面是我所知道的有关它的事。

《珊瑚岛上的死光》写于20世纪60年代,1978年发表于《人民文学》,几月号忘了。"人民文学"这四个字在当时可是很了不得的,几乎是文学圣殿的代称,是中国主流文学最权威的刊物(不过那时也没有太多的其他文学),能在其上发表的作品是公认水平最高的。小说发表之后,在社会上引起了很大的反响。这种反响与现在是有本质区别的,这就需要谈谈当时中国科幻的读者群状况。当时的中国,是没有科幻迷这个概念的,也没有什么科幻圈,这种状况一直持续到20世纪80年代中期。当时,科幻的读者也许并不比现在多,但却分布于社会的各个阶层,优秀科幻小说的影响是全社会的,与现在科幻的票友文学状态完全不同。当时国内有一项很权威的评奖,即全国最佳短篇小说奖,它在文学界分量很重,那一时期的著名作家有相当大的比例是从这个奖项中脱颖而出的。在该奖的读者投票中(那时的主流文学奖也要读者投票,这是很有意思的事),这篇小说得票数居于前列,但由于它太另类,评委们便把它放到了获奖名单的最后。不过,那个奖项好像没有什么一等二等的,只要获奖的都一块列出来。于是,这篇小说被广为传阅(与它同一时期产生巨大影响的还有《哥德巴赫猜想》)。《人民文学》后来还至少刊登过两篇科幻小说,其他的主流文学杂志上也不断有科幻小说出现,像魏雅华的小说还在文学评论界引起了激烈讨论。想想那时主流文学与科幻的关系何等亲密,可现在它们一个成了虽已破落却更加清高的穷酸绅士,另一个成了流落街头没名没户的小盲流,两人互相翻着白眼儿看不起对方,唉。

这之前,新时期已经有科幻小说在各种杂志上零星出现,但《珊瑚岛上的死光》却是改变概念之作。在这篇小说中,普及科学技术已不是主体,且政治色彩很浓,使人们对科幻小说有了一个新的认识。

当时苏联《真理报》有文章评论这篇小说,说它充满了民族沙文主义,但也是中国文学解冻的标志,各种以前从未有过的视角开始出现。对于一篇把自己设定为大反派的小说,“老大哥”还算客气。后来的科幻中反复出现的某大国的称谓可能就是由此开始的,这很奇怪:既然当时苏修是亡我之心不死的恶魔,为什么不能直呼其名呢?

《珊瑚岛上的死光》多次被改编为连环画、广播剧,好像还被改编成了话剧。它的电影是1982年左右放映的[①],即使按当时的标准看也拍得很糟,所以反应平平。当时,一位著名科学家评论说:那么高能量的激光怎么是红的? 红光是能量最低的光。如果要加强视觉效果,可以搞成蓝色的嘛。电影中的特技也是十分简陋,我印象最深的是实验核电池时,电脑屏幕上出现的那些莫名其妙的图形,还有那个杀手用的啾啾叫的手枪,最后像一个大爆竹般爆炸的潜艇……当时电影流行把爱情当佐料(与现在的科幻相似),曾有一部描写对越战争的片子让男女主人公在战场上的坦克里谈恋爱,一时成为笑柄。《珊瑚岛上的死光》也不能免俗,原小说好像是没有女性的,电影中加了一个。此女无作用无性格,连姿色也没有,在最后驾驶一艘比公园中的小船大不了多少的小艇,越过大洋从原子弹下救出了男主人公。我记得很清楚,同学们对她戴的那副变色眼镜很感兴趣,因为当时社会上的人戴变色眼镜都不撕商标,可人家撕了。另外,影片末尾那首爱国歌曲当时流传很广,但人们大都不知它的出处。

不管怎样,这仍是中国唯一一部纯粹的科幻片(《霹雳贝贝》《大气层消失》和《小太阳》等都有些别的因素在里面),但愿不是最后一部。

童恩正老先生已经离开了我们,我一直认为他和郑文光的科幻小说是那时最好的,我印象很深的还有《遥远的爱》。

电影不怎么样,但作为科幻迷的一种怀旧,劝大家还是看一看。想想从那以后,中国科幻又奋斗了二十年,也没弄出多少东西,连一部像样的科幻电影都没有,不禁生出许多叹息。

发表于2001年4月22日水木清华论坛“科学幻想”版

---

①实际上是1980年。

在2000年度中国科幻银河奖颁奖会暨北师大科幻联谊会上的发言

很高兴《流浪地球》能得到广大读者的喜爱。这篇小说是一个设想中的系列的一篇，这个系列叫“末日”，是以太阳灾变为题材，描写人类用各种方式逃生的过程，以其逃生成功的程度排列：第一部是《补天》，描写人类进入太阳内部对其进行修补以延缓灾变；第二部是《微纪元》；第三部就是《流浪地球》；第四部名为《星船纪元》，描写人类乘飞船逃离太阳系，最后失去目标，把飞船当成了永久的家园；第五部名叫《游魂》，描写太阳灾变前人类用电波把自己的思维和记忆发向宇宙；最后一部十分阴暗，名叫《在冥王星上我们坐下来哭泣》，题目取自拜伦的诗《在巴比伦河畔我们坐下来哭泣》，描写人类逃生无望，在冥王星上建立人类文明纪念碑的事，更像一篇阴沉的散文。

当你被诊断为癌症时，世界在你的眼中会突然变成另一个样子：天空是红的，太阳是蓝的；而当你最后得知这是误诊时，当天空又变成蓝的、太阳又变成红的后，却也不再是以前的天空和太阳了，世界和生活在你的眼中美了许多,也增加了许多内涵,这种感觉远不是读十年书能得到的。一个人的末日体验是很珍贵的,那么全人类的末日体验呢?如果世界经历了这样一次“误诊”,那全人类同样会以一种全新的眼光看待我们的天空和太阳,更珍惜我们以前视为很平常的一切,人类世界将沿着一条更合理的轨迹运行。

能够带来这种末日体验的,只有科幻小说,这也是我构思这个“末日”系列科幻小说的初衷。

科幻小说能够创造一个全新的世界,在这个世界中,作者和读者都能得到现实中不可能得到的体验,这就是我热爱科幻的原因。我是作为一名科幻迷开始写作的,对科幻的理论并没有一个系统的思考。我喜欢文学因素较少、科幻因素较多的科幻作品,一直认为,透视现实和剖析人性不是科幻小说的任务,更不是它的优势。科幻小说的优势在于创造一个空灵的想象世界。我曾经有过一个自己现在也觉得很偏激的想法:把科幻从文学中剥离出来(水木清华“科学幻想”版曾做过这方面的努力,主要体现在编辑虚拟世界百科全书上,但并不是太成功)。这种提法理所当然地受到了各方面的抨击。

我很赞同阿来的话:各个作者应坚持自己偏激的观点,而编辑应对各种观点持一种兼收并蓄的态度,这才是科幻发展的健康气氛。但另一方面,当科幻由爱好变成事业时,我发现有许多微妙的平衡需要掌握,这其中包括作品中科学性与文学性的平衡、思想性与可读性的平衡、作为文学的科幻与作为商品的科幻的平衡,而我现在的作品,正是这些平衡的结果,它们或多或少地背叛了我自己的科幻理念。对于我这样一个在科幻之路上跋涉多年的作者来说,这也是一种成熟的表现。

说到成熟，有这样一件事：为了参加这次会议，我请了两天假，但是以一个别的理由请的假。早在两年前我发表第一篇科幻小说时，一位朋友就劝我在单位时把写作活动保持在地下状态，他说："在这样的基层工业部门，工作中的失误和错误都可以被容忍，但幼稚是不可容忍的。你要千万避免给人一种幼稚的感觉，否则你的前途就完了。"

这位朋友的想法一般会被看作社会对科幻的误解；但另一方面，也反映出我们的科幻确实幼稚。例如：直到今天，我们的科幻小说也没能真正创造出一个自己的想象世界，我们只是在人家创造出的多个想象世界中演绎自己的故事。

当然，科幻文学从本质上说又的确是幼稚的，它所要表现的，是童年时代的人类，面对广漠深邃的宇宙所产生的好奇和恐惧，以及探索的冲动。在这样的宇宙面前，人类的科学和哲学都很幼稚，科幻作为表现这两者的唯一一种文学形式，浸透着稚气也就不奇怪了。未来人类的科学发展到极致，宇宙的一切毫发毕现之日，也就是科幻消亡之时。

目前的国内科幻界，面对中国科幻的幼稚，都羡慕美国科幻的成人读者群，并把这看做是科幻文学成熟的标志之一。但要知道，成人之后就是老年，老年之后就是死亡。当今美国科幻的繁荣，很大程度上是影视的繁荣，这些科幻影视仍在延续黄金时代的风格。而当今美国的科幻文学已露出了浓重的暮气，作品用复杂的技巧表现晦涩的隐喻，全无黄金时代的朝气与活力，近年来许多顶峰之作已透出了死亡的气息。现在，美国二十五岁以下的人已经基本上不读科幻小说了。我实在看不出这种局面有什么可羡慕的。

我们最应该羡慕的是自己。现在，国内的科幻读者都是八九点钟的太阳,甚至是六七点钟的太阳,中国科幻面对的是一个充满青春与希望的市场,这正是我们这些科幻人信心和力量的源泉。相比之下,幼稚真算不了什么。

有研究表明:很多动物有语言,有推理能力,某些动物会制造工具,少数动物甚至有文字,但还没有任何证据表明动物会幻想。所以,幻想是人类与动物区别的唯一标志,而我们今天到会的科幻迷们,就是这种标志最生动的体现。

谢谢大家!

发表于2001年第2期《星云》

《异度空间》访刘慈欣

记者:作为已成名的科幻作者,你可以谈一下最初是如何结识科幻并走上创作道路的吗?

答:从父亲箱子底下翻出一本繁体字版的《地心游记》结识了科幻,那时还在上小学。初中开始写科幻小说,但直到1998年都没发表过什么作品。

记者:你对自己已经发表的科幻小说是怎样评价的?你最喜欢其中的哪一篇呢?

答:已发表的作品中,有相当一部分是以市场为出发点而创作的,并非我想写的那种科幻。其中我最喜欢的是《流浪地球》,同时《微观尽头》也很喜欢,读者不太注意后者,可能是因为它太短了。这两篇小说中的科幻意境比较好,是用科幻本身的东西来吸引人,这正是我想读和想写的那种科幻小说。

记者:目前圈内对你的评价是"开拓科幻题材的作者",你是怎样看待这种说法呢?

答:我没有刻意去开拓题材。其实我的小说中,除了个别的如《地火》,其他题材也都是很常见的,如宇宙航行、末日灾难、外星文明之类。我不同意目前流行的所谓科幻题材已经写尽的说法,每一种科幻题材都是一座取之不尽的矿藏,不同的作者可以创造出完全不同的世界。看看经典的作品,所涉及的题材是十分有限的。同是火星题材,《红火星》和《火星编年史》创造的完全是两个不同的世界。

记者:一般来说,大部分读者都很喜欢你的作品,但也有少部分硬科幻的狂热者对你小说中的硬伤抓住不放,你对这一类专挑硬伤的做法有何感想?

答:这说明,在读者的心目中,科学仍是科幻的灵魂,我认为这是一件好事。

记者:硬科幻与软科幻,在中国科幻界好像有种与生俱来的对立情绪。但是在读者中,偏软的科幻小说反而更受欢迎,你怎么看这个问题?

答:我不认为科幻有软硬之分,但确有真伪之分,科幻表达的是科学的精神和意境,而不是科学本身。重复以前我说过的话:一篇没有一个科学名词、描写上古时代田园童话的科幻可能是科学的,而一篇在实验室中挤着一大群科学家和一大堆仪器的科幻却可能是伪科学的;一篇描写十亿光年之外几十亿年以后的事情的科幻可能是现实的,而一篇描写今年都市轶事的科幻可能与现实毫无关系。

记者:你心目中最好的科幻是什么样的?

答:在看完这种科幻之后,你做了一件以前从未做过的事:走出家门长久地仰望星空。

记者:你对中国科幻未来的发展持什么样的观点?

答:中国科幻的社会内核已经启动,但经济内核尚未启动,它的经济规模还不足以保证自己的安全。在今天的经济社会,没有经济内核的东西其命运是飘忽不定的。中国科幻在纸质媒体内可能永远发展不起来,小说之类的文字叙事艺术已处于迅速衰落之中,我们是在一艘正在沉没的大船上扬起风帆。科幻真正在经济意义上成活,可能必须借助于影视媒体。

记者:你最近有什么创作计划?可以透露一下正在创作的科幻小说的构思吗?

答:我一直在"凑"系列,所写的小说大部分都属于某个设想中的系列,目前在写的系列有以下几个:

"地球"系列,描写地球科学。已发表的有《带上她的眼睛》和《地火》;计划写的有两篇:《地球天梯》描写一个穿过地球的洞,另一篇描写对地球内部电流的利用。

"太阳"系列,开始是计划以太阳灾变为题材,描写人类用各种方式逃生的过程,以其逃生成功的程度排列,后来发展到描写所有关于太阳的故事。已发表的有《微纪元》《流浪地球》《全频带阻塞干扰》;计划写的有四篇:《在冥王星上我们坐下来哭泣》,题目取自拜伦的诗《在巴比伦河畔我们坐下来哭泣》,描写太阳灾变时人类逃生无望,在冥王星上建立人类文明纪念碑的事,更像一篇阴沉的散文;《水漂》,描写利用太阳冶炼小行星;《金色宫殿》,描写人类对太阳内部的探险;还有一篇《太阳神》,想象过分疯狂,就不在这里说了。

"普通人"系列,描写普通人在宇宙中创造奇迹的故事。已发表的只有一篇《乡村教师》;计划写的有两篇:《掷铁饼者》和《中国太阳》,前者与《乡村教师》相反,描写人类拯救外星文明;后者描写一个来自西北偏僻农村的孩子最终飞出太阳系的故事。

“人民战争”系列,描写未来的地道战、地雷战,还没发表过一篇。

“大艺术”系列,也还没有发表过一篇。它描写外星文明在地球上搞艺术的故事,计划写六篇,分别为音乐艺术篇、冰雪造型艺术篇、雕塑艺术篇、绘画艺术篇、文学艺术篇、行为艺术篇。这是我目前最看好的一个系列,是一串美妙而好玩的科幻小说,意境奇丽,目前已写完两篇,先做做广告,希望大家喜欢!

正是这个写作计划,可能使我的一些小说反复描写同一题材,比如《微纪元》《流浪地球》和《全频带阻塞干扰》都与太阳有关,但在故事上绝不会雷同。因为数量还不够,这些系列还都没有形状,计划每个系列能写够十万字左右。

最近还完成了两部长篇:《球状闪电》和《超新星纪元》,前者十八万字,描写主人公同一位军队中的少校姑娘追踪和研究球状闪电,发现它是一个足球那么大的电子,可以在宏观尺度显示量子效应。他们最后制造了一种叫雷球机关枪的能发射球状闪电的武器,我军在台海战争中用它在台湾海峡击败了美国的航母舰队。小说是传统的技术型科幻,内涵不深,但我觉得很好看很好玩儿。至于《超新星纪元》,所花费的精力可以写十部《球状闪电》,它有二十五万字,从20世纪80年代末开始写,前后三易其稿,历时十余年。小说描写超新星爆发后,地球上只剩十三岁以下的孩子,世界变得怪诞而疯狂。从我自己来说,这部小说无论在文学上还是科幻上都是巅峰之作,以后也没有可能超越。

记者:可以谈下你自己吗?作为一个科幻作者,你最大的感受是什么呢?

答:我自己很普通,没什么可谈的。作为科幻作者,最大的感受是:科幻是一项很迷人很好玩儿的事业。(前提是你别靠它吃饭。)

记者:最后,是否可以对有志于科幻创作的科幻迷说一点经验之谈,比如科幻作者须知什么的?

答:深化和丰富你的思想,使其中自然而然地产生出许多想象世界,如果这些世界让你自己都惊叹着迷,有一种带别人进去游览的渴望,那么你已经是一位科幻高手了。至于其他的写作本事,有当然好,没有也不要紧。当然要去完善,但别把太多的精力花在那上面。科幻这个女孩打扮得再好,浑身珠光宝气,但长相平平,读者未必会多看她几眼;如果她天生丽质,就是穿一身要饭的衣服,大家也愿意看。这个女孩儿的脸蛋儿和身段是什么,作为科幻迷,我想大家比我更清楚。

发表于2001年秋季号《异度空间》

科幻与魔幻的对决

谈到这个话题，想起去年在水木清华BBS上看到的一场有趣的讨论：如果科学世界和魔法世界开战，谁厉害？开始大家认为是魔法世界厉害，如一位网友说：你用核弹炸我，我骑上扫帚就跑了。但仔细想想又不是那么回事：你为什么要跑？是因为魔法世界中没有热核炸弹那样级别的武器。东方孙大圣的金箍棒和西方宙斯的闪电，比起人类曾造出过的两千万吨级的核弹，威力显然低一个级别。况且骑上扫帚可能也跑不了，从《哈利·波特》里看，扫帚的速度好像不比阿帕奇直升机快多少，不可能及时飞出核弹的威力圈。

这里还有一个明显的不公平：科学世界是在用现实对抗魔法世界的幻想。在现实中，扫帚不管你念什么咒语都飞不起来，而两千万吨级的热核炸弹却真实存在。事实上，科学现实中的大部分东西已达到或超出了神话世界中的想象，比如你家中的电视机、桌上的电脑、衣袋中的手机，等等。如果用科学的幻想来对付魔法的幻想会怎么样呢？一个如海伦手中金苹果那么大的反物质炸弹，足以把奥林匹斯山的光荣永远埋藏在海底；这种科幻武器再稍大一些，只一击便可蒸干海洋或粉碎地球；再大一些，可以使魔法世界的整个宇宙在一道强光中化为蒸汽。奇幻或神话中的宇宙实在没有多大，东西方神话中描述的宇宙，半径很少有大于两个天文单位的。光年这种距离概念不可能进入神话，因为神话的想象力无力把握这样大的尺度。魔法世界中最光辉的天神与科幻世界中的恒星相比都黯然失色，魔法世界中最恐怖的魔鬼在科幻世界中的黑洞面前都微不足道。

在幻想文学领域，科学和魔法的混战早已开始。在比较极端的战士中，大角高呼打倒硬科幻，本人则恶毒地怂恿把科幻从文学中分离出来，结果两者都被骂得狗血淋头。但这只是一种网络上的表达方式，姚海军在向我约这篇稿时声称“观点不怕偏激，就怕不鲜明，不用考虑面面俱到”，这正是网上说话的方式，否则没人听。但我们心里都清楚，自己的这种极端观点是既不正确也不合理的。其实，科幻和奇幻的共同点远比分歧多，双方的目标是一致的：都是努力创造一个空灵自由的想象世界，使读者从中得到美的震撼和享受（我个人从不认为科幻的任务是反映现实和人性），分歧只在于想象的源泉在哪里。

奇幻自古以来就那么多东西，其想象力在经历漫长的岁月后已有些失色了，而飞速进步的科学却不断地为科幻的想象力注入新鲜血液。现在的科幻描绘的世界与几十年前大不相同，而现在的奇幻世界与中世纪的却没有太大的差别。同时，科学所带来的想象，其广阔和丰富多彩远大于奇幻。如果没有科学，150亿光年和10的负30次方毫米只能是疯子的呓语，但科学把它们带入了我们的想象世界，使人类想象世界的尺度扩张了无数倍。既然如此,幻想世界为什么要拒绝科学呢?

幻想世界需要科学,还有另一个很重要的原因:我们总认为奇幻读者都明白他们在读虚幻的故事,这在今天当然对,但在古代却未必。在过去,人们把神话和奇幻当作完全真实的存在。那时,现实世界和奇幻世界是融为一体的,奇幻的魅力很大一部分出自其真实感。但现在,奇幻的这种真实感已不复存在,这也是现代只能产生童话而再没有神话的原因。如果读者知道看的故事不会发生,也不可能发生,震撼力就会大大减弱。但科学幻想却能够提供这种真实感,这就使得现代神话的出现成为可能,甚至有可能使神话与现实相融合的时代再次到来。

至于目前电影领域的状况,我想只是一种市场的涨落而已。从整个电影历史看,奇幻片并不比科幻片占多大的优势。前一阵科幻大片太多了,观众自然想换换口味,完全没有必要认为奇幻要战胜科幻了。事实上,奇幻和科幻不是对立的,奇幻中将越来越多地渗入科幻的因素,科幻也可能从奇幻中学到吸引读者的表现方式,努力增强奇幻作品那样出色的可读性。

综上,我们每个人都应该坚持自己的科幻理念,并且坚持在网上用芥末一样辛辣的语言来表达这种理念,而对整个科幻界而言,应对不同风格的作品(包括奇幻作品)采取宽容的态度,吸收奇幻作品的精华,这样才能迎来科幻文学和奇幻文学百花齐放的春天。

发表于2002年第5期《科幻世界》

三维的韩松

看科幻小说似乎应该去感觉，而不是去想，小说是感觉的文学，所以网上关于目前科幻小说“拒绝思考”的说法，更准确些说似乎应该是“拒绝感觉”。真能给人感觉的科幻小说不多，韩松的小说属于此类。以前看《宇宙墓碑》和《逃出忧山》时就有感觉，但不是太强烈，像皮肤被利刃浅浅地划了一道，开始不在意，但那伤总也好不了。现在读完他的专辑后，就像伤口上被撒了一把盐，那感觉与当初被划伤时大不一样。看科幻小说很久没有这种感觉了。

韩松与别人确实不同，用吴岩的话来说，他是唯一的。我一直在想这不同之处在哪里，现在恍然大悟——他的感觉比我们多一维，因而他的科幻也比我们多一维。韩松写的是三维科幻，而我们写的是二维科幻。二维让我们想到了平面，进而想到了纸，进而想到了画着方格的作文纸。是的，二维的科幻是写在上面的作文。当然作文也有高下之分，但终究是二维的，平面再广阔，其空间感也无法与一个小小的三维方块相比。

如果一篇科幻小说想表达的东西能够被作者或读者用几句话总结出来,那这篇小说肯定是失败的;如果一篇科幻小说让人看得热血沸腾,那多半是哪儿搞错了。这都是二维科幻最显著的特征,很不幸的是,我自己的小说都显著地拥有这些特征。

有人说韩松像倪匡,但事实上,他们处在科幻的两个极端:韩松最深,倪匡最浅;韩松十只眼,倪匡一只眼;韩松三维,倪匡一维。但正如转经筒,两个极端又是对在一起的,以至于看上去真有些像。

这里也没有贬低倪匡的意思,同意网上一位朋友的意见:成功者是不受指责的。再重复我以前说过的话:从来没有哪一个中国人把科幻之火燃得如此之广。倪匡那一维的科幻像一支飞箭,强有力地洞穿了市场;而韩松的三维科幻,读者得自个走进去才行。不过,当现在的科幻迷长到三十五岁以上,我们的一维结绳和二维作文写得再好也无法留住他们,那时,就要靠三维科幻了。

我和韩松只见过一面,只说过一句话:“改日见面再聊!”那是去年11月初,在北师大的饭桌上,我到时他正匆匆离去。给我印象最深的是他拎的那个包,初看像是废品站捡的,仔细看看,你还真不敢肯定是不是某个高档专卖店的奢侈品,很像他的小说。

在我的感觉中,韩松可能自己也不清楚自己比别人多出了一维,或多出了八只眼。他写的《想象力宣言》中没有那八只眼,他用笔名写的小说中也没有那八只眼。那八只眼只出现在他用本名写的小说中。

他在《2001年度中国最佳科幻小说集》中选了我四篇小说之多,这一方面让我受宠若惊,另一方面也让我很疑惑——他那八只眼哪儿去了?

这绝不是谦虚,有他那样三维感觉的人似乎不应该太看重我那些纯二维的平面作品。

这些三维科幻不被赏识,应该是很正常的,根本谈不上是中国科幻的悲哀。毕竟,这些小说拿到美国去也不一定有多少读者。我们这些二维生物不必自卑,说二维科幻是作文这里也没有贬义,作文有好有差,像去年高考中那篇得满分的《赤兔之死》,就几乎轰动了全国。二维生物不可能升华到三维去,但应努力在二维世界写好作文,因为如果中国科幻是一座金字塔,我们的二维作文就是下面宽厚的塔基,只有这塔基足够厚实足够高大,那三维的塔尖才能被世界看到。

发表于2002年第3期《异度空间》

我们是科幻迷

我们是一群正在人群中出现的神秘异类，我们像跳蚤一样在未来和过去之间跳来跳去，像雾气飘行于星云，可瞬间到达宇宙的边缘，我们进入夸克内部，在恒星的核心游泳……我们现在像萤火虫般弱小而不为人知，但正像春天的野草一样蔓延。

在20世纪50年代和80年代，中国科幻出现了两次高潮，但那时的科幻与主流文学的界线并不鲜明，因而均未产生真正意义上的科幻迷群体。80年代对科幻小说的那场大围剿过后，科幻在国内成了科学和文学的弃儿，几乎绝迹。不可思议的是，中国的科幻迷群体就在这时悄然诞生了。我们收养了科幻这个奄奄一息的弃儿，使它活了下来，并脱离了文学和科学的脐带，成为独立的自我。那是20世纪90年代初的事，当时的科幻迷还很稀少。

现在，中国科幻的第三次繁荣期已经到来，我们的群体也急剧膨胀，但相对于其他群体来说，我们的人数仍然很少。我们大多数人都看的

《科幻世界》的月销量在40万~50万份,读者有100万~150万人,去除一般读者,可以估计出全国科幻迷的数量在50万~80万人的规模,其中不乏年近花甲的老人,但绝大多数都是大、中学生。

我们关注中国的科幻事业,希望它繁荣腾飞。我们中的许多人,只要是国内新发表的科幻小说都急于阅读,而不管作品的质量,似乎读科幻小说已成了一种责任,这是在其他文学类型中很少见的现象。在这一点上,我们很像中国的球迷,但球迷很少亲自下场踢球,而科幻迷达到一定程度,大都不可避免地写起科幻来。我们中只有极少数最后能幸运地发表作品,大多数作品都只能在网上发表。我们在昏暗的网吧中一字一句地输入自己的科幻小说,它们中有些像《战争与和平》那么长。我们是一群电子时代的游吟诗人。

但我们这一群人的真正内涵还在于:科幻对于我们已不仅仅是一种文学形式,而是一个完整的精神世界、一种生活方式。我们是精神上的先遣队和探险者,先于其他人游历了各种各样的未来世界,这些世界有些是可以预见的,有些则远远超出了人类发展的可能。我们从现实出发,放射状地体验各种可能。我们很像站在那个复杂路口上的爱丽丝,她问柴郡猫路怎么走,柴郡猫反问她要到哪里去,她说去哪儿都成,柴郡猫说那你走哪条路都无所谓了。在克隆技术被炒作的二十年前,我们已经在科幻世界中追踪二十四个小希特勒,现在我们关心的生命是以力场和光的形式存在的;早在纳米技术为大众所知的同样长的时间之前,科幻世界中的纳米潜艇已在人体的血管中进行着漫长的航行,我们现在所关心的,是基本粒子是不是一个充满着亿万星系的宇宙,或者我们的宇宙是不是一个基本粒子。当我们站在书报摊前,在早餐和五块钱一本的

《科幻世界》杂志间做出选择时，精神上已进入了每个家庭拥有一个星球的无限富足的世界；在我们为期末考试而死记硬背时，另一个精神世界中正在经历着向百亿光年宇宙深处的探险。科幻迷的精神世界不是科学家的世界，科学的触角远到不了那里；也不是哲学家的世界，我们的世界要鲜活生动得多；更不是神话世界，科幻迷的世界中的一切，都有可能在未来变为现实，或者已经在宇宙遥远的某处存在了。

但我们是一群异类，人们不喜欢我们。我们中那些率先走出校门走进社会的人，会立刻被异样的目光所包围。在这个越来越现实的世界中，喜欢幻想的人是让人们打心眼儿里讨厌的，我们只能把自己深深藏在一层正常的外壳中。

我们的群体目前是弱小的，但如果有人要轻视它，他可能会死在这上面。这一群孩子和年轻人正在成长，我们中现在已经有北大的硕士和清华的博士。更重要的是，我们是这个社会中思想最活跃的一群人，在常人眼中惊世骇俗的新思想，对我们来说不过是平淡无奇的老生常谈而已。对于接受未来观念的冲击，没有谁比我们准备得更好。我们现在正远远地站在前面，不耐烦地等着世界跟上来。我们将创造出更加震撼的东西来冲击世界。

这就是我们科幻迷，一群来自未来的人。

发表于2002年第3期《异度空间》

《东京圣战》和《冷酷的方程式》

科幻界总是有一种不太好的毛病:把一些公认为优秀的作品拉到科幻名下,以前曾把《蝇王》和《1984》划拉进来。现在我也想划拉一个:日本电影《东京圣战》。

尽管大家都不会认为它是科幻片,但从中确实能看出许多科幻因素:首先,影片描述的世界是一个近未来的虚拟世界。肯定有人不同意这点,认为影片中的世界在细枝末节上都很现实,但谁都能看出它的基础在现实中根本不可能存在,用我们的话说,它建立在一个大硬伤上。与《新世纪教育改革法》的残酷程度相比,古罗马斗兽场都是一个很温柔的地方了,在那里进行生死搏杀的人至少得进行充分的训练和准备。在可预见的未来,如果真有政府去让这样的历史重现,那掉脑袋的可能只有《新世纪教育改革法》的制定者们。所以说《东京圣战》中的世界是一个虚拟世界。

《东京圣战》的最大魅力还在于它是一个关于人类社会的宏大寓言,

冷酷无情地揭开了层层面纱，暴露出人类社会某些很本质的东西。这很像自然科学家所干的事，只不过后者是针对大自然。不管自然还是人类，其发展规律总是被层层迷雾笼罩。由于摩擦力这层迷雾的存在，在我们现在看来很简单的牛顿第一定律也曾是深藏不露的，人类社会的本质则更多的是被一片温情的迷雾所掩盖。正如加速器的高能量才能撞开粒子，也只有极端的环境才能暴露人类社会的本质，那种环境有时要靠科幻手段才能创造出来。当然，自然定律被揭示只是令我们恍然大悟，而人类社会的规律被揭示时，特别是把它用文学或视觉艺术生动地表现出来时，是会令许多人精神紧张的。

《东京圣战》展示了这样一个人类常常陷于其中的极端环境：在有限的生存空间里，是通过消灭别人使自己活下来，还是大家一起死？其实这种困境在我们的生活之中无所不在，只不过结局不是死，而是某种较轻的失败，如失业、失恋等，同时它还被无所不在的温情脉脉的迷雾所掩盖。其实，对于严肃的社会科学而言，人类的温情和善良是很少被考虑的，比如：如果不把所有人都设定为唯利是图，那整个经济学就失去了基础。当然不能就此认为《东京圣战》就是科学，深作欣二想表达的东西显然在别的方面，但从科幻角度看，他描述了一个冷酷的社会学实验。

这就使我们想到了《冷酷的方程式》，这篇科幻经典中的世界与《东京圣战》在本质上是相同的，区别仅仅在于，《冷》中的那个女孩儿自愿去死，没有采取《东京圣战》中的女同学们的做法，把那个宇航员的脖子割断弹出舱外，然后再自己学着开飞船（更大的可能是宇航员把女孩儿的脖子割了）。如果用科学的方法对那样一个小世界的发展做出预测，社会科学家肯定不会考虑小说中的可能性，而会按后一个方向思考和研究。

《东京圣战》对我们科幻的另一个启示是:通俗不等于肤浅。这部影片所用的表现手法很极端,对暴力的表现真实而内行,且毫不掩饰(听说那个七十多岁的老导演经历过战争),同时不可谓不通俗,我肯定小学生完全看得懂。当然,让不让他们看又是一回事,我看到DVD封套上有"R-18"的字样。我觉得应该让孩子们看看,像我这样看得入迷、并从中体会惨烈美感的"变态"观众毕竟是少数。大多数孩子能从中知道什么是真正的暴力,甚至进而想到什么是战争,由此产生的和平主义者会远比杀人狂多,他们还能从中悟出许多人世间一言难尽的深刻道理。这可能是导演真正的目的。网上有人说得好:深作欣二是在用暴力进行关怀。

说了半天,下面才说到写此文的真正目的:我真的没想抄袭《东京圣战》,尽管《超新星纪元》中上半部分的某些情节同它如出一辙。我写这篇小说远早于这部电影,第一稿中就有那些情节,但后来看过的编辑坚决要求删了,第二稿中就没出现,但三、四稿中又恢复了,只是弱化了许多,厮杀变成了一场准游戏。《超》中互相残杀的孩子们年龄更小,只有十一二岁,目标也同样是为了一个国家的生存,初稿中的残酷程度与电影相比有过之而无不及。我的历史观很冷酷,但即便如此,写这样的故事也不容易。记得当时写着写着握笔的手就颤抖起来(那时还没用电脑),只好停停再写。现在《超》的出版已出了问题,遥遥无期了。看稿子的编辑都要求减弱或去掉其中残酷的描写,所以即使最后有幸出版,其中相应部分的描写肯定也已经被大大"仁"化了,离可能的真实远了许多,不能不说是个遗憾。

发表于2002年10月2日水木清华论坛"科学幻想"版

第一代科幻迷的回忆

——写在《超新星纪元》出版之际

在我们的印象中，主流文学作品，一般都会精雕细琢，经历一个很复杂的创作过程；而科幻小说，由于其市场属性，写作都很迅速，一般两三个月就能写出一部长篇。但有这样一部科幻小说，创作过程历时十二年，五易其稿，经手过它的欲用不能、欲退不忍的编辑和各方人士有近二十位，而小说中所表现的思想，在最后一稿中已与第一稿完全相反，这种情况在现在日新月异的科幻创作中应该是不常见的。所以当接到作家出版社的通知，得知《超新星纪元》已经出版时，不由生出一些感慨。

那是1989年，参加工作不久的我去北京参加全国计算机应用展览会。与现在不同，那时国内计算机应用的规模有限，这个一年一度的展览会几乎囊括了当年度全国计算机制造和应用的所有软硬件成果，所以影响很大。那天夜里，华北电力局招待所的那个三人间中只有我一个人，我做了这样一个梦：一片无际的雪原，狂风卷起漫天雪尘，天上有一颗不知是太阳还是星星的东西，发出刺目的蓝光，天空呈一种诡异的紫绿相间的色彩。就在这幽幽的蓝光中,雪原上行进着一支由孩子组成的方阵,那些孩子头上缠着白布条,端着上有寒光四射的刺刀的步枪,唱着一首不知名的歌,整齐地行进着……那景象之阴森之恐怖,现在想起来还心悸不已。我一身冷汗地醒来后,再也没有睡着,《超新星纪元》的构思就在那夜现出雏形。但让我自己也不理解的是,这个梦中的场景直到第三稿才在《超》中出现。

我于1990年开始《超》的写作,第一稿不免打上年龄的烙印。在那一稿《超》中,民族文化是灾难之源。小说中,当大灾难到来时,人们首先想到的是在国土的正中央建一条长城,将男孩和女孩分开来……这一稿并没有写完,社会课堂的教学效率是很高的,就在写这一稿的过程中,我对中国社会的看法发生了很大的变化。我每天与工人们接触,厂外就是山村。而在当时的工作中,我一年又有三分之一的时间在北京这样的大都市度过。我没去过西方,但在俄罗斯待过一段时间,那正是社会主义联盟风雨飘摇的时候……这些经历不算丰富,但也足以让我用更理智更科学的眼光观察中国社会。我明白了人类社会的差异仍然巨大,有些东西在一个地方是美酒,在另一个地方则可能是毒药。《超》的第一稿中所表现出来的浅薄和幼稚让我一时无地自容,直到现在都没有勇气重读一遍。

我紧接着开始了《超》第二稿的写作,并把它写完,三十多万字,前后耗时两年,以现在的标准看,速度是很慢的。这一稿在思想上比较成熟,但在技巧上很幼稚,充满了大段的政论,有些地方很难读。现在一些朋友看到的,就是这一稿。但它确立了以后这部小说的框架。由于当时的环境,不可能把这本书写成一部纯粹的科幻小说,只能把科幻内容"像做

贼似的加进去”。(何夕语)

小说完成后,第一个问题就是不知把它投给谁。当时我不认识任何出版界的人,对出版社的运作方式也没有最基本的概念。第一个想法就是把它寄给杨潇。由于对《科幻世界》杂志(当时它还不叫这个名字)命运的关注,我很早就知道她这个人。自上世纪80年代的那场灾难后,中国科幻当时正处于中世纪的状态,在市场上几乎销声匿迹,而她居然能够在这种环境下把这样一本杂志办下去,让我很惊奇,也很敬佩。当我在当地的小邮局中把厚厚的稿子寄出后(当时没有E-mail),心里其实是不抱希望的——不是指出版的希望,仅是指得到回复的希望——但没想到那么快就收到了回信。那封信写得十分热情,让我很感动。以后,稿子在杨潇那里放了近一年的时间,这期间,她一直在努力联系出版社,还不时给我来信说明情况。记得在一封信中她是这样说的:“请你再等等,我不相信现在的弟妹们不喜欢看新世纪的文学!”后来,由于当时的环境等完全可以理解的原因,书没能出版。从退回的书稿那磨损的样子看,它一定经过了很多人的手。我同时还收到了覃白编辑的来信,他仔细看了全稿,并提出了中肯的意见。我同时期写的另一部科幻长篇《中国2185》也没能发表,以后也没有发表的可能了(因为叶永烈已经发表了一部题材构思与之相同的小说,预计将成为畅销书)。《超》在后来又投了几家出版社,反应全是一样:书稿很不错,但是不可能出。后来,由于工作和一些其他的事分心,我便停止了《超》的修改和出版努力。

这一停就是十年。

直到2000年,因为一次偶然的机会,我又想起了这部书稿,发现竟然有出版的可能。拿出来后首先给了唐风,然后又给了姚海军,他们都为此做出了巨大的努力。我在送出稿子后曾告诉唐风，只想在较大的、较为正式的出版社出书，但结果超出了我的预期，国内首屈一指的两家主流文学出版社——人民文学出版社和作家出版社——同时准备接受这本书[①]。这之后，《超》又写了三稿。

第三稿与第二稿相比，已更新了一大半内容，弱化了其中的政治色彩，加强了科幻内容，并将《中国2185》中描写的以数字国土为基础的绝对民主社会移植进来，但已由乌托邦变成一场噩梦。第三稿中的战争描写比较丰富，但也很敏感，我知道这些不大可能出现在正式的出版物中，只是抱着“帽子高了不怕被砍一刀”的想法了了一个心愿。

第四稿主要修改了战争部分，改变了战场的地点，同时使战争的形式更加科幻和怪异。这次修改固然是编辑的要求，但也是我的愿望。这时我已意识到，科幻小说的过分现实化固然能赢来一时的关注，但肯定是短命的。第四稿的意境更加空灵，也更加科幻了，但现实的内核是存在的。这部小说，如果把它切碎榨干，最后留下的可能只有现实。这是我最满意的一稿。

第五稿可以说是砍了很痛的一刀，把最后的交换国土部分去掉了，而这正是小说的一大看点。当时听到这个修改意见后，我一时十分沮丧，变得固执起来。如今回想起来，发现这是包括自己在内的很多经验不足的作者的一个令人讨厌的毛病——只想着自己的作品，却不为编辑工作中的难处着想——心中十分愧疚。不过当年我还是按要求修改了，因为冷静下来一想，编辑的意见不是完全没有道理：最后那一部分十分

---

①《超》原打算作为科幻视野工程的首批图书由科幻世界杂志社出版。时任主编阿来说：“这样优秀的作品应交由一流出版社出版。”2003年1月，《超》一书由作家出版社出版发行，首印一万册，后又加印五千册。

突兀，从科幻方面看很有意思，但从文学角度则是无法接受的。以后，如果看这本书的人足够多，我将把那一部分在网上贴出来。但如果只能卖出几千册(多半是这个命运)，那就算了。

目前国内长篇科幻市场十分低迷，而《超新星纪元》能在这样的条件下出版，我对作家出版社和所有为这本书的出版做出努力的人充满感激。

这本书是我年轻时留下来的一个尾巴。对我而言，它的出版标志着科幻创作上的青春时代彻底结束。现在，无论对于我还是其他作者，科幻创作的理念和方式已与十年前大不相同。

十年前，杨潇老师在给我的一封信中有这样一句感叹："Time is flying!"其实，我现在才真正能体会到时光飞逝。那时国内的科幻迷就如同星星之火一样稀少，在严冬的城市中的某个角落里，在一间没有暖气的小屋中，几名年轻人围在一个小火炉边，彻夜畅谈着美丽的科幻之梦……这就是凌晨所描述的那时的科幻迷世界。我曾给北京的一个科幻迷团体去信(星河是其中的一员)，告诉他们可以到我这里来用电脑。现在大家可能会说我这人太小气，你是搞计算机的，给人家一台旧电脑不就行了吗？放到今天这当然很容易，但我们应该了解当时的电脑意味着什么：我当时用的是一台GW0520CH，内存512K(注意是K)，硬盘20MB(注意是MB)，加上那台3070C的针式打印机，价格是24900元。(这台机器后来作为一个轨道衡的监控计算机，居然连续不断电地运行了8年！现在还能用，就是太沉了。)那时BB机就是身份的象征；那时一个砖头那么大的手机要两万多块钱，一个月的话费一般打打也在两三千左右；而那时，我所在的这样一个相对来说高收入的行业，一个月的工资也就三百多,真是:“Time is flying!”

本来,新生代的中国科幻是没有资格回忆过去的,我们根本就没有什么过去,但现在是2002年的最后一夜,就容忍我这种可笑的冲动冒一下头吧。我们这些1960年代出生的人,可能是中国的第一代科幻迷。在我们之前,科幻先是与科普、后来又与主流文学融为一体,并没有这个特殊的群体。在我的另一部长篇《球状闪电》中,有这样一段话:“这是一个让人产生怀旧感的城市。那些有上千年历史的古城并不能使人产生这种感情,它们太旧了,旧得与你没有关系,旧得让人失去了感觉。但像这样年轻的城市,却使你想起一个刚刚逝去的时代。在那个时代,你度过了童年和少年,那是你自己的上古时代,你自己的公元前。”

十多年前,在一个个冬夜里,我坐在那台屏幕上只有黑白两色的电脑前,用DOS下的Word Star一行行地写着《超新星纪元》,窗外只有太行山的寒风在呼啸,心里却感觉很温暖很快乐。虽然自己的小说发表的希望十分渺茫,对科幻事业却充满信心。有时写了一夜,看着从东方山谷中升起的太阳,感觉那就是科幻的象征。但现在,当小说最后发表时,心里却有一种很凄凉的感觉。前一阵在网上看到过一张美国科幻迷聚会的照片,看着那一群四五十岁的大叔大婶,国内的科幻人可能会对人家科幻的成人化露出羡慕之情,而我感觉到的只有心灰意冷。在那个曾令我们向往的科幻王国中,老的科幻迷在不断死去,新的却未见出生。这也是科幻文学的象征——科幻真的老了。或者更确切地说,是我们这一代科幻迷心中的科幻老了。新的科幻正在诞生,我们肯定会去读甚至去写那样的科幻,但它与我们这些中国第一代科幻迷的美好回忆已经没有太多的关系了。

现在是深夜十一点五十分，2002年只剩十分钟了。其实，任何事物都终有只剩十分钟的时候——除了2002年，还包括我们自己，包括地球、太阳和整个宇宙，当然也不可避免地包括我们这一代科幻迷心中的科幻。

祝中国科幻新年快乐。

发表于2003年1月20日水木清华论坛"科学幻想"版

《超新星纪元》后记

在一片黑暗中,你拉着爸爸妈妈的手慢慢地朝着某个方向走,黑暗中你看不清他们的身影,但那两只手使你的精神踏在坚实的大地上。突然,那两只手松开了你的手,你徒劳地在黑暗中摸索着,想找回那两只手。你绝望地大喊,但无际的黑暗吞没了你的声音……

这可能是每一个人在童年时都做过的梦。在黑暗中丢失了爸爸妈妈的手,是每一个孩子最恐惧的事。

这也是全人类最恐惧的事,这恐惧深深地根植于人类文明之中,使得古老的宗教在今天仍然存在,并在人类的精神生活中占有重要地位——面对黑暗而幽深的宇宙,人类徒劳地想抓住一双并不存在的手。从这个意义上讲,现在的世界已经是这部小说中所描写的孩子世界了。全人类就是一个找不到双亲之手的孤儿,心中充满了恐惧和茫然,同时,任人性中幼稚和野性的火苗燃起,最后燃成了疯狂的毁灭之火……我们甚至远不如小说中的孩子们幸运,因为没人教我们。

如此说来,这本书只是讲述了一个相当平淡的故事。

当你被诊断为癌症时,世界在你的眼中会突然变成另一个样子:天空是红的,太阳是蓝的;而当你最后得知这是误诊时,天空又变成蓝的,太阳又变成红的。但在你眼中,这已不是以前的天空和太阳了,对于你来说,世界和生活增加了许多内涵。一个人的末日体验是一种很珍贵的体验,那么全人类的末日体验呢? 如果世界经历了这样一次"误诊",那全人类同样会以一种全新的眼光来看待我们的天空和太阳,更珍惜我们以前视为很平常的一切,人类世界将沿着一条更合理的轨迹运行。而能够带来这种末日体验的文学,只有科幻小说。

另一个不可少的体验是生活体验。在您周围的人群中,每时每刻都在演绎着五光十色的人生,这不同的人的不同经历,使我们感叹生活的丰富多彩。但人类文明作为一个整体只有一个,孤独地运行在银河系一条旋臂顶端的荒凉太空中。我们相信,在这个宇宙中肯定有众多的文明每时每刻都在演绎着不同的历史,但我们看不到它们,时间长了我们就会误认为我们文明的历程是唯一的,不会再有别的选择。科幻小说为我们创造了种种不同于现实的文明历程,通过对这些虚拟历史的感受,我们能跳出现实而体会到许多深藏在现实之中的东西。

一部《战争与和平》,洋洋百万字,却只是描述了地球上一个有限区域几十年的历史;而一篇几千字的短篇科幻小说,如阿西莫夫的《最后的问题》,却可以描述从现实到宇宙毁灭的千亿年的时光。科幻文学是唯一现实的文学——对于一位科幻评论家说的这句话,大多数人可能不以为然,但它确实从某个方面道出了实情。从科幻的想象世界中看现实,能使我们对现实有更真切、更深刻的认识。美国科幻研究者詹姆斯·冈恩曾说过:“科幻小说所描写的灾难,往往是整个人类种族的灾难。”从本质上说,科幻小说的主人公是全人类。在科幻世界中,全人类已不仅仅是一家,而是广漠宇宙中一个孤独地生活在一粒太空灰尘上的单一的智慧微生物。

这就是科幻小说的魅力,它能让我们用上帝的眼光看世界。

透视现实和剖析人性不是科幻小说的任务,更不是它的优势。科幻小说的目标与上帝一样:创造各种各样的新世界。

中国的科幻文学确实还处于幼稚阶段,直到今天,我们的科幻小说也没能真正创造出一个自己的想象世界,我们只是在人家创造出的多个世界中演绎自己的故事。

但从另一方面看,科幻文学从本质上说又是幼稚的。它所要表现的,是童年时代的人类面对广漠深邃的宇宙所产生的好奇和恐惧,以及探索的冲动。在这样的一个宇宙面前,人类的科学和哲学都很幼稚,科幻作为表现这两者的唯一一种文学形式,浸透着稚气也就不奇怪了。当未来人类的科学发展到极致,宇宙的一切毫发毕现之日,也就是科幻消亡之时。

……从第一次看见彩虹起,我就把它当成了一座架在空中的五彩大桥。我想那是一座水晶做的大桥,里面闪着五彩光柱。有一次大雨过后,我就没命地朝彩虹那儿跑。我真想跑到它的脚下,攀到它那高得吓人的顶上,看看天边那座大山后面是什么,看看世界到底有多大。但我跑,它好像也在向前移,最后太阳一落山,它就从下向上地化了……

书中的这段描写，是作者童年的真实经历。我们每个人的生活其实都是一个追梦的旅程，与其他虚幻的梦不同，科幻创造的梦就像那道彩虹，是连接着大地的真实存在，是太阳的另一种表现形式。尽管它终将消失，但我们会发现自己已在追梦的路上前进了不少，长大了不少。

发表于2003年1月作家出版社《超新星纪元》

文明的反向扩张

当几代人梦想、呼唤、寻找的外星文明终于降临地球时，人类可能面临着他们做梦都想不到的尴尬处境：外星人对热情伸出双手的人类视而不见，却去和蚂蚁拥抱交谈。

这就产生了一个我们以前从未认真考虑过的问题：

谁是地球的户主？

如果你想当然地认为是人类，最后只会发现自己很可笑：我们从树上下来不过百余万年，而真正能称为文明史的历史，不过五千余年，但早在上亿年前的地球的各个古陆上，蚂蚁已建立起它们宏伟的帝国了。相比之下，我们不过是刚刚走进地球这个大房间里讨碗水喝的流浪儿，离户主的级别还差得远呢。

你当然会争辩说：要向前看嘛！我们有文明，是人类文明提高了地球在宇宙中的地位。

但至少目前，没有证据能证明这一点。在我们的心目中，因彗星撞击地球而使包括恐龙在内的生物大量灭绝的白垩纪晚期，是这个星球生命史上最恐怖的时代。但你可能不知道，就在我们现在这个文明时代，地球物种灭绝的速度远高于白垩纪晚期，地球生命史最恐怖的时代就是现在！文明，也许是一条使地球生命万代延续的光明大道，也许是使包括人类在内的地球生命走向灭绝的陷阱。

现代技术文明的特点是极具扩张性。文明就是不断地开拓，把自己的尺度像吹气球般不断吹大，并不在乎它何时爆裂。

想想历史上充满欲望和激情的大航海时代吧，在很短的时间内，被文艺复兴唤醒的欧洲文明蝗虫般覆盖了地球的每一个角落。

至于未来，如果文明真能延续下去，它必然无限制地扩大自己的尺度，成为巨大的宏观文明。科幻作家们对这样超级尺度的文明进行了许多生动的描述。如拉里·尼文的《环形世界》，描写一个文明所建造的环绕恒星的巨大结构；在阿西莫夫的《基地》中，人类遍布整个银河系；克拉克的《2001：太空漫游》中，超级文明更是用一种人类永远无法理解的超时空结构，使整个宇宙成为他们的庭院。

但我们不是在写科幻小说，要对文明的未来进行稍稍严肃些的超远期预测，都必须在数学和物理规律限定的范围内进行，否则就不是预测而是神话了。

文明向宇宙中扩张的第一步，当然是它所在的行星系，对人类来说就是太阳系。你可能知道，生物群落以几何级数扩充是一件很恐怖的事情：假想地球是一个培养基，表面覆盖着一层营养胶体，你把一粒肉眼都看不见的菌种放到它表面的某一点，可能半个暑假还没过完，这种细菌就已盖满了地球表面。如果人类获得了充足的技术能力，他们向太阳系中的扩张也是这个样子,冷酷的经济规律会使他们像狂风般横扫整个太阳系。这时,你就会发现我们的行星系是一个很小的地方,水星和小行星带的金属、金星和火星上的地盘、木星上的液态和固态氢、木卫二和土星及天王星光环中的水,直到冥王星上的甲烷,都是远远不够消耗的!像在地球上一样,人类文明在太阳系中也会很快面临生态危机和生存危机。文明的下一步只能是继续向外太空扩张,这时,它将遇到一堵不可逾越的墙:光速。

没有任何理论和观测证据证明时空虫洞的存在,空间折叠更是痴人说梦。以目前的理论基础,光速是不可超越的。前面说过,为了不使我们的预测变为神话,必须接受这种限制。事实上,以目前可以预见的宇航动力,如核聚变、光压驱动等,使一艘大型星际飞船达到光速的十分之一已是极其艰难。即便达到这个速度,要到达最近的恒星并返回,也需要近一个世纪;而要到达真正有可用资源的恒星并返回,可能需上千年甚至更长,这样的周期是一个经济高速发展的技术文明社会绝对无法忍受的。所以,未来地球文明在恒星际的扩张,其结果可能很像蒲公英在风中放出种子,最后长出一束束相距遥远的新蒲公英,它们之间无法建立联系,永远成不了一个整体。如果真的存在阿西莫夫描写的银河帝国,那它将是这样一个庞大的瘫痪病人——他的大脑想动一下手指,那根手指要到百万年后才能收到指令,再过百万年,大脑才知道手指是否真的动过。

我们由此可以推断,宇宙间不可能存在尺度跨越恒星的宏观文明,换句话说,用无限扩张空间尺度的方式发展文明是行不通的。

我们现在换一个思考方式,把目光投向相反的方向。再回到开始时蚂蚁的话题上:为什么蚂蚁没有像恐龙那样毁灭而生存到今天?其中一个很重要的原因是它们的个体很小。一个由小个体组成的生物群落所需的生存空间和资源很少,因而生存能力更强。同样的空间,可能只够一头恐龙躺下睡觉,对一个蚂蚁城邦来说却是一片广阔的疆土;只够一头霸王龙吃半口的肉,却能成为一座蚂蚁城市的全体居民一年的口粮。所以,在大自然中,小个体群落的生存优势是不言而喻的。大自然也许已意识到了这一点,从自然选择的趋势来看,生物有向小个体进化的趋势。

减小自身尺度就等于扩张了生存空间,我们把这称为文明的“反向扩张”。

从长远来看,反向扩张可能是人类文明的必由之路,它在技术上要比打破光速壁垒更现实一些。这需要人类用技术干预自身的进化,不断缩小自己的个体尺度。目前可以想象到的技术是基因工程,这项技术顺利发展下去的话,不难想象,人类有一天可以像编制计算机软件那样操纵基因,那时的生物学将创造出我们难以想象的奇迹。看看现在的地球,与人类较为相似的体积最小的哺乳动物是鼠类。借助于基因工程,人类最终有可能把自己缩小到白鼠大小。如果人类个体达到这个尺度,世界在他们眼中将发生根本的变化——想想现在一套普通两室一厅住房,在那时人们的眼中将是一座多么宏伟的宫殿啊!地球对于人类,已是一个现在无法想象的广阔世界。也许你觉得这想法有些滑稽,但当所有人都是那么大时,女孩儿们就不会在身高上取笑你了。

这只是反向扩张的第一步,还不是真正的微观文明。考虑到文明的终极发展,这样的尺度缩小是远远不够的。为了给未来的超级文明创造一个充分广阔的空间，人类可能要把自己的个体缩减到细菌尺度！这个想法听起来疯狂(实现它仅靠基因工程是远远不够的，还需要更为复杂的技术，诸如纳米机械和其他许多我们现在还无法想象的技术)，但与超越光速和空间折叠相比，它至少没有违反已知的物理学基本定律。从原子级别考虑，细菌大小的物质所拥有的原子数量和每个原子拥有的量子状态，足以存储和处理人类大脑中的全部信息。你可能还是觉得疯狂，但想想吧，要是回到一百多年前，你把现在的一块P4芯片拿给别人看，并告诉他们这小玩意儿内包含的东西，你也同样会被关进疯人院的。

一个由细菌尺度的个体构成的文明是什么样子？世界在他们眼中是什么样子？你可以自由地想象，并且很快会发现，这种想象是最让人心旷神怡的事。下面，只摘录拙作《微纪元》(一篇描写微文明的科幻小说)中的一段：

……他想象着当微人们第一次看到那棵顶天立地的绿色小草时的狂喜。那么一小片草地呢？一小片草地对微人意味着什么？一个草原！一个草原又意味着什么？那是微人的一个绿色的宇宙了！草原中的小溪呢？当微人们站在草根下看着清澈的小溪时，那在他们眼中是何等壮丽的奇观啊！地球领袖说过会儿下雨，会下雨就会有草原，就会有小溪的！还一定会有树。天啊，树！先行者想象一支微人探险队，从一棵树的根部出发开始他们漫长而奇妙的旅程，每一片树叶，对他们来说都是一个一望无际的绿色平原……还会有蝴蝶，它的双翅是微人眼中横贯天空的彩云；还会有鸟，每一声啼叫在微人耳中都是来自宇宙的钟鸣……

科学家们总倾向于从宏观文明的角度来推测可能存在的外星文明的行为和迹象，如一个著名的假设：星际文明发展到了一定的程度，它必然会最大限度地利用所在恒星的能量，其结果是，它们的世界可能是围绕着恒星的环带状，甚至把恒星整个包裹起来！通过寻找显现这类迹象的恒星，我们就可能发现外星文明。但现在，让我们从微观文明的角度思考一下外星文明的存在：如果文明发展到了一定程度，它们必然会使自己微观化。这无助于我们对外星文明的寻找，却能说明我们为什么至今没有见到它们。一个微观文明向外界的能量发散（不管是有意的还是无意的）都必然很小，这便增加了我们探测它们的困难。想一想，一个由细菌大小的个体组成的外星种族，就是聚集在你眼皮底下开奥运会，你也不可能觉察到它们的存在。

但微观化并非文明发展的终极，超级文明最终有可能如克拉克在《2001：太空漫游》中描述的那样，“把自己的存在凝固于光的点阵中”。这样的文明已彻底摆脱了宏观和微观的概念，如果愿意，他们可缩为一个原子那样小，或扩展为一个星系那么大。对文明的这种终极推测越来越多地出现于科幻小说中，获2001年雨果奖最佳短篇提名的美国科幻小说《引力深井》（*The Gravity Mine*）就是描写遥远未来的一个呈力场和辐射状态的人类文明；甚至这种推测也出现在科学家的严肃思考中，如保尔·戴维斯的科普著作《宇宙最后三分钟》就是这方面的杰作。但对我们来说，这样的文明已经更多地具有哲学甚至玄学的色彩了，相比之下，刚才你还觉得无比玄虚的微观文明倒变得实在了许多，更有一些可触摸的质感。

我们可以设想另一种终极文明，比起那与神和幽灵无异的力场文明来，它具有的是无可比拟的宏伟壮丽，这就是最后宏观化的微观文明。微观文明向宇宙扩张的结果必然使自己的空间尺度再次宏观化，但这与大个体构成的原始宏观文明有质的不同，它是文明的又一次升华，是生命在宇宙间谱写的最宏伟壮丽的乐章！对这种文明，我只描述一幅图景，余下的你自己来想象：

> 一支宏伟的星际船队驶入太阳系，它们的每艘飞船都有月球大小，但这些飞船却是由几千个细菌大小的宇航员驾驶的，他们聚在一起时，我们也只能用显微镜看到。

对于生命和文明在宇宙中的前景，任何想象都是软弱无力的。

发表于2003年第2期《科幻世界》

被忘却的佳作

春节放假闲来无事，把自己中学时代看过的、今天已被遗忘的科幻小说回忆了一下。至今仍被传诵的经典就不提了，只说那些已被人忘掉的。绝对不查资料，只凭记忆。这些都是二十年前的作品，如果二十年后还能记起来，那应该算是佳作了。如果大家还能想起别的来，欢迎补充！

首先回忆中国的第一部科幻电影。《大气层消失》？不是；《珊瑚岛上的死光》？也不是；《霹雳贝贝》？更不是！中国科幻电影的开山之作是《小太阳》，拍摄时间让人吃惊：上世纪50年代中期！内容同样让人吃惊：与拙作《中国太阳》相似，描写中国人在太空轨道上建造反射镜，但目的比《中国太阳》更合理，是为了增加农作物产量。虽然这部影片是少儿科幻，但色彩绚丽，风格清新，更重要的是，与前面那几部科幻片相比，它具有更大的科幻内核。这部电影在国内科幻界本该大书特书，但我对包括姚海军在内的多位中国科幻史专家提起时，竟无一人知晓！CCTV的电影频道在几年前曾在不引人注意的时间以不引人注意的方式不引人注意地播出过一次，以后就销声匿迹了。这可以说是中国科幻电影的“伤心者”了，但愿它的拷贝还在电影厂的资料库中保存着，相信总有一天它会被国内科幻迷们怀着敬意瞻仰！

《遥远的迭达罗斯》（《科幻海洋》）[①]，中国唯一一部科幻话剧剧本，描写人类因地球污染而移居太空的故事，思想深刻，放到今天也是佳作，特别是最后一幕——地球上唯一的老者在河边钓鱼的诗意场景——至今不能忘怀。

《最后一名癌症死者》（《科学文艺》）[②]，科幻电视剧本，描写从鲨鱼身上提取治癌药物的故事，各方面都十分出色，当时被奉为经典，曾被拍成中国第一部科幻电视剧，但拍得很次。

《青春》系列[③]（载于当时一个很重要的大型文学刊物上，只出了该系列的第一部），中国长篇，描写苏联在太空中建立庞大的军事基地，企图从太空攻击地球，中国宇航员发现了该基地，最后将其摧毁。该小说构思宏伟，场景广阔，记得当时在班上引起了很大轰动，一本书大家抢着看，读得如痴如醉，但后来不知为什么很快被人忘掉了。

《回来吧！罗兰》[④]，中国长篇，描写把某个科学家的生病女友冻起来、在遥远的未来又解冻的故事，小说很差，让人读不下去，记住它的原因是那个女的苏醒后，一位领导对男主人公说的一句在当时听来也肉麻

---

①作者陈健秋，发表于《科幻海洋》第2辑（1981年8月出版）。

②作者周永年、张凤江、贾万超，发表于《科学文艺》1980年第1期。

③正确篇名为《神秘的信号》（《青春》第一部），作者尤异，发表于《新苑》1979年第1期。

④张笑天著，春风文艺出版社1979年11月出版。

搞笑的话："同志啊，你为实现四个现代化做出了贡献，祖国也将还给你爱情和幸福。"那个MM醒来时芳龄二十，男主人公已经老得快入土了，不知这爱情将如何进行。

《驯火者之死》[①]（出处不明），描写一个发明家发明了一种超级冷却衣，能使人进入火海，当宇宙飞船失火后，这人穿着那身衣服去救火，结果最后还是死了，不过是被那衣服冻死的。这是一篇在今天看来仍很出色的小说，在当年的《科学神话》（一本大型年度科幻作品集）中被作为首选佳作。

《人口大爆炸》[②]，中央电视台的科幻电影，只是听说但没有看过，现在对这部本应很重要的影片记忆模糊，连它是否真的存在都不确定了。

《沙洛姆教授的失误》[③]（《人民文学》），经典之作，讲述一个人工智能科学家企图制造具有人类感情的机器人、最后失败的故事，在文学性上很优秀。

《遥远的爱》[④]（出处忘了），这篇的大概内容还没忘记，童恩正的经典之作，也算是爱情科幻的早期作品了，描写一个人类科学家与一个沉睡在海底的外星美人的爱情故事，诗一般美。值得一提的是，《中国青年报》居然为这篇短篇小说的发表发了一条消息，可见当时科幻小说的影响。

《桥》[⑤]（出处忘了），中国中篇，是国内第一篇战争科幻，描写苏联军队以伞兵突袭，随后大军攻入中国境内，占领一座城市后逼迫一名工程

①作者应其，发表于《科幻海洋》第3辑（海洋出版社1981年12月出版）。

②未查到相关信息。

③作者肖建亨，发表于《人民文学》1980年12月号。

④作者童恩正，发表于《四川文学》1980年第4～5期。

⑤作者胡晓林，为短篇小说，发表于《科学文艺》1984年第6期。

师为部队架桥,那个工程师用了一种会蒸发的建筑材料,使桥建好后瞬间消失。这篇小说曾被权威的《新华文摘》转载。

《β这个谜》[①](《科学文艺》),中国短篇,机器人小说,描写一个机器人企图叛逃到苏联的故事,当时影响很大,被奉为经典,阿西莫夫的小说传入后,才发现本文出色构思的真正出处。

《温柔之乡的梦》[②](载于一家主流文学刊物),魏雅华的一篇机器人小说,描写在以机器人为妻的时代,主人公被机器美人惯坏了的故事。无论在思想性还是文学性上都是绝对的佳作,放到今天,在同类题材上也无人能够超越。后来好像又出了续集。该文在当时的主流文学界也影响巨大,曾为当时对科幻的无情打击提供了口实。记得当时对它的批判中有这样的说法:那个机器人不管什么哲学家的书都看,为什么就是不看马列的书?

《远古的石头》[③](好像是这个名字,也是载于一家主流文学刊物),魏雅华的另一篇科幻小说,描写一个姑娘得到了一块来自太空的奇石,拿到自由市场上卖,出价十万,一些苏联人想买但她不卖,要拿中国被苏联抢走的领土交换……水平上远不如《温柔之乡的梦》,但文学技巧则比今天的大多数科幻小说高。

《消失的海岛》[④](好像是这个名字,载于一本科幻小说集),中国中篇,描写一群纳粹残余在一个不为外界所知的海岛上建立秘密基地,一位音乐家不慎落入该岛,最后偷了一艘纳粹的钻地车逃了出来。本文情

①作者刘肇贵,发表于《科学文艺》1979年第2期。

②发表于《北京文艺》1981年1月号。

③正确篇名为《女娲之石》,收录于《我决定和机器人妻子离婚》(江苏科学技术出版社,1981年7月出版)。

④疑为《音乐岛的沉没》,作者北筠,发表于《哈尔滨文艺》1980年6月号。

节很吸引人,对环境的描写手法老到。

《××号区域》[①](《萌芽》),描写大洋中部突然出现了一块新的土地,两个中国人首先踏上了那块土地,但被一支后来上去的苏联特种部队干掉了一个。类似的作品还有《消失的魔影》,描写苏联人用一种普通动力的飞行器在百慕大三角地区装神弄鬼,甚至用微波将一艘船上的人全部杀死。这是当时大批刊登在主流文学刊物上的科幻小说中的两篇,奇怪的是,这些小说比科幻刊物上的作品看起来更接近通俗文学。

《金玉米》[②](好像是这个名字,《科学文艺》),描写一名日本老兵回到他曾作战的中国农村地区,在那里种一种高产玉米,然后高价回收,说是赎罪,后来发现原来这里的土壤中富含金元素,这种玉米能够从土壤中大量摄取金子……十分有趣的一个故事,被忘掉真是可惜。

《沙罗教授的臭虫》[③](《科学文艺》),描写一名苏联科学家发明了一种能跟踪人迹的小机器人,用于在非洲的丛林中追踪反政府游击队,结果好像被修改了程序,把政府军引入了埋伏圈。

《寻找失踪者》[④](出处忘了),是当时中国一流的主流作家孟伟哉写的一部长篇科幻,没写完,描写一群被外星人劫持的人返回地球后的故事,其中人物形象生动,但处处是常识性错误,科幻描写笨拙不堪,后来常被人作为主流文学家写不了科幻的例子。

《XT方案》[⑤](出处不明),中国短篇,拖运南极冰山,用其制冷,以消灭台风,科幻构思十分出色。

---

①准确篇名为《十六号区域》,作者胡根,发表于《广州文艺》1980年10～11月号。

②正确篇名为《金魔王》,作者泮云强,发表于《科学文艺》1986年第2期。

③正确篇名为《巴达斯基教授的臭虫》,作者陈广群,发表于《科学文艺》1979年第2期。

④孟伟哉著,花山文艺出版社1983年4月出版。

⑤见第13页注释②。

《吐烟圈的女人》[①]（《科学文艺》），中国短篇，使城市中大型烟囱像吐烟圈一样排气，这样烟气环可以上升到高空并飘得很远，不会污染城市空气。典型的技术型科幻，构思出色，但篇幅太短，没有展开。

《甜甜的睡莲》[②]（《科学画报》），中国短篇，利用麻风病细胞的侵蚀性和癌细胞的速生性进行整容手术，是科学性和文学性结合得很好的一篇科幻小说。

《无量石》[③]（《科幻海洋》），中国短篇，描写一块能感知人的才能的石头在众人妒忌心的作用下烧毁的故事。

《绿色人》[④]（好像是这个名字），中国中篇，描写苏联通过基因工程培育出一批皮肤能进行光合作用的人，作为特种部队潜入中国，最后被全歼的故事。

以下是外国的：

《神秘的马希纳》[⑤]（《科学画报》），一篇来自某个东欧国家的很平庸的机器人小说，讲述一个机器人因看多了侦探故事而犯抢劫罪的故事。之所以记住它，是因为它在上世纪80年代国内攻击科幻的评论文章中被多次提到，说这篇小说除了讲述机器人会看书会犯罪外，没有任何科学知识，以作为科幻小说没有价值的例子。

---

①见第14页注释①。

②见第14页注释②。

③作者铁璀，发表于《科幻海洋》第2辑（海洋出版社1981年8月出版）。

④正确篇名为《绿色案件》，作者珊泉，发表于《飞碟上的险遇》（山西人民出版社，1980年10月出版）。

⑤原作者[东德]卡尔·汉茨·图瑟，发表于《科学画报》1979年1～2月号。

《崩溃》[1],美国长篇,描写近未来西方世界经济全面崩溃,整个社会陷入混乱的深渊,多亏了中国人(不错,是中国人)在以前的几年中悄悄囤积财富,才使世界得以拯救。这本长篇很早就被翻译到国内,现在看来很像网上那些中国人自己写的YY小说。

《铁栏帝国》[2](好像是这个名字,《科幻海洋》),美国中篇科幻小说,描写遥远世界中一个被奴役的民族集体出逃,寻找同族人在遥远的银河之角建立起强大的帝国,经过多年航行他们终于到达梦中的帝国,却发现那些强大的同族人同奴役自己的铁栏帝国一样凶残。故事很大气,情节吸引人。

《水星之旅》[3](好像叫这个名字,《科幻海洋》),美国短篇,描写一对兄妹在水星上的历险,其中关于水星上水银湖的描述十分美,本篇也是世界科幻的名作。

《时光倒流》[4](《科幻海洋》),美国短篇小说,没有任何技术背景的时光倒流的人生故事,开头是从坟里面把死人挖出来复活。

发表于2003年2月10日水木清华论坛"科学幻想"版

①准确书名为《濒临崩溃的边缘》,[美]本杰明·斯坦、[美]赫伯特·斯坦合著,江苏人民出版社1981年4月出版。

②正确篇名为《我们劫持了"梦幻号"》,发表于《科幻海洋》第2辑(海洋出版社1981年8月出版)。

③准确篇名为《水星之旅》,原作者[美]约翰·瓦利,发表于《科幻海洋》第2辑(海洋出版社1981年8月出版)。

④准确篇名为《岁月倒流》,原作者[英]J.G.巴拉德,发表于《科幻海洋》第2辑(海洋出版社1981年8月出版)。

从双奖看美国当代科幻

星云奖和雨果奖是代表世界科幻小说最高水平的奖项，前者由专家评出，后者基本面向读者。自新浪潮运动以后，西方科幻呈现出一种多元的发展趋势，各种风格并存，这在近两届星云奖和雨果奖中得到了充分的反映。从这两届获得提名和最终获奖的作品来看，可以发现以下值得注意的趋势：

一、传统的科幻理念仍具有强大的影响力。在这两年获提名或获奖的小说中，有相当部分具有明显的技术内核——虽然还不能说它们是标准的坎贝尔式小说，但传统的技术型理念是其基调。只不过由于现在的前沿科学理论已远较上世纪三四十年代的黄金时代抽象，所以这些小说中的技术描写与传统科幻相比更加玄虚和飘忽。比如本届雨果奖提名短篇《引力深井》（*The Gravity Mine,2001*），描写宇宙接近完全热寂、物质和能量即将消失时人类的生存状况。在小说中，人类已经成为一条由能量流构成的大河，围绕着正在蒸发的黑洞以光速飘行，只有一个个浪花才使个体得以短暂地凸现。最后，一个叫Anlic的个体从一个黑洞残留的裸露奇点的量子振荡中培育出了新的生命。小说的境界空灵而广漠，是一个科幻版的《创世纪》。上届星云奖获奖中篇《你一生的故事》(*The Story of Your Life*,*2000*)，描写一种能同时看到过去和未来所有时间段的生物所创造的科学，它的技术内容十分丰富，以至于不得不借助插图来进行技术说明；同外星人建立语言交流的部分写得十分精确，像一篇语言学论文；人类和外星人对物理学的不同直觉的描述也十分专业和精彩。上届星云奖提名中篇《现实检测》(*Reality Check*,*2000*)，描写高能加速器打开了通向另一个平行世界的门，也包含了丰富的技术内容。获本届雨果奖提名并获《阿西莫夫科幻杂志》读者奖的《猎户座防线》(*On the Orion Line*, *2001*)，是一篇典型的"硬科幻"，描写一个寒冷世界的文明用改变宇宙基本常数的方法，阻拦人类向银河系的另一条旋臂扩张，其中对改变常数后的物质形态的描写十分有趣。

传统科幻理念在双奖作品中的另一个体现是：大部分作品仍使用传统的文学叙事手法，语言平实，感情真挚。《你一生的故事》就是一篇这样的作品，在文学上它达到了很高的水准，它对时间、命运和人生的思考独特而深刻，读后回味无穷，让人久久不能平静。它的语言简洁而优美，小说虽采用时空交错结构，但自然流畅，如同一首意境深远的诗。

二、关注社会，表现出强烈的使命感和责任感。这两届的双奖提名和获奖作品中，有相当一部分表现出对现实社会问题的深切关注和对人类前途的严肃思考。如获上届雨果奖提名的《温室中的花朵》(*Hothouse Flowers*,*2000*)，通过对一名养老院工作人员的心态描写，展示了当人类的寿命延长至几百岁时出现的老龄化社会的可怕景象；获上届星云奖提名的《生命信任》(*Living Trust, 2000*),描写了当生命科学的最新成果落到极端自私的财富拥有者手中时产生的社会问题;获上届雨果奖提名的《星际收获》(*Stellar Harvest, 2000*),从一个为超级媒体在外星选择拍摄全息影片外景地的女性的视角,深刻描述了种族问题和本土文明的地位问题;上届星云奖获奖短篇《好的交易》(*The Cost of Doing Businese, 2000*),通过一桩代人受害的业务,描述了一个极端商业化社会的噩梦般的图景。在所有这类作品中,给人印象最深的是获本届雨果奖提名的《为最后一名幸存者的祈祷》(*Kaddish for the Last Survivor, 2001*),讲述在已经淡忘纳粹大屠杀的未来社会,大屠杀的最后一名幸存者把一片存有自己记忆的芯片传给女儿的故事,小说凝重而深沉,具有巨大的感染力。本届雨果奖的获奖作品《千年贝贝》(*Millennium Babies, 2001*)是一篇十分独特的社会学科幻,它描写千年之交时,许多男女为了赶在新年零点生下世纪婴儿,使得这一段时间的出生率大增。三十年后,一名社会学家对这些已长大成人的婴儿进行调查,发现那些出生时间与千年零点失之交臂的孩子大都被父母在精神和肉体上抛弃,因为父母当初怀他们的本意是想获大奖,而他们使父母失望了。这些孩子随后尝尽了人生的辛酸。这篇小说的社会内容丰富而深刻,读后令人生出许多感慨。与此同时,对社会和政治的关注也产生了另一类作品,如获上届星云奖中篇提名的《塔克拉玛干》(*Taklamakan, 2000*),是一篇反华小说,通过对中国西部一个由地下核试验形成的巨大洞窟的阴暗描写,恶毒地攻击中国的民族政策,从中我们可以看到美国对华冷战思维的熟悉影子。

我们总认为,新浪潮之后的西方科幻已很少承载科幻和文学之外的东西,完全是想象力和个性的宣泄,这实在是一种误解。国内科幻界还不时有人以此来要求我们的作品少承载一些沉重的东西，其实这点我们早做到了——比起当代美国科幻，我们的科幻小说已轻得像羽毛，沉浸在风花雪月的春梦之中不可自拔了。

三、多元化趋势更加明显。除了以上介绍的在理念上较为传统的作品外，另类的科幻小说也占了相当的比例，有些手法前卫，文体晦涩，很难读懂，如本届星云奖获奖短篇《迈克》(*MAC*, *2001*)；另一些作品已完全超出了我们的科幻观念，如上届星云奖短篇提名作品《你家窗户上的死孩子》(*The Dead Boy at Your Window*, *2000*)，描写一个一出生就死去的小孩如何成为阴间和阳间的传信使者的故事；还有一篇《花之吻》(*Flower Kiss*, *2000*)，讲述一个小女孩用魔法战胜恶毒继母的故事，完全是一个中世纪童话。另一篇雨果奖提名作品《红色教区》(*Redchapel*, *2001*)，描写美国前总统西奥多·罗斯福在英国侦破一起凶杀案的虚构历史，看上去是一篇典型的福尔摩斯探案小说，但其中有着丰富的暗示和象征，是一篇只有美国人才能看懂的小说，对19世纪末20世纪初的美国社会和政治了解不多的中国读者很难理解其含义。最让我国科幻迷大跌眼镜的是：《卧虎藏龙》居然获得本届雨果奖最佳剧本提名！但这些另类科幻被容忍和被承认，并没有妨碍前面提到的较为正统的科幻作品的繁荣，这对国内科幻的创作和评论也是一个很深的启示，它告诉我们：科幻在理念上完全可以百花齐放，没有必要固守某个定义而作茧自缚。

发表于2003年2月15日水木清华论坛“科学幻想”版

远航！远航！

这是借用一篇科幻小说的题目，作者是一位名叫法默的美国人，小说描写的是哥伦布乘着一艘装备着无线电的大船，在平面状的地球上航行的迷人故事。其实，科幻小说在精神上与大航海时代有密切联系，科幻小说家笔下的宇宙航行，就是海洋探险的三维翻版。一艘小小的飞船，像一粒飘浮在太空中的金属果壳，这是大多数科幻小说中星际航行的情景。

但真实的恒星际航行可能是另一个样子。在那种航行中，行驶在广阔海洋上的将不是从利物浦或鹿特丹驶出的三桅帆船，而很可能是利物浦或鹿特丹本身。

科幻小说中的宇宙航行大多是以某种超技术为基础的，即那些能在短时间内跨越光年级距离的技术，比如超光速和空间跃迁等。目前，无论在理论上还是实验中，都没有一个被科学界普遍认可的对超光速可能性的证明，空间跃迁就更不用提了。科学和技术的力量是有目共睹的，但自然规律也有一个底线,不可能我们想要什么就有什么。很可能,当公元20000年到来的时候,爱因斯坦的相对论仍然有效,光速仍然不可超越,我们最强的动力仍然还是核聚变。但如果那时的人还是人,一定已经扬起了恒星际航行的风帆。

那么,就让我们想象一下,以现有的理论为基础,技术向前迈一两步的情况下,星际航行可能是什么样子。

设想我们能将宇宙飞船的速度再提高两三百倍(相当不少了!),达到光速的百分之一,那么我们到达最近的恒星再返回需要一千年,如果飞船从宋朝出发,现在就快回来了。在这样长的时间里,像哥伦布那样带足淡水和粮食是不太可能的。当然,应该考虑到冬眠这个办法(这已经不算是超技术了),一艘小飞船载上两三个人,在冬眠中用五个世纪到达那里,看一看后,再用同样的时间在冬眠中返回,倒是可以带足水和干粮(如果对保鲜要求不高的话)。但这样的航行只限于探索,而人类宇宙航行的最终目的与大航海时代一样,是要在那些遥远的地方开辟新世界。在那些遥远的星系里,可没有用几个玻璃珠就能哄骗着为我们干活儿的土著,要在那里建立一个新世界,无疑是要去很多人的。即使采用冬眠方式,在到达目的地后,这些人也要醒来去开拓新疆域,在把那里的行星变得适合人类生存之前,他们还是要依靠飞船上的系统生活,而这个阶段可能长达几个世纪。一篇获2001年星云奖提名的小说《漫长的旅程》(*The Days Between*)就描述了这样的困境:一艘载有上百名乘员的宇宙飞船,飞向距太阳四十多光年的一颗恒星,计划在那里的行星上开辟一个人类新世界。全部航程需两个世纪,这期间飞船上的所有人员都处于冬眠状态。由于一次意外事件,一名乘员在飞船起航后不久就苏醒了，而且无法再次进入冬眠，只能在飞船上孤独地度过自己的下半生。他又活了六十多年，吃掉了飞船上相当大的一部分给养，这些食物本是为星际移民到达目的地后准备的，为此，这名孤独的人在死前留下了一封道歉信。其实，即使没有这位苏醒者，飞船上的给养又够这上百人维持多长时间？他们真的能在这么短的时间里把那个陌生的行星变得适合人类生存？作者对这些并没有交代。所以，过去海上航行那种自带粮草的方式，可能只适合于太阳系内的航行。在恒星际航行中，飞船必须是一个自给自足的生态循环系统。

建造这样一个封闭的生态系统需要极其复杂精致的技艺，金·斯坦利·罗宾逊的《冰柱之谜》在文章开头对此有生动的描写：

> ……它是最精彩的智力游戏之一，在很多方面很像象棋……我考虑得越多，小问题也随之增多，并且越想越严重。所有这些问题纠缠在一起，交织成一张巨大的、相互联系的因果网……而这一次，人们玩游戏是为了生存。

事实上，人类已经进行过这样的尝试，这就是1991年的“生物圈二号”工程。但那个人工生态系统不到一年时间就玩不转了，里面的科学家们不得不走出其中。由于过多地呼吸二氧化碳，他们一个个头晕脑涨，病怏怏的像坐了一年地牢。更有甚者，后来还发现这项实验有作弊行为。

“生物圈二号”的失败有多种原因，其中很重要的一点就是：它不够大。“……只有像地球这样规模的生态系统，这样气势磅礴的生态循环，才能使生命万代不息。”(节选自拙作《流浪地球》)这也就决定了未来的恒星际航行很可能是超大规模的。

提到超大规模宇宙航行，我们首先想到用整个行星作为宇宙飞船。这个想法固然宏伟，但也是最笨拙的一个。因为按照这个方案，绝大部分的推进能量都将消耗在加速巨量的几乎是毫无用处的质量——行星内部的质量上，这些质量的唯一意义就是产生引力。而在薄壳容器状的飞船中，引力可以用自旋产生的离心力来代替，既便捷又便宜，即使没有引力，飞船中的空气也不会丧失。

第二个方案自然是建造超巨型宇宙飞船。我们可能会想象如上海或纽约那样大的飞船，但考虑到飞船生态系统需要维持的漫长时间，肯定需要大量的植被和水体，这就意味着飞船可能必须造得更大，像克拉克笔下的拉玛一样成为一个小世界。建造这样的飞船，恐怕又需要超技术了。我们知道，对于薄壳结构，体积越大就越脆弱。一个核桃是很结实的，但如果把它的直径放大十万倍，即使把壳的厚度也按比例放大，它怕是也难以在地球重力下保持完整。不错，科学家和工程师们早就在认真地设计同样庞大的太空城了，但飞船与太空城有一点很重要的不同之处：前者需要加速，这与那个大核桃需要承受重力是一回事。不管推进力的分布如何均匀，超巨型飞船总会有相当多的部分产生极其巨大的应力，在可能想象的技术范围里，这应力是任何材料都难以承受的。这个方案还犯了一个从事风险事业的最大忌讳：把所有的鸡蛋都放进了一个篮子，一旦遇到什么不可避免的灾难(这在太空中是很正常的)，就全完了。

前不久，美国宇航员杰瑞·M.利宁杰出了一本书，描写作者在“和平号”空间站上的经历。这本书是傲慢与偏见的范本，通篇充满了对俄罗斯宇航事业恶毒的诋毁和丑化，其中有这样一段记述：当“亚特兰蒂斯号”航天飞机与“和平号”对接后，航天飞机上优良的空气循环系统改善了“和平号”上恶劣的空气环境。这本来不能成为利宁杰贬低“和平号”的证据，因为“和平号”毕竟已经在太空独立运行了很长时间，航天飞机则刚升空几个小时。但由此受到启发，想到了超大规模宇宙航行的第三个方案：银河列车方案。设想一支庞大的船队，由数量巨大的常规尺寸的飞船组成，每艘飞船都有自己独立的生态循环系统和推进系统，可以独自航行。当然，这些飞船上的小生态系统受其规模限制，不可能长期运行。但在航行中，所有的飞船将组合为一个整体，飞船上的生态系统相互贯通，形成一个巨大的可以长期运行的总生态系统；同时，每一艘飞船都可以快速脱离组合体而成为独立的飞船，并可与其他飞船随意组合成新的大小不同的组合体。这样一旦遇到灾难，也只能伤及组合体的一小部分。特别值得一提的是，这种结构在星际战争中极为有利。这很像想象中的银河列车，区别在于每节车厢都可做车头，并且它也不是长条状，更有可能是球状或环状的。对于超远程超长时间的世代航行，我们可以设想出一个“全息原则”，使得每艘个体飞船都能够在相当长的时间内承载所有的乘员，这就使安全系数达到最大。这样的组合体有可能达到一个行星的体积，但由于其蜂巢状的结构，质量要小得多。这种组合体的内部没有超巨型飞船那样广阔的空间，而是像一个庞大的迷宫。这些小生态系统如何相连，无数个体飞船上的推进系统如何联合发挥作用，都是很复杂也很有魅力的技术课题，但从现有的技术发展方向看，这是最有可能实现的超大规模宇宙航行方案。

以上的宇宙航行之所以被称为超大规模，还有一个时间上的含义。这些巨大的飞船，可能要用上万年时间才能到达第一颗恒星，而找到适合开发的带有行星的恒星，可能要几十万甚至上百万年，这可能完全改变宇宙航行的概念。对于地球来说，一次宇宙航行已经不是一个有始有终的过程，而将成为漫长历史中始终存在的一个背景，那艘在太空深处跋涉的飞船，已经和它出发的世界本身一样成为永久的存在，成为人类在宇宙中的一个永远离去的寄托。飞船上，经过漫长的岁月，宇航者们在与地球完全不同的环境中，可能朝着一个完全不同的方向进化。与一些科幻小说中的描写不同，地球不可能被完全遗忘，但在几百代人后，永恒的漂泊可能被认为是文明的一种最正常的状态。即使到达了一个能够生存的星系，他们也不会停下来，远航将成为星舰文明的终极目标。每当到达一个世界，他们就会利用那里的资源对船队进行修补和扩建，最后，这支船队可能达到令人难以想象的规模。

说到这里，我们有了超大规模宇宙航行的第四个方案：雪球方案。之前的三种方案都要消耗出发的世界中的巨量资源，对于那些一去不回的孩子，地球是否愿意付出那么多还是个疑问。但我们可以先建造一艘中等规模的飞船，使其中的生态系统可以维持到抵达第一颗较近的恒星，然后用那个星系的资源对船队进行补充和扩建，这个宇宙雪球就这样一站一站地滚下去，最终形成一个巨大的飞船世界……打住吧，这又太科幻了些，今天我们只谈最有可能实现的科幻。

最绚丽的梦是那些有可能成为现实的梦，科幻之梦就是这样，尽管它的想象只有万分之一的可能变为现实，但比起魔幻的万分之零来还是无穷大。据现代物理学和生物学的推测，我们人类在宇宙中出现的概率可只有几亿分之一，但我们还是出现了，并且把许多看似缥缈的梦幻变成了现实。

并且，我们上面的梦想，实现的可能性远大于万分之一，它们所需要的技术的理论基础已经具备，剩下的只是力气活儿而已。

“如果说那个原始人对宇宙的几分钟凝视是看到了一颗宝石，那么其后你们所谓的整个人类文明，不过是弯腰去拾它罢了。”（节选自拙作《朝闻道》）

发表于2003年第3期《科幻世界》

我们需要的科幻

——评杰克·威廉森的《黑太阳》

如果你想做一个终生难忘的梦，我可以介绍个经验：在一个冬夜（最好是我们北方的冬天），到一间没有暖气、温度接近冰点的空荡荡的黑暗的大仓库中，睡在一张硬板床上，盖得越少越好，但又不至于冷得让你睡不着。这一夜的梦肯定是高质量的，寒冷中的梦最逼真，而且当你醒来时，寒冷又会令你分不清梦境和现实。

《黑太阳》就是一个这样的梦。

在这个梦里，你站在一个黑白两色的宇宙中，白的是脚下无际的冰原，黑的是头顶深不见底的太空，更黑的是那个死太阳。但就在那个比太空更黑的圆盘上，有发着暗红色光芒的交错的裂纹。你们几个人在这冰原上梦游般地走着，眼神呆滞，控制你们意识的小黑石在脑后反射着星星的寒光。你们看到了亿万年前留下的黑色的高塔和庙宇，庙宇的黑墙上，怪兽的黄眼睛在盯着你们……这里距地球可能有百万光年，时间已在十亿年之后。在那遥远得无法想象的地球故乡，人类文明早已消失，可能地球本身也不存在。整个冷寂的宇宙中，只剩下你们，几个在黑太阳下的冰冻海洋上呆滞梦游的人类……这就是威廉森为我们创造的世界，一个令人战栗又着迷的世界。

为什么要读科幻小说？对于普通的读者，这是个1+1=2的问题。但同样是这个问题，对于中国科幻界却是科幻文学的哥德巴赫猜想。在中国如游丝般飘忽不定、时隐时现的百年科幻史中，不同时期有着不同的答案。今天，中国科幻人仍在为这个问题感到迷惑。这也是科幻小说的一个根本问题，是这个文学种类存在的基石。《黑太阳》虽不能为这个问题带来明确的答案，却给了我们许多启示。

这个问题最早的答案来自于鲁迅先生，他认为科幻小说能在中国普及科学，驱除愚昧。不可否认，在当时的历史条件下，这是一个伟大的见解。对于当时的中国，它可能比后来那些更合理的见解具有更大的意义。事实上，在那个时代，科幻文学在中国如果选择其他的目标是愚蠢的，甚至是不可原谅的。这个理论一直持续到20世纪50年代，那时，这个本该完成其历史使命的理论，却变得更加牢固，也更加功利化，科幻小说成了孩子们学习科学知识的工具。现在，科幻在许多人的眼中仍是这个形象。那么，读者能从《黑太阳》中学到什么科学知识呢？也许能学到一些，但更多的是误导。即使从不太严格的科学眼光看，波态飞行中那些遇到恒星的引力场而由波态恢复到常态的飞船，黑太阳行星上那些历经十亿年仍能控制不同星球物种的思维的长生石，都经不起起码的推敲。

20世纪80年代，为什么要读科幻小说这个问题终于出现了第二个答案：为了在科幻的背景上更深刻地认识社会。不错，《黑太阳》中真的有不少人性和社会的内容，那艘飞船就是人类社会的一个缩影，自私、狭隘、贪婪、钩心斗角、贪污腐化等都能在其中找到影子。同时，在众多的90年代末的西方科幻作品中，这部小说中的人物形象也较为鲜明。但如果你在几十年后还能记得这部小说的话，那记住的肯定不是这些东西。如果真的有人为了这些而看《黑太阳》，那他最好去买一套《人间喜剧》。对于人性和社会，巴尔扎克落下的那点儿也比这本书深刻。事实上，几十年后，这部小说中的人物你可能一个都记不起来，但你绝对不会忘记人类作为一个整体在黑太阳下的冷寂世界中的恐惧和迷茫。

对于为什么要读科幻小说还有一个答案：它能使我们对人类面临的各种各样的未来做好心理上的准备，以使我们能够提前预防，或至少是从容面对未来的灾难。《黑太阳》描写的确实是未来，也确实是灾难，但那是在距今十亿年之后的未来，距地球百万光年之遥的世界中的灾难。从我们的太阳的质量等级看，它在那时将以一种完全不同的方式结束生命，如果那时地球上仍存在着文明的话，它将终结于火海中而不是严寒里。描述那样的未来灾难以增强我们的心理承受力，多少有些牵强附会。

既然如此，为什么《黑太阳》还是让我们着迷？答案很简单，我们想去那里，想去威廉森为我们创造的那个百万光年之遥的十亿年之后的黑太阳下的世界，我们自愿把威廉森递过来的这颗黑色的长生石贴在脑门上，以便在它的控制下梦游。

有时候我们怀疑，上帝可能是一位科幻小说家，因为科幻小说的任务就是创造一个个不同的世界，尽管对于科幻而言，这些世界仅能存在于想象之中。事实上，早期的科幻小说并没有试图去创造完整的世界，而只满足于创造某种东西,比如凡尔纳的那些大机器。后来,科幻小说由创造大机器发展到创造世界,标志着科幻作家由工程师向造物主的飞跃。但这造物主的活儿并不好干,科幻史上留下的能称之为经典的想象世界屈指可数。就像文学史上留下了哈姆雷特、堂吉诃德这些人物形象一样,科幻史上留下了阿西莫夫的银河帝国、克拉克的拉玛飞船和赫伯特的沙丘行星。《黑太阳》才诞生不久,我们当然无法断言它的世界能否成为经典,但可以肯定这个世界是创造得极为出色的。

你为什么登山?因为山在那儿;你为什么读科幻?因为科幻中的世界不在那儿!是的,科幻大师们创造的想象世界之所以吸引我们,是因为它们的疏离感,或者说是因为它们与现实的距离。在日复一日灰色的生活中,我们深感现实的乏味与狭小,渴望把自己的生命个体以几何级数复制无数份,像雾气般充满整个宇宙,亲自感受无数个其他世界的神秘与精彩,在另一些时间和另一些空间中体验无数种不同的人生。只有想象和幻想能使我们间接地实现这个愿望,这就是科幻小说吸引力的主要来源。

在以往的科幻理论中,对于科幻小说中的想象世界,主要是强调两点:一是其逻辑自洽性,要使想象世界自成一个在逻辑上能够完好运行的封闭系统。这几乎是科学家干的活儿,比较明显的例子是非欧几何,虽然这种几何后来大量应用在地理制图学和理论物理学中,但创造它们的数学家们当初只是为了得到一个在逻辑上自我满足的几何学世界;二是想象世界的超凡和奇特,要使这些世界与现实拉开距离,以其与现实的巨大落差使读者受到震撼。科幻史上的许多经典之作做到了这两点,但引进之后在国内并没有产生很大的反响,究其原因,可能是这些作品有意或无意地忽略了第三点:对想象世界与现实的距离的把握。

首先要对这里提到的“距离”进行说明:这不是物理的距离,而是指想象和幻想的力度和自由度。《星球大战》系列显然是发生在很遥远的地方的故事,用卢卡斯在电影小说开头的话说是在“另一个空间、另一个时间”,但他描述的不过是加上了激光剑和宇宙飞船的地球中世纪,所以说,这是与现实距离很近的科幻。哈尔·克莱门特在国内读者不太熟悉的《临界因素》中描写了这样一种假想的生物:它们呈液态,没有形状,在地层中渗透流动,在流经一个地层空洞通过洞顶的滴水发现了引力……小说中这种生物就生存在地球的地层里,但这个想象世界与现实的距离是很远的。

科幻小说中的想象世界肯定不能与现实太近,否则就会失去其魅力甚至存在的意义。但想象世界与现实的距离也不能太远,否则读者无法把握。创造想象世界如同发射一颗卫星,速度太小则坠回地面,速度太大则逃逸到虚空中。科幻的想象世界,只有找准其在现实和想象之间的平衡点,才真正具有生命力。而《黑太阳》在这一点上做得极为出色。

把组成《黑太阳》的世界的各个因素分开来看,它们与现实的落差并不太大。首先,那个黑太阳,如太空中一块正在熄灭的火炭,比起另一种死亡的恒星——黑洞要直观得多;冰星表面的景观我们可以在地球两极找到对应;两栖人蜕变的过程对地球人来说,既不陌生,也不新奇……所有这些意象,读者都能依托现实在大脑中真实地构建出来,这就给了读者一根现实的拐杖,使他们能够无障碍地在那个想象世界中梦游。但由这些因素构成的那个世界,却与现实有着巨大的落差,是那么超凡,那么令人战栗,使我们真切感受到了那广漠而深邃的寒意。《黑太阳》的这个特点，对科幻阅读经历相对较少的中国读者尤其可贵。

中国的科幻之火是由西方的作品点燃的，至今，我们的科幻迷记忆中最优秀的科幻小说仍来自西方。但近年来事情发生了变化，西方（主要是美国）的现代科幻在中国干起了相反的事。以前，中国读者阅读的西方科幻大多是20世纪60年代以前的作品。为了改变这种状况，国内科幻出版界翻译出版了相当数量的外国近期的科幻小说，大部分是美国科幻近年来的巅峰之作。国内的科幻迷们欣喜若狂地先睹为快，结果是热脸贴到冷屁股上。从这些装潢精美的小说中，他们再也感受不到昔日从凡尔纳、威尔斯、阿西莫夫和克拉克的作品中感受到的那种震撼和愉悦，他们看到的只是晦涩的隐喻和支离破碎的梦境，科幻的想象世界变得阴暗而朦胧。在《站立桑给巴尔》《星潮汹涌》《高城堡里的人》这类作品面前，国内读者大都有一种阅读的障碍和挫折感，这也可能使后来者远离科幻。

但《黑太阳》是个例外。1998年它在美国首次出版，可以说是很新的作品了，却带给我们一种久违了的科幻黄金时代的愉悦。它的叙述流畅自然，意象清晰鲜明，使读者能够毫无障碍地走进那个想象世界。

《黑太阳》使我们思考这样一个问题：我们现在到底需要什么样的科幻作品？对于目前美国科幻小说的状态，国内的科幻界是持赞赏态度的，认为这是科幻作为一种文学成熟的标志，美国的这些巅峰之作在中国没有市场，只是由于我们的读者水平太低。殊不知，美国的年轻读者也看不懂那些作品，因此他们的年轻人已很少读科幻小说了。令人不可理解的是，对于美国的科幻读者年龄偏大这一事实，我们的科幻界仍持赞赏态度，并向往着中国的科幻读者群有一天也能变成这种状态。难道没人想想,当美国这些四十岁以上的老科幻迷都离世后(这好像用不了多长时间了),他们的科幻小说还有谁去读?事实上,国内科幻读者的低龄化正是中国科幻的希望所在,却被我们当做一件遗憾的事,这不能不说是很遗憾的。对于这样的读者群,我们需要的是像《黑太阳》这样既有内涵又有可读性的小说。

去年,威廉森在雨果奖的领奖台上接过了那个火箭状的奖杯。他因《最后的地球》荣获这项科幻小说的诺贝尔奖,这是一部与《黑太阳》具有同样清晰明快风格的作品。当然这只是我的想象,威廉森未必能去领奖,因为他这时已九十岁了。这使我想起有人对科幻迷说过的一句话:常常接触科幻小说的人往往看起来比实际年龄年轻,如果这事发生在你身上,请不要惊奇。

发表于2003年第3期《异度空间》

从大海见一滴水

——对科幻小说中某些传统文学要素的反思

试想托尔斯泰在《战争与和平》中做出如下描述:

> 拿破仑率领六十万法军侵入俄罗斯,俄军且战且退,法军渐渐深入俄罗斯广阔的国土,最终占领了已成为一座空城的莫斯科。在长期等待求和不成后,拿破仑只得命令大军撤退。俄罗斯严酷的冬天到来了,撤退途中,法国人大批死于严寒和饥饿,拿破仑最后回到法国时,只带回不到三万法军。

事实上,托翁在那部巨著中确实写过大量这类文字,但他把这些描写都从小说的正文中隔离出来,以一些完全独立的章节放在书中。无独有偶,一个世纪后的另一位战争作家赫尔曼·沃克,在他的巨著《战争风云》中,也把宏观记述二战历史进程的文字以类似于附记的独立章节成文,并冠以一个统一的题目——《全球滑铁卢》——如果单独拿出来,可以成为一本不错的二战历史普及读物。

两位相距百年的作家的这种做法，无非是想告诉读者：这些东西是历史，不是我作品的有机部分，不属于我的文学创造。

确实，主流文学不可能把对历史的宏观描写作为作品的主体。其描写的宏观度达到一定程度，小说便不成其为小说，而成为史书了。当然，存在着大量描写历史全景的小说，如中国的《李自成》和外国的《斯巴达克斯》，但这些作品都是以历史人物的细节描写为主体，以大量的细节反映历史的全貌——它们也不可能把对历史的宏观进程的描写作为主体，那是历史学家干的事。

但科幻小说则不同，请看如下文字：

天狼星统帅仑破拿率领六十万艘星舰构成的庞大舰队远征太阳系。人类且战且退，在撤向外太空前带走了所有行星上的可用能源，并将太阳提前转化为不可能从中提取任何能量的红巨星。天狼远征军深入太阳系，最后占领了已成为一颗空星的地球。在长期等待求和不成后，仑破拿只得命令大军撤退。银河系第一旋臂严酷的黑洞洪水期到来了，撤退途中，由于能源耗尽，失去机动能力，大批星舰被飘浮的黑洞吞噬，仑破拿最后回到天狼星系时，舰队只剩下不到三万艘星舰。

这也是一段对历史的宏观描写，与此前那段文字不同的是，它同时还是小说，是作者的文学创造，因为这是作者创造的历史，仑破拿和他的星际舰队都来自于他的想象世界。

这就是科幻文学相对于主流文学的主要差异。主流文学描写上帝已经创造的世界，科幻文学则像上帝一样创造世界再描写它。

由于以上这个区别，我们必须从科幻文学的角度，对科幻小说中主流文学的某些要素进行反思。

一、细 节

小说必须有细节，但在科幻文学中，细节的概念已经发生了巨大的变化。有这样一篇名为《奇点焰火》的科幻小说，描写在一群超级意识那里，用大爆炸方式创造宇宙只是他们的一场焰火晚会，一颗焰火就是一次创世大爆炸，进而诞生一个宇宙。当我们的宇宙诞生时，有这样的描写：

> "这颗好！这颗好！"当焰火在虚无中炸开时，主体1欢呼起来。
>
> "至少比刚才几颗好，"主体2懒洋洋地说，"暴涨后形成的物理规律分布均匀，从纯能中沉淀出的基本粒子成色也不错。"
>
> 焰火熄灭了，灰烬纷纷下落。
>
> "耐心点嘛，还有许多有趣的事呢！"主体1对又拿起一颗奇点焰火要点燃的主体2说，同时把一架望远镜递给主体2，"你看灰里面，冷下来的物质形成了许多有趣的微小低熵聚合。"
>
> "嗯，"主体2举着望远镜说，"他们能自我复制，还产生了微小的意识……等等，他们中的一些居然推测出自己来自刚才那颗焰火，

有趣……”

毫无疑问,以上的文字应该算作细节,描写两个人(或随便其他什么东西)在放一颗焰火后的对话和感觉。但这个细节绝对不寻常,它真的不“细”了,短短两百字,在主流文学中描写男女主人公的一次小吻都捉襟见肘,却在时空上囊括了我们的宇宙自大爆炸以来的全部历史,包括生命史和文明史,还展现了我们宇宙之外的一幅超宇宙图景。这是科幻所独有的细节,相对于主流文学的“微细节”而言,我们不妨把它称为“宏细节”。

同样的内容,在主流文学中应该是这样描写的:

宇宙诞生于大爆炸,后来形成了包括太阳在内的恒星,后来在太阳旁边形成了地球。地球出现十几亿年后,生命在它的表面出现了,后来生命经过漫长的进化,出现了人类。人类经历了原始时代、农业时代、工业时代,进入信息时代,开始了对宇宙本原的思考,并证明了它诞生于大爆炸。

这是细节吗?显然不是。所以宏细节只能在科幻中出现。

其实这样的细节在科幻小说中很常见,《2001:太空漫游》最后一章中宇航员化为纯能态后的描写就是最好的例子,这一段文字为科幻文学中最经典的篇章。在这些细节中,科幻作家笔端轻摇,便纵横十亿年时间和百亿光年空间,使主流文学所囊括的世界和历史瞬间变成了宇宙中一粒微不足道的灰尘。

在科幻小说的早期，宏细节并不常见，只有在科幻文学将触角伸向宇宙深处，同时开始了对宇宙本原的思考时，它才大量出现。它是科幻小说成熟的一个标志，也是最能体现科幻文学特点和优势的一种表现手法。

这里丝毫没有贬低传统文学中的微细节的意思，它同样是科幻小说中必不可少的因素，没有生动微细节的科幻小说就像是少了一条腿的巨人。即使全部以微细节构成的科幻小说，也不乏《昔日之光》这样的经典。

现在的遗憾是，在强调微细节的同时，宏细节在国内科幻小说的评论者和读者中并没有得到认可，人们对它一般有两种评价：一、空洞；二、只是一个长篇梗概。

克拉克的《星》是科幻短篇中的经典，它最后那句“毁灭了一个文明的超新星，仅仅是为了照亮伯利恒的夜空！”是科幻小说的千古绝唱，也是宏细节的典范。但这篇小说如果在国内写出，肯定发表不了，原因很简单：它没有细节。如果说虽然《2001：太空漫游》时空描写的尺度很大，但内涵已写尽，再扩张也没什么了，那么《星》可真像一部长篇的梗概。如果把这篇梗概递到一家国内出版社征集科幻长篇的老编辑手中，他（她）没准儿还嫌它写得太粗略呢。国内也有许多很不错的作品以“没有细节”为由发不出来，最典型的例子要数冯志刚的《种植文明》了。在2001年银河奖颁奖会后的座谈会上，一位MM严厉地指责道：“科幻创作的不认真已经发展到了这种地步，以至于有人把一篇小说的内容简介也拿出来冒充杰作！”看到旁边冯兄的苦笑，我很想解释几句，但看她那义愤填膺、大义凛然的样子，话又吓回肚子里去了。其实，这篇作品单从细节方面来说，比国外的一些经典还是细得多。不信你可以去看看两年前刚获星云奖的《引力深井》，看看卡尔维诺的《螺旋》，再看看很有些年代的《最初的和最后的人》。听说冯兄正在把他的这篇“内容简介”扩为长篇，其实这事儿西方科幻作家也常干，但耐人寻味的是，很多扩充后的长篇在科幻史上的地位还不如它的“梗概”。

宏细节的出现，对科幻小说的结构有着深刻的影响。这使我们联想到了应用软件（特别是MIS软件[①]）的开发理论。依照来自西方的软件工程理论，软件的开发应该由顶向下，即首先建好软件的整体框架，然后逐步细化。而在国内，由于管理水平和信息化层次的限制，企业MIS软件的开发基本上都是反其道而行之，即先有各专业的小模块，最后逐渐凑成一个大系统（这造成了相当多的灾难性后果）。前者很像以宏细节为主的科幻，先按自己创造的规律建成一个世界，再去进一步充实细化它；而后者，肯定是传统文学的构建方式了。传统文学没有办法自上而下地写，因为上面的结构已经建好了，描写它不是文学的事。

科幻急剧扩大了文学的描写空间，使得我们有可能通过对整个宇宙的描写更生动也更深刻地表现地球，表现主流文学中存在了几千年的传统世界。从仙女座星云中拿一架望远镜看地球上罗密欧在朱丽叶的窗下打口哨，肯定比从不远处的树丛中看更有趣。

科幻能使我们从大海见一滴水。

二、人 物

人类的社会史，就是一部人的地位的上升史。从斯巴达克斯挥舞利剑冲出角斗场，到法国的革命者高喊人权博爱平等，人从手段变为目的。

①管理信息系统。

但在科学中，人的地位正沿着相反的方向演化，从上帝的造物（宇宙中的其他东西都是他老人家送给我们的家具）、万物之灵，退化到与其他动物没有本质的区别，再退化到宇宙角落中一粒沙子上的微不足道的细菌。

科幻属于与社会文化密不可分的文学，但它是由科学催生的，现在的问题是，在人的地位上，我们倒向哪边？

主流文学无疑倒向了前者。文学是人学，已经成了一句近乎于法律的准则，一篇没有人物的小说是不能被接受的。

从不长的世界科幻史看，科幻小说并没有抛弃人物，但人物形象和地位与主流文学相比已大大降低。到目前为止，成为经典的那些科幻作品基本上没有因塑造人物形象而成功的。在我们看过的所有电影中，人物形象的平面呆板之最是《2001：太空漫游》创造的，里面的科学家和宇航员目光呆滞面无表情，用机器般恒定的声调和语速说话。如果说其他科幻作品中人物形象的欠缺是由于作家的不在意或无能为力，那么，《2001：太空漫游》则是库布里克故意而为之，他仿佛在告诉我们，人在这部作品中只是一个符号。他做得很成功，看过电影后，我们很难把飞船中仅有的那两名宇航员区分开来，除了名字，他们似乎没有任何个性上的特点。

人物地位在科幻小说中的变化，与细节的变化一样，同样是由于科幻急剧扩大了文学描述空间的缘故；另一个重要原因是，由于科幻与科学的天然联系，使得它能够对人类在宇宙中的地位有一个清醒的认识。

人物形象的概念在科幻小说中主要有以下两方面的扩展：

其一，以整个种族形象取代个人形象。与传统文学不同，科幻小说有可能描写除人类之外的多个文明，并给这些文明及创造它的种族赋予不同的形象和性格。创造这些文明的种族可以是外星人，也可以是进入外太空的不同人类群落。前面提到的《种植文明》，就是后者的典型例子。我们把这种新的文学形象称为种族形象。

其二，一个世界作为一个形象出现。这些世界可以是不同的星球和星系，也可以是平行宇宙中的不同分支，近年来，又增添了许多运行于计算机内存中的虚拟世界。这又分为两种情况：一是这些世界是有人的（不管是什么样的人），这种世界形象，其实就是上面所说的种族形象的进一步扩展；另一种情况是没有人的世界，后来由人（大多是探险者）进入，在这种情况中，科幻小说更多地关注于这些世界的自然属性以及它对进入其中的人的作用，这时，世界形象往往像传统文学中的一个反派角色，与进入其中的人发生矛盾冲突。科幻小说中还有一种十分罕见的世界形象，这些世界独立存在于宇宙中，人从来没有进入，作者处于一个旁边的超意识位置来描写它，比如《巴别图书馆》。这类作品很少，也很难读，却把科幻的特点推向极致。

不管是种族形象还是世界形象，在主流文学中都不可能存在，因为一个文学形象存在的前提是有可能与其他形象进行比较，描写单一种族（人类）和单一世界（地球）的主流文学，必须把形象的颗粒细化到个人，种族形象和世界形象是科幻对文学的贡献。

科幻中两种新的文学形象显然没有得到国内读者和评论者的认可。我们对科幻小说的评论，仍然延续着传统文学的思维，无法接受不以传统人物形象为中心的作品，更别提有意识地创造自己的种族形象和世界形象了，而对于这两个科幻文学形象的创造和欣赏，正是科幻文学的核心内容。

中国科幻在文学水平上的欠缺，本质上是这两个形象的欠缺。

三、科幻题材的现实与空灵

其实，这个话题从理论角度看没有太多可讨论性。科幻的存在就是为了科学幻想，一旦科学被抛弃，那就只剩幻想了；而展现想象世界又是这个文学品种的起点和目的，用科幻描写现实，就像用飞机螺旋桨当电扇，不好使的。

但国内的读者偏爱贴近现实的科幻，稍微超脱和疯狂一些的想象都无法接受。在这种情况下，我们的科幻大多是近未来的。

有一件事一直让我迷惑不解：想看对现实的描写干吗要看科幻？《人民文学》不好看吗？《收获》不好看吗？《平凡的世界》不好看吗？要论对现实描写的层次和深度，科幻自然不如主流文学。

很多年前看过一部苏联喜剧电影，其中有这样的镜头：一架大型客机降落到公路上，与汽车一起行驶，它遵守所有交通规则，同汽车一样红灯停、绿灯行。

这是对国内科幻题材现状的绝妙写照。科幻是一种能飞起来的文学，我们偏偏喜欢让它在地上爬行。

四、科幻中的英雄主义

现代主流文学进入了嘲弄英雄的时代，正如那句当代名言：太阳是一泡屎，月亮是一张擦屁股纸。

其实，这种做法并非完全没有道理。科学和理性地想想，英雄主义并不是一个褒义词。“二战”中那些德国坦克手和日本神风飞行员的行为是不是英雄主义？当然可以说不是，因为他们是为非正义的一方而战。但进一步思考，这种说法带给我们的只有困惑。普通人在成为英雄以前并不是学者，他们不可能去判断自己所从事事业的正义与否；更重要的是，即使是学者，从道义角度对一场战争进行判断也是很难的。说一场战争是不是正义的，更多的是用脚而不是用大脑说话，即看你站在哪一方的立场上。像“二战”这样对其道义性质有基本一致的看法的战争，在人类历史上是极为罕见的。如果按传统的英雄主义概念，在战争到来时，普通人如果想尽责任，其行为是否是英雄主义就只能凭运气了。更糟的是，撞上这一运气的概率还不是扔硬币的二分之一。随着时间的推移，人们肯定认为大部分战争中双方的阵亡士兵都是无意义的炮灰。以这样的定义再去看英雄主义，就会发现它在历史上给人类带来的灾难远大于进步。《光荣与梦想》中的女主人公为之牺牲的事业也并非正义。这样一来，难道那些以生命为代价的惨烈奉献，那些只有人类才能做出的气壮山河、惊天动地的壮举，全是毫无意义的变态闹剧？

比较理智和公平的做法，是将英雄主义与道义区分开来，只将它作为一种人类特有的品质，一种将人与其他动物区别开来的重要标志。

随着文明的进步，随着民主和人权理念在全世界被认可，英雄主义正在淡出。文学嘲弄英雄，是从另一个角度呼唤人性，从某种程度上看是历史的进步。可以想象，如果人类社会沿目前的轨道发展，英雄主义终将成为一种陌生的东西。

现在的问题是:人类社会肯定会沿着目前的轨道发展吗?

人类是幸运的,自文明出现以来,人类世界作为一个整体,从未面对过来自人类之外的能在短时间内灭绝全种族的灾难。但这不等于这样的灾难在未来也躲着我们。

当地球面临外星文明的全面入侵时,为保卫我们的文明,可能有十亿人需要在外星人的激光下成为炮灰;或者当太阳系驶入一片星际尘埃中,恶化的地球生态必须让三十亿人去死,以避免六十亿人一起死。这种情况下,我们的文学是否还要继续嘲笑英雄主义呢?那时高喊人性和人权能救人类吗?

从科幻的角度看人类,我们的种族是极其脆弱的,在这冷酷的宇宙中,人类必须勇敢地牺牲其中的一部分以换取整个文明的持续,这就需要英雄主义。现在的人类文明正处在前所未有的顺利发展阶段,英雄主义确实不太重要了,但这不等于它在科幻所思考的未来也不重要。

科幻文学是英雄主义和理想主义的最后一处栖身之地,就让它们在这里多待一会儿吧。

五、科幻中的第三个形象

前面说过科幻文学所特有的两个形象——种族形象和世界形象——它还有第三个主流文学所没有的形象:科学形象。由于科幻是科学发展的直接产物,不管是传统的硬科幻,还是后来的软科幻,科学总是或明或暗地存在于其中。它像血液般充盈在科幻小说的字里行间,作为一个无所不在的形象,一直在被科幻小说塑造着。

中国科幻一直在向主流文学学习,但一直不是个好学生:我们关注人物形象和语言技巧,结果我们的作品在人家看来不过是小学生作文;我们关注现实,与人家相比不过是一群涉世不深的学生娃的无病呻吟;我们也玩儿后现代,结果更是一塌糊涂。但在一件事上,科幻对主流文学却是青出于蓝胜于蓝,那就是对科学的丑化和妖魔化。

其实,到现在为止,主流文学只是与科学保持着一定的距离,并没有刻意伤害它,这一方面因为传统文学中的田园场景与科学关系不大;另一方面,丑化科学首先需要了解它,在这一点上主流文学可能有一定的障碍。但科幻却有着这方面的天然优势,而且做起来不遗余力!

我们科幻小说中的科学形象已经成了什么样子,我想大家都很清楚。

不错,西方的科幻作家在这方面做得比我们有过之而无不及,但这并不是我们这样做的理由。科学在西方社会相当普及,对它的后果进行反思也许是必要的。但即使如此,这种倾向也受到了西方科学界和科幻评论界的一致谴责。在中国,科学在大众中还是一朵旷野上的小烛苗,一阵不大的风都能将它吹灭。现在的首要任务不是预言科学的灾难,中国社会面临的真正灾难是科学精神在大众中的丧失。

科学的力量在于大众对它的理解,这是一句真知灼见。让科学精神在大众中生根发芽是一项伟大的事业,与之相比,科幻倒显得微不足道了。本来两者并不矛盾,老一辈的中国科幻人曾满怀希望让科幻成为这项伟大事业的一部分,现在看来这希望是何等地天真。但至少,科幻不应对这项事业造成损害。科学是科幻的母亲,我们真愿意成为她的敌人吗?

如果不从负面描写科学,不把它写得可怖可怕就不能吸引读者,那就让我们把手中的笔停下来吧。没什么了不起的,还有许多别的有趣的事情可做。如果中国科幻真有消失的那一天,作为一个忠诚的老科幻迷,我真诚地祈祷它死得干净些。

六、陈旧的枷锁

以上写了一些科幻与主流文学的对比,丝毫没有贬低主流文学的意思。以上谈到的科幻的种种优势是由它本身的性质决定的,它并没有因此在水平上高出主流文学;相反,现在的它并没有很好地利用自己的优势。其实,与主流文学相比时,我们常常有自惭形秽的感觉。最让我们自愧不如的,是主流文学家那种对文学表现手法的探索和创新的勇气。从意识流到后现代文学,各种令人眼花缭乱的表现手法以我行我素的执着精神不断向前发展着。再看看科幻,我们并没有创造出属于自己的表现手法,新浪潮运动不过是把主流文学的表现工具拿过来为己所用,后来又发现不合适,整个运动被科幻理论研究者称为"将科幻的价值和地位让位于主流文学的努力"。至于前面提到的宏细节、种族形象和世界形象,都是科幻作家的无意识作为,并没有上升到理论高度,更没有形成一种自觉的表现手法,而在国内,这些手法甚至得不到基本的认可。

其实,前面所提到的在科幻文学中扩展和颠覆的一些传统文学元素,如人物形象、细节描写等,在主流文学中也正发生着急剧变革。像博尔赫斯和卡尔维诺这样的主流文学家,早就抛弃了那些传统的教条,并取得了巨大的成功。

反观国内科幻的评论者,却正在虔诚地拾起人家扔掉的破烂枷锁,庄严地套到自己身上，把上面的螺栓拧到最紧后，对那些稍越雷池一步的科幻作品大加挞伐，俨然成了文学尊严的守护者。看着网上的那些评论，满篇陈腐的教条，没有一点儿年轻人的敏锐和朝气，有时真想问一句：您高寿？

创新是文学的生命，更是科幻的生命。面对着这个从大海见一滴水的文学，我们首先要有大海的胸怀！

发表于2003年10月1日水木清华论坛“科学幻想”版

《球状闪电》后记

这是个雷雨之夜，当那蓝色的电光闪起时，窗外的雨珠在一瞬间看得清清楚楚。暴雨是从傍晚开始的，自那以后，闪电和雷声越来越密。在一道炫目的闪电后，它在一棵大树下出现了，在空中幽幽地飘着，橘红色的光芒照出了周围的雨丝。在飘浮中，它好像还在发出埙一样的声音，约十几秒钟后，它消失了……

这不是科幻小说，是1981年夏季作者在河北邯郸市的一次大雷雨中的亲眼所见，地点是中华路南头。当时那里还比较僻静，向前走就是大片农田了。

就是在同一年，阿瑟·克拉克的《2001：太空漫游》和《与拉玛相会》在国内出版了，这是国内较早翻译的凡尔纳和威尔斯作品之外的科幻名著。

在这两件事上，我都很幸运，因为大约只有百分之一的人声称自己见过球状闪电（这个统计数字来自国内气象学刊上的一篇论文，我怀疑这个比例太高了),而在中国看克拉克的这两本书的人,可能还不到万分之一。

这两本书确立了我的科幻理念,至今没变。在看到它们之前,我从凡尔纳的小说中感觉到,科幻的主旨在于预言某种可能在未来实现的大机器,但克拉克使我改变了看法。他告诉我,科幻的真正魅力在于创造一个想象中的事物(《2001:太空漫游》中的独石)或世界(《与拉玛相会》中的飞船),这种想象的创造物,在过去和现在都不存在,在未来也不太可能存在。但从另一个角度说,当科幻小说家把它们想象出来后,它们就存在了,不需要进一步的证实和承诺。相反,如果这些想象的创造物碰巧真的变成现实,它们的魅力反而减小了。就拿克拉克来说,他最吸引科幻读者的创造物是独石和拉玛飞船,而有可能变为现实的太空电梯给人的印象就没有那么深,已经变为现实的通信卫星吸引力就更小了。

与主流文学留给人们性格鲜明的人物画廊一样,西方科幻小说也留下了大量的想象世界:除了克拉克的拉玛飞船外,还有阿西莫夫广阔的银河帝国和用三定律构造出来的精确的机器人世界、赫伯特错综复杂的沙丘帝国、奥尔迪斯的温室雨林、克莱门特那些用物理定律构造出来的世界,以及从自然科学和历史角度看都不可能存在的巴比伦塔等。这些想象世界构造得那么精确鲜活,以至于读者时常问自己它们是不是在另一个时空中真的存在。

反观中国科幻,最大的缺憾就是没有留下这样的想象世界。中国的科幻作者创造自己世界的欲望并不强,他们满足于在别人已经创造出来的世界中演绎自己的故事。我们的科幻小说中的那些世界都是熟悉的,只剩下故事了。

创造一个在所有细节上都栩栩如生的想象世界是十分困难的，需要深刻的思想，需要在宏观和微观上都强劲有力、游刃有余的想象力，需要从虚无中创世纪的造物主的气魄，而后面两项，恰恰是我们的文化所缺乏的。但如果我们一时还无力创造整个世界，是否能退而求其次，先创造其中的一个东西呢？这就是我写这部小说的目的。

球状闪电至今还是一个科学之谜，但现在已经能在实验室中产生了（虽然平均七千次实验才能产生一个），彻底揭开这个谜也指日可待，到那时有一点可以肯定：你会发现球状闪电完全不是小说中描述的那种东西。搞清球状闪电真的是什么，不是我的事，也不是科幻作家能做到的。我们所能做到的，只是描述自己的想象，创造一个科幻形象——与主流文学不同，这个形象不是人。

自从目击球状闪电之后，近二十年来，我不由自主地对它产生了多种想象。这部小说描述了这些想象中的一种，不是我觉得最接近真实的一种，而是最有趣、最浪漫的那一种。它只是一个想象的创造物：一个充盈着能量的弯曲的空间，一个似有似无的空泡，一个足球大小的电子。小说中的世界是灰色的现实世界，是我们熟悉的灰色的天空和云，灰色的山水和大海，灰色的人和生活。但就在这灰色的现实世界之中，不为人注意地飘浮着这么一个超现实的小东西，仿佛梦之乡溢出的一粒灰尘，暗示着宇宙的博大和神秘，暗示着这宇宙中可能存在的与我们的现实完全不同的其他世界……

发表于2004年7月四川科学技术出版社《星云Ⅱ·球状闪电》

《球状闪电》访谈

记者:很高兴您能接受我们的采访。您已是五届中国科幻银河奖得主,想必有很多读者在读了《球状闪电》之后,还想要了解一下“下蛋的鸡”。您能否先向我们介绍一下《球状闪电》的创作历程?

答:《球状闪电》的构思来自于一部已经流产的描写近未来战争的长篇小说,我的另一个短篇《全频带阻塞干扰》也是选材于这部长篇,所以两者在人物和情节上有着一丝隐隐约约的联系。但两者的精神实质不太一样,《全频带阻塞干扰》中纯洁的理想主义和英雄主义在《球状闪电》中几乎消失了,代之以一些更复杂、更怪异的东西。同时,战争内容在《球状闪电》中已经所剩无几,且只是一个遥远的背景。

这部小说虽然历经四年才发表,但真正写作的时间并不长,也就是一个季度左右,稿子大部分时间都是放在出版社了。一位朋友在网上写过一篇评论,使有些读者误认为它已经出版过了,但其实并没有,这是《球状闪电》的第一次出版,而这一稿与那篇评价所涉及的初稿是完全不同的。

记者:您怎么评价自己的这本小说?作为作者,您认为这本小说与您以前的作品有什么不同?您认为对于长篇科幻小说,最重要的是什么?

答:《球状闪电》是一部比较"纯正"的科幻小说,是我自己写过的技术内容最多的一部科幻小说,在第一稿中这种描写有些泛滥,二稿中删掉了许多。

我感觉《球状闪电》与自己以前作品最大的不同之处在于,它是一部充满了细节的小说,而不是由宏伟场景构成的大框架。用我在不久前写的一篇文章中的话说,"它在有宏细节的同时也有丰富的微细节。"

我认为长篇科幻小说最重要的是创造一个科幻形象,这个形象是非人的,或至少不是主流文学传统意义上的人。在与现实拉开距离的科幻长篇中,这个形象可能是一个完整的想象世界;而在与现实零距离的科幻小说中,这个形象则可能是一个想象中的未知物体。《球状闪电》就属于后者。它是我对自己科幻理念的一次有意识的实践,试图创造一个非人的、但鲜明的科幻形象,这种形象只能在科幻文学中产生。

记者:您在小说开篇提及小说里所描述的球状闪电都是以翔实的科学记录为依据的,您是否担心会有专家或科幻迷在技术细节上提出严厉的批评?

答:球状闪电是一个很复杂的自然之谜,直到现在,它的原理和成因都是未知的。它的内部有上万度的超高温,表面却是凉的;最惊人的是它能量释放目标的选择性。小说中描写的将人烧成灰而衣服完好无损这类不可思议的事,在球状闪电的目击历史上被多次记载。不久前俄罗斯科学家声称在实验室中创造了它，但很快得知他们生成的是表面带电荷的液滴，与大自然中的球状闪电不是一回事。而这部小说中的球状闪电，只是一个科幻文学形象，为演绎科幻的美感而诞生，不应被看做是对这种自然现象基于科学的一种解释。事实上，我自己从科学角度对球状闪电的猜测（当然是很幼稚、很业余的）也完全不同。小说中的解释，不是因为它最符合逻辑，而是因为它最有趣、最浪漫。

至于对技术细节的批评，还是引用一位科幻大师的话吧：到科幻小说中来找技术漏洞，那您是来对地方了。

记者：在小说后记中，您反复列举了数位科幻大师笔下的奇异世界，也表明了自己对于创造一个自洽的想象中的世界的热爱。您觉得《球状闪电》符合您心中的标准吗？

答：从与现实的距离来看，科幻小说（特别是长篇科幻）大体分为两类：一类如造物主般建造起完整的想象世界，与现实没有多少联系；另一类则是描写现实世界中的科幻火花，在这些作品中，科幻如同一小粒被突然扔进现实灰尘中的钻石，在尘世灰色的背景上，更能显示出它的璀璨和美丽。前者如《基地》和《沙丘》，后者如刚出版不久的《达尔文电波》。《球》属于与现实融为一体的科幻，正如后记中所说：小说中的世界是灰色的现实世界，是我们熟悉的灰色天空和云，灰色的山水和大海，灰色的人和生活，但就在这灰色的现实世界之中，不为人注意地飘浮着这么一个超现实的小东西，仿佛梦之乡溢出的一颗星星，暗示着宇宙的博大与神秘……

记者:我发现您笔下的科学家,与大众通常印象中的都不同,带有一种很特别的"狂",而且越"狂"的人就越光芒四射,比如《球状闪电》中,男主角的地位就数度几乎不保,险些被中场时才登台的男二号、物理怪才丁仪所取代。您认为这是对科学家的写照,还是形而上的哲学思考?

答:现在,科学研究已经成为一种普通的职业,科学家大部分自然也都是普通人了,但任何时候都有性格特异的怪才存在。在主流文学中,这样的形象价值不大,因为他们不是典型环境中的典型形象,但科幻文学中的典型环境与主流文学有很大的不同,是可以允许这类形象存在的。毕竟,与主流文学相比,科幻文学所描写的更多的是一些不普通的人。具体到《球状闪电》中的丁仪,与《朝闻道》里的那个有很大的不同,他身上打了不少的现实烙印。另外,小说中的男一号确实是个普通人。

记者:以前常常有评论者批评您的小说中没有真正的人物,都像戴着面具,尤其是在女性人物方面。而这次的女主角林云却与您以前所写过的很不一样。

答:其实《球状闪电》中的女主人公形象也很单纯。您之所以觉得与我以前写过的很不一样,是因为她是另一类人。她不是英雄,也不是理想主义者,甚至连正面人物都不算,童年的经历和生长的环境使她的思维方式变得如机器般冷酷,同时多少有些扭曲……但如前面所说,《球状闪电》所致力创造的文学形象不是女主人公,而是球状闪电。

这里再说些题外话:有人可能会怀疑小说中女主人公的行为方式和所起的作用,作为作者,我也真诚地希望这些描写不可信,但遗憾的是,它们是可信的——现实远比理论上的条律条例复杂得多。

记者：您的很多作品都具有厚重的现实感和昂扬的爱国主义激情，比如《地火》《全频道阻塞干扰》等。这部《球状闪电》也具有同样的风格，您自己是怎么看待这样的风格的？在提倡全人类视野的科幻文学中，坚持民族立场，是不是有些古怪？

答：这可能是你的惯性思维，《球状闪电》中也许有你所说的“厚重的现实感”，但真的没有“昂扬的爱国主义激情”，也没有任何民族主义的东西，更不存在YY之类的内容。战争结束后，中国并没有取得真正意义上的胜利，只能同全世界一起，战战兢兢地面对着比战争更可怕的宏聚变的威胁。同时，小说中的细节描写也是现实的，在女主人公身上暗示了军队中的一些现状。但如上所述，作为科幻小说，这只是为了增加小说的临场感。

至于我以前的作品，现实感和爱国主义激情也是分题材的，在《诗云》和《微纪元》中没什么现实感，在《吞食者》和《朝闻道》中更没有爱国主义。如您所说，科幻文学确实是具有全人类视野的文学，但这与民族立场似乎并不矛盾。在银河系文明中，全人类也就是一个民族。您能指望一个1940年的汉奸在2140年外星人入侵时为地球文明献身吗？

记者：您以前曾有“将科幻从文学中剥离”“宏细节”等言论，显示了您的科幻观与读者甚至科幻迷的科幻观有很大差异。如果完全不考虑市场、读者的因素，您最想写的科幻小说是什么样的呢？

答：最想写的是那种毫无约束地放纵自己想象力的科幻小说，让自己的思绪不断游荡于宏观和微观尽头之间。具体说来，很像《梦之海》和

《诗云》那样的。坦率地说，它们是我自己最钟爱的两篇小说。写这样的科幻是一种享受，一种“亿万年狂欢”（奥尔迪斯的一本科幻理论著作的书名）。

遗憾的是，读者并不认同这样的作品，我尊重大家的感受，不会把这个系列写下去了。但我的脑海中还是不断涌现这类构思，并乐此不疲。这已成为自己的一种很美妙的思维探险。我还是觉得，包括科幻在内的幻想文学就是干这个用的。

记者：最后一个问题，您怎样看待中长篇科幻小说市场的发展？您在近几年内是否有新的创作计划，继续担当科幻小说市场的领头羊？

答：我只是一名工程师和科幻作者，且地处偏僻，谈市场真没有资格。从美国科幻来看，杂志时代之后就是长篇小说时代，不知中国科幻会不会走这条路。据我的感觉，中国科幻长篇市场的启动需要一两本能卖出百万册的长篇，以及由这些书产生的一两部票房上亿的电影或在CCTV黄金时间热播的电视剧，但至少在目前看来，这两样“圣物”还没有出现的迹象。

至于创作计划，对于我们这些业余作者来说，并不是全由自己来决定，要看以后空闲时间有多少。如果有大段的时间，我还是很想再写长篇的，否则，就只能继续写中短篇了。我不认为自己是领头羊，中国科幻的创作队伍还没有羊群的规模，不多的几只羊各有自己鲜明的不可替代的特色，无论从市场角度还是从文学角度，真正的领头羊还没有出现，我们只能祈祷他（她）们尽快出现。

发表于2004年7月四川科学技术出版社《星云Ⅱ·球状闪电》

五十年后的世界

一位时间旅行者不慎将随身携带的手电筒遗失在宋朝，被这个时代的一个老百姓拾到，当作神圣的宝物献进皇宫。最后，手电筒中的电池耗尽，再也发不出光来，只在那个时代留下了无尽的好奇和困惑。

以上是一篇科幻小说讲述的故事。阿瑟·克拉克说过一句广为人知的话：在一个落后时代的人看来，现代科学与魔法无异。其实这话还是有些偏差，因为现代科学的产物已然超越了魔法。首先，现代科学所涉及的能量级别已远远超过魔法世界。在古代神话中，没有出现过2000万吨级聚变核弹这样能级的东西，孙悟空的金箍棒和宙斯的闪电，在能量级别上都比前者低一个层次；其次，神话世界所涉及的空间范围也远小于现代科学，神话世界的半径，很少有超出月球轨道的，而人类的探测器就要飞出太阳系了。

科幻小说家的想象与科学家和未来学家是不同的，虽然两者都是将许多不同的未来排列出来，但科学家和未来学家最终选取的是他们认为最有可能成为现实的想象，而科幻作家选择的则是他们认为最具有文学美感的想象。科幻小说的预测能力其实被夸大了，早在凡尔纳之前就有人造出了潜艇；而克拉克关于通信卫星的设想是顺理成章的事，没有他也很快会有人想出来。但同时，人们发现了另一个很具戏剧性的事实，科学家和未来学家们对未来的预测同样不准确：19世纪，有科学家通过流体力学原理得出结论——火车的速度不可能超过每小时150千米，否则车内的空气会被抽尽；本世纪初，相当一部分物理学家都认为人类对物质规律的认识已经完成，现在却发现我们不过是海边拾贝的小孩儿，真理的大海还没有沾湿鞋子；20世纪60年代，有一个科学家大腕曾断言：全世界有一台巨型计算机就够用了；看看1980年代初被奉为未来学经典的《第三次浪潮》和《大趋势》，其中的预言，不管是宏观还是细节，没有几样成为现实。正是这种预测的不准确，使得未来学在近年来调整了研究方向，将重点转向对近期发展决策的分析，超过二十年的预测是不敢再多做了。

这是一个有趣的事实，科学家和未来学家们以科学为基础的严谨预测，与科幻作家们天马行空的“胡思乱想”，其准确程度（或说误差程度）竟然差不多！事实证明两者都不准确——那我们干脆就“胡思乱想”好了。

科幻小说中的想象，时间长度有达到几亿亿年后宇宙末日的，但在这里，我们只向前走半个世纪左右，这是读这篇文章的大多数人都能活到的时代。请记住：这是胡思乱想；但同时也请记住：科学的和严肃的预测比这也准不了多少。

能　源

让我们先从在我们想象的时段里肯定要发生的一件事开始:石油将枯竭;煤炭的贮藏量要多些,但迟早也会枯竭。化石能源的替代品主要有:太阳能、风能、水能、潮汐能、核能(包括裂变能和聚变能)。这其中,前四项虽然都是可再生能源,但产能量较低,无法适应能耗巨大的未来世界,所以未来最有可能的替代能源是核能。核裂变能的应用已成为现实,但产能量更高的是核聚变,且没有核裂变的核污染问题。可控核聚变技术虽没有进入实用阶段,但并不遥远,已经到达突破的边缘。在我们的想象时段过去一半时,化石能源枯竭的危机感肯定会推动世界在此项研究上进行巨大的投入,将可控核聚变变为现实。

核聚变的产能率比核裂变高了一个数量级,其原料取自海水,十分丰富。核聚变一旦商业化,电能就可能成为一种十分丰富而廉价的东西。这会使人类社会发生巨大而深刻的变化,这变化可以与电和石油取代蒸汽相比。

首先出现的是移动供电,或称无线供电。它使用微波代替供电线路,用户通过接收微波取得电能。这项技术在目前已经可以实现,最早是用在一个很尴尬的领域:窃听器。冷战时期,美国就多次向苏联大使馆发射微波束,以给安装于其中的窃听器充电。

这项技术没有广泛应用有两个原因:其一是效率太低,发射的能量中相当一部分逸失了,当核聚变提供了极其廉价的巨量能源时,这个问题就不用考虑;其二是微波的电磁污染,这个问题目前无法解决,但不等于以后也解决不了——记住，我们毕竟是在胡思乱想。

移动供电的结果，就是我们可以像用手机接收信号那样随时随地接收电能，这将完全改变我们的生活，其中最显著的改变是——

交　通

随着化石燃料的枯竭，汽车也将变为化石。汽车的消失和核聚变能源的出现，使我们有可能改正上个世纪初犯下的一个错误。

飞机出现并进入实用化之后，人类社会一开始就应该把空中交通作为主流交通方式。三维空中交通的速度和通行量，是二维地面交通所不能比拟的，甚至城市里的短程交通，也可以由低速灵活的飞行汽车(旋翼带护圈的小型直升机)来完成。制约空中交通发展的最大障碍是油耗，飞行器的油耗一般都是地面汽车的十几倍。但很早就出现的两种技术，有可能使空中汽车的油耗降到与地面汽车相当，这就是飞艇和飞行伞。前者比空气轻，不需要提供上升动力，后者的飞行原理虽与传统飞机相似，但在自重很轻的情况下能够提供很大的翼展面积，因而能在较小的动力下产生更大的升力。当然，这两种飞行器都有很大的缺点，比如飞艇的体积、飞行伞的起飞场地等，但如果把后来用于地面汽车研发的力量用在空中汽车上，相信这些问题是完全能够解决的，甚至还有可能发现更高效的个人飞行方式。同时，空中交通不需要道路，那么公路建设的资金也可以省下很巨大的一笔。现在来看，正是地面汽车的飞速发展，将空中交通可能的市场扼杀在摇篮中，使得个人飞机没有能够取代汽车。

核聚变能源的出现,使空中飞行的高能耗在经济上变得可行;而移动供电的出现,使飞行器在空中随时可以接收外部能量,不必携带沉重的电池,飞行器可以造得很轻巧,同时具有无限的续航能力。

以后还有可能出现一种空中列车,这是由一架大功率飞机拖曳着一串无动力滑翔机车厢构成的大型远程飞行器。这在技术上没有任何问题,因为早在第二次世界大战中,为夺取处于敌后的莱茵河大桥,盟军就用传统的飞机和滑翔机组成过这种飞行器,将大量的兵力和装备投放到敌后。由于这种组合飞行器起飞和着陆比较麻烦,未来的空中列车借助于移动供电技术将长期在天空中飞行,由一种轻巧的空陆渡船将乘客送上或接下列车。

与这类大型飞行器相对应,轻巧的个人飞行装备将完全代替汽车。由于移动供电技术的支持,这种装备最小可以做到像雨伞一样,那时,上班族们可能每个人都拎着一把雨伞大小的螺旋桨。

以上美妙的飞行世界只可能建立在充足的核聚变能源和移动供电技术上,如果可控核聚变技术在化石能源告罄后仍不能取得突破,核裂变发电又由于原料供应和污染等原因无法进一步发展,人类就可能进入一个能源短缺的时代。当然,也有另一种可能,由于环境等原因,人类世界可能在掌握了聚变能源技术后主动限制能源的使用,于是也会出现一个能源短缺的时代。这个时代空中交通自然不可能成为主流,那么,燃油汽车消失后的地面交通会是什么样子呢?

自然而然的想法是使用太阳能等可再生能源驱动的电动汽车,但这种想法已不是胡思乱想。为了使我们的瞎想更离谱,就让我们回归畜力交通时代吧。被汽车取代的马车充满了浪漫色彩,也有着许多汽车无法比拟的优势，这种优势在后现代的未来显得更重要：与汽车的尾气相比，马粪的污染要小得多，也更易治理；马对于能源的利用效率是汽车所无法比拟的。马匹喂养和管理的麻烦可随着畜力交通的产业化而降低，同时开辟巨大的市场和商机。

当然，未来的马车时代绝不是简单的倒退，后现代的马车将被新技术所武装。相对于汽车，马车最明显的一个劣势——速度——也是可以克服的。在这里，我们想到了自行车：在付出同样体力的情况下，自行车使人的速度提高了三至四倍。因此，完全可以为马设计一种自行车，使其改变四蹄着地的行走方式，通过适当的传动机械和轮子，使其速度也提高三至四倍，那马车的速度就与汽车相当了。这种自行车是地地道道的低技术，每匹马应该配备两个链轮和四个脚蹬。作为车时，轮子可以是四个，若人骑马，轮子则可以是两个。两者在高速公路上的速度都将是令人满意的。新材料可以使这种自行车做得很轻巧灵活。

马本身也将经过技术改造。经过基因改良后的马，在体力与传统马相当的情况下，体形可能只相当于一条大狗。

让我们的思想走得更远些：飞行马车是可能的吗？在所有飞行器中，飞艇所需的动力最小，因为它的浮力解决了升力问题。马的体力完全可以通过驱动螺旋桨推动飞艇飞行。随着新材料的出现，制造出体积更小、更轻捷的马力飞行器不是不可能的，毕竟由人力驱动的飞机已经出现了。让我们的想象继续向前走：能否基因改造某种体型较大的鸟类，比如信天翁之类，由人类乘骑呢？最后，基因工程能够让马长出翅膀来吗？不要认为这一切都不可能，古人能想象出骑着大鸟和飞马在天空中飞翔，但他们却一直没有想象出汽车这种东西。我们能造出古人不可想象的东西，难道还实现不了他们能想象的？

到此，我们的胡思乱想进入了未来另一个充满奇迹的领域——

生命科学

以分子生物学为前沿的生命科学正处于突破的前夜，这个突破将使科学家能够像计算机编程那样操纵基因，这项技术将产生创世纪般的奇迹。

首先，我们接着上面继续想象。科学家有可能制造出一台生物发动机，它其实就是几块带有神经的强劲肌肉，它所需的营养和能量都由一套无生命的机械系统供应，这种活发动机所需的燃料就是有机食物，比如某种可以大量生长的植物之类，它的能量转换效率将大大高于传统的机械发动机。如果不适应马车，就用这种活汽车吧。

其次，在工厂中合成粮食将成为可能。这项技术将彻底改变世界的面貌，大片的农田将重新被森林和草原覆盖，人类的生存空间将骤然增大。粮食的集中合成生产将是人类真正意义上回归自然的开始。

但耕种者并没有消失，仍会有人在广阔的原野上稀疏地播下种子，他们种的东西会令我们很吃惊：他们在播种城市。

基因工程技术有可能使植物长成我们需要的复杂形状和大小，这项技术在目前已初露端倪。最初，可能是使树木长成各种形状的用品和家具，然后，则有可能使它们长成高大的包含各种结构和房间的建筑物，那时，建筑师同时也是园艺师。甚至这些房子树还活着的时候，人就可以住进去。一个由这样的树木组成的森林，就是一座城市了。这是一座真正与大自然融为一体的生态城市。

生命科学中还有许多即将突破的技术，将深刻地改变我们的生活，其中之一就是存贮生命的冬眠技术。如果我们不喜欢自己的时代，就可以在冬眠中前往未来。这项技术开始肯定会十分昂贵，但也肯定会形成一个庞大的产业，价格也就会随之降至普通人都可以承受的程度。但在那未来的未来，苏醒的冬眠人将形成一个特殊的社会阶层，这对那些时代来说无疑是一件麻烦事。冬眠技术可能对人类社会的形态产生巨大改变，比如，短期的冬眠有可能使爷爷比孙子还年轻，如果人们大量进入冬眠，是否需要考虑未来时代的承受力？这些社会问题既麻烦又迷人。

生命科学还有可能使人类自身的生物形态发生变化，这是一种自主的进化（或退化）。比如将人与鱼的基因结合，就有可能使人类在海洋中生活。初看这件事似乎很遥远，但就在三年前，科学家已经成功地使实验鼠的身上长出了人耳。这样，继粮食合成后，人类的生存范围将再次扩大。

另一项更有意义的改变，是找到控制人类身高的基因，降低人身体的高度和体积。减小自身尺度就等于扩张了生存空间。如果人的身高能降到目前的三分之一，那对资源的消耗将大大降低，地球世界对人类就广阔了许多。现在的地球上，与人类较为相似的体积最小的哺乳动物是鼠类，借助于基因工程，人类最终有可能把自己缩减为白鼠大小，其脑容量仍有可能维持现有的智力。如果人类的个体达到这个尺度，世界在他们眼中将发生根本的变化。想想我们现在的一套普通的两室一厅住房，在那时的人们眼中将是一座多么宏伟的宫殿啊！地球对于人类，将是一个现在无法想象的广阔世界。也许你（男性）觉得这想法有些滑稽，但当大家都是那么小时，女孩儿们就不会在身高上取笑你了。

人类对自身的生物学改变是不可避免的,这也让生命科学变成了最令人恐惧的科学。它使人类对自身的定义开始动摇,人与其他动物甚至植物之间的界线开始模糊,这可能对人类的精神和文化产生难以预知的影响。什么样的人才是人,这将成为越来越困扰人类的问题。但在这个问题变得致命之前,另一个关乎人类生存方式的问题将盖过它,我们后面会谈到这个问题。基因工程还有可能产生另外一些很恐怖的东西,比如基因导弹。如果要定点清除某人或某些人,只要知道他们的基因构成,就可以在那个国家散布一种高传染率的病菌,普通人感染后只有轻微的症状且很快痊愈,但要攻击的目标被传染后却会丧命。

到这里,我们的想象走进了一个不愿正视、又不得不严肃对待的领域——

战　争

在未来半个世纪,另一件我们几乎可以肯定的事就是:战争不会消失。但当我们的胡思乱想进入未来战场后,很奇怪,竟能在这个曾经血流成河的领域中感到一丝欣慰。战争永远是不人道的,但“战道”却可以更人性化一些。使用非致命武器已经是老生常谈了,未来可能会出现更人性化的战争方式,使流血伤亡完全避免。

首先需要某种战争的替代物,或说模拟体,它必须满足两个条件:一、较为忠实地反映各交战国的综合国力;二、能够在一个被各交战国和国际社会认可的规则下进行战争模拟,使交战双方的意志和决心对结果产生或大或小的影响。我们想到了奥林匹克运动会。单项体育,如足球,其水平与国家的政治、经济和军事实力关系不大;但奥运会的众多体育项目作为一个整体,其总的水平却能相当准确地反映一个国家的综合国力。同时,体育作为人类最古老的一项活动,已经建立了被全人类认可的完善的竞赛规则,而奥林匹克运动会到目前为止是世界上规模最大和影响最大的人类聚会。这就使得奥运会成为模拟战争最理想的工具。当然,在奥运会战争中,弱国必败,但也请注意另一个事实:如果传统战争爆发,弱国同样注定要战败,而那时,交战双方,特别是弱国,将付出惨重的血的代价。同时,奥运会战争并非只是为弱国的投降寻找一个借口,战败方在每个单项上获得的每一块金牌,都能为他们争得一定的权利。举一个例子,如果弱国代表团仅以一块金牌之差负于强国的话,虽然弱国仍被认为是战败,但结果可能有很大不同:比如这个国家不会被占领,现政府也可以继续存在,同时保留常备军队,等等。弱国所要做的,只是销毁自己的生化武器和支付仅为最后通牒中数量三分之一的战争赔款。奥运会战争将使人类最终抛弃野蛮,进入真正的文明。从此,一个国家的体育水平将是其国力的重要标志,而竞技体育的最高水平是以全民的体育普及为基础的,所以,各国将把用于军备的巨大开支转移到提高人民的健康水平上,将出现一种新的更为健康文明的社会生活和国际政治形式。同时,当流血和死亡从战争中完全消失后,战争有可能发生最不可思议的变化,增加娱乐的属性。战争奥运会的刺激和影响显然是传统奥运会无法比拟的,这里也蕴藏着巨大的商机。奥运会战争体系的建立将是人类有史以来最大的一项政治工程,其中对竞赛规则和结果的认可、战争进程的监督等,都要经过漫长艰辛的努力,但随着人类社会的进步,这些困难都是可以克服的。如果人们死都不怕,还怕活着吗?

如果说奥运会战争体系是痴人说梦(有点儿),那么另一种低伤亡的战争形式——数字占领则有更大的可能出现。所谓数字占领,就是在敌国国土之外全面控制敌国的信息系统。以互联网为基础的信息系统在未来将是国家生存的基础。一个国家的国土分为两种:一种是传统的土地国土,另一种是叠加于其上的数字国土。在未来,对于一个国家来说,后者的重要性可能大于前者,如果控制了它,就等于控制了敌国的政治和经济的命脉。这又分为两种情况:其一是在战争中通过信息战的方式实现数字占领;其二是在传统战争中击败敌国后,作为占领敌国领土的一种手段。如果被占领的国家试图通过全面破坏自己的信息系统来摆脱数字占领,在那个全信息化时代,将导致国民经济的整体崩溃,同时使政府失去对国家的控制,这个国家将变成世界上的一个原始空洞,这无异于一个国家的自残或自杀。所以,在可以想见的未来,有可能出现这样一个怪异的噩梦:一觉醒来,外面一切平静如常,没有硝烟,没有警报,更不见敌人的一兵一卒,街道上车流如织,父母带着孩子在草坪上散步……但你被告知:自己已经是亡国奴了。

现在,我们终于谈到了计算机和网络。除了数字国土外,计算机和网络将使整个人类文明面临一个严峻的抉择,这就是——

数字化生存

数字化生存将是人类所面临的最富有神话色彩的命运转折点。它的出现,意味着人类文明的终结或新生。在讨论它之前,我们首先想象一下计算机和网络的进一步普及。

目前，将计算机主机做成手机甚至手表大小已经是完全可能的，但显示器是个问题，传统显示器的小型化是有限度的，这与技术无关——太小了就看不见了。

为解决这个问题，可能出现一种全新的显示方式，那就是视网膜投影。首先要制造一台微型投影仪，其大小约为头发的直径，随着纳米微机械技术的发展，这在技术上已经不存在不可逾越的障碍。下一步，就是将这台投影仪安装到人眼的晶状体上，用它将图像直接投射到视网膜上。这样一来，我们的双眼本身就被改造为一台计算机显示器，其视角幅面之大、图像之逼真，已与眼睛对现实世界的视觉别无二致，以至于如果没有额外提示，一个安装了视网膜投影仪的人不可能知道自己看到的是现实世界还是计算机投影的图像（这时，计算机的主机或者戴在手腕上，或者是一条项链，或者是一只耳坠）。这样一项技术，加上已经大大发展的移动通信技术，将使计算机和网络与每个人融为一体，世界将进一步被信息化和数字化。

同时，除了视网膜投影外，其他的人机接口技术也将发生突破。计算机将能够理解自然语言；除了视觉和听觉接口外，还将产生嗅觉、味觉、触觉等感官接口，甚至可能出现内分泌接口。这样，人与网络虚拟世界的接触同与现实世界的接触就一样全面了，他们在网络中的感觉一步步接近在现实世界中的感觉，在网络中品尝美食和做爱将成为可能。

量变终于导致质变，当大多数人在网络虚拟世界中度过的时间远大于在现实世界中度过的时间时，人类社会的存在便由现实转移到了网络中，数字化生存就开始了。想想那些渐渐寂静下来的城市，街道上一片空旷，每个人都在自己的房间中闭着双眼（防止现实视觉干扰视网膜投影)，在网络虚拟世界中生活，在那里奋斗和享受，终其一生。

我们现在还无法评价这样一种全新生存方式的优劣，但首先是不要将它完全视为胡思乱想。在今天遍布于城市和乡村的无数拥挤的网吧中，这种生存方式已初现端倪。从那些沉迷于网络的少年身上，我们看到了数字化生存时代的曙光或阴影。

在那个时代，父母们仍会为自己的孩子沉迷于另一个世界而担忧，并限制他们与那个世界接触的时间，这也会作为一个严重的社会问题而引起广泛关注。与现在的区别是，那个被限制接触的世界不是网络，而是现实。

数字化生存将彻底改变人类社会的形态，社会生活的各个领域都将变得面目全非，它们包括——

政治、经济、教育、文化……

当网络与人融为一体后，全国甚至世界范围的全民投票随时都可以进行，政府和国家的运行方式将发生深刻变化。如果计算机技术进一步发展，计算机的处理速度和智能水平产生突破，使得网络服务器能够快速处理和综合所收到的信息，那么数量巨大的一部分人，甚至全体国民，就有可能像一个人一样说话和发表意见。这种方式有可能使政府与一个城市、一个国家，甚至全世界的几十亿人同时对话，就像与一个人或几个人对话一样。

仅以数字形式存在的虚拟产品将占有重大的经济份额。目前，很多网络游戏已经开始虚拟装备的交易，这可以看做是虚拟经济的开端。在未来,现实世界中的一切商品在网络上都可能有相应的数字映像,并具有自己的价值。

同时,网络虚拟世界中还可能出现一些意想不到的奇怪商品。

数字化生存分为三个阶段:第一阶段是人机分离阶段,此阶段现在已经开始;第二阶段如上面所述,为人机融合阶段;第三阶段为纯数字生存阶段,在这一阶段中,人有可能将自己的全部意识和记忆上载到网络中。这一阶段所需的技术目前看来还是虚无缥缈的,一旦实现,每个人的记忆和感受均可能被多人占有,这样,一个人的人生本身就可能成为一件商品,这种人生越传奇越浪漫,价值就越高。一个经历了九死一生才艰难活下来的人,他的人生无疑可卖出天文数字,真是大难不死必有后福。而在那个时代,肯定会有一个制造高价值人生的行业,从事这个行业的人将尽一切可能历险或寻求浪漫艳遇,他们可以看作当代小说家的继承人,但他们是用自己的生命在写作,难度和危险是难以想象的;另一方面,从事这一产业的大公司还可能使尽各种手段和资源,竭力使自己的一部分员工过上最幸福的生活,仅仅是为了得到一批可以出卖的幸福人生。

当人机接口技术发展到一定高度时,大脑和计算机的透明连接就会实现,计算机中存贮的知识可变为与它连接的人的清晰记忆。同时,计算机的运算和信息处理能力也能直接与大脑结合,电脑将成为人脑的智力放大器和思想放大器,人的思维将提升到一个新的层次。如果与前述的人脑信息上载相结合,则可能使教育成为我们所无法想象的另一件事:深刻的思想、完美的心理和性格、高雅的艺术审美能力等,都成了商品,都可以出卖或购买。

在所有的变化中，可能文化的变化最为巨大，也最难以想象。但有一点是可以确定的：人类的文化取向将越来越多元化。在偶像越来越集中的同时，文学艺术却越来越分散，以至于最后可能出现一种点对点的文化，即一个人的创作，欣赏对象可能也只有一个人，甚至多人创作只供一人欣赏。

……

我们的胡思乱想走到这里，似乎是在天马行空，但以上的预测其实只不过是现实技术的合理延长线而已。只要现有的技术正常发展，上面所想象的东西大部分都会变成现实。

但存在另一个可能，会使得人类世界发生突变，产生这种突变的机遇存在于——

基础物理学的突破和应用

在探索物质最深层规律的进程上，现代物理学所达到的理论层次已远远超出了社会生活中技术的应用层次。如果突然出现某个渠道，使得物理学的前沿理论应用转化为实用技术，人类就可能获得改变宇宙的巨大力量。

物理学的前沿理论超弦理论认为，物质的最深层结构具有十一个维度。宇宙大爆炸后，只给宏观宇宙留下三个维度。有多达八个维度被禁锢在微观世界中。一个技术文明等级的重要标志，是它能够控制和使用的微观维度。

对于物质微观结构的一维使用，从我们那些长毛裸体的祖先在山洞中生起篝火时就开始了。对化学反应的控制,就是在一维层次上操控基本粒子。当然,这种控制也是从低级到高级,从篝火到后来的蒸汽机,再到后来的发电机。现在,人类对基本粒子一维控制的水平已达到顶峰,有了计算机。但这一切都局限于对微观维度的一维控制。在宇宙间一个更高级的文明看来,篝火和计算机是没有本质区别的,同属于一个层次,这也是他们仍将人类看成原始物种甚至虫子的原因。

核裂变和核聚变,都是人类对二维和三维微观维度的控制。在这些过程中,粒子不再是一个点了,人类开始操控它们的内部结构,但这种控制还是很初步的,相当于一维控制时的篝火阶段。在现代物理学的前沿,人类已经能够初步在四维层次上控制基本粒子,但也只是在高能加速器中,离应用还十分遥远。重大突破在半个世纪内是完全有可能出现的,就像原子弹在20世纪上半叶突然出现一样。

当人类能够控制和应用物质的更高维度时,能获得什么样的力量是完全超出我们想象的。也可能真像阿瑟·克拉克所描述的那样,人类能够"将自己的意识凝固于光的点阵中,像雾气一样飘过宇宙"。那时,人已与神无异。

胡思乱想到此为止,您可以把这些想象作为消遣,但如果认为它们与现实完全没有关系就有些轻率了。在清朝末年,人类已经开始使用电,慈禧太后已经看上电影,电磁波的发现和用于通信也指日可待。但在那时,如果有一个预言家说,在不到一百年后会出现那么一个小玩意儿,只比鼻烟壶稍大一点,拿着它,可以与天涯海角的任何一个同时拿着它的人通话,即使那人处于地球的另一面也如同近在咫尺,那人们一定认为他是痴人说梦,那东西只能是一个神话中的圣物,如同本文开头提到的那支遗落在宋朝的手电筒。但现在,这件圣物就装在我们每个人的衣袋中。

发表于2005年第12期《环球企业家》

科幻边界上的诸神复活

——评《光明王》

先扯远些:有一种很有意思的科幻形式,我们称其为蒸汽朋克。这类科幻作品展现的不是我们现代人想象的未来,而是过去(大多是18世纪末和19世纪上半叶)的人想象中的现在。在蒸汽朋克影视中,我们可以看到蒸汽驱动的大机器,像巡洋舰般外形粗陋的飞行器,到处是错综的铜管道和古色古香的仪表。蒸汽朋克让我们想起了凡尔纳所描绘的天真的大机器时代,也提醒我们,过去人们对未来的想象与后来的真实是相差很远的。我们还注意到,这种差距不在于未来人类能从科学获得的力量,而在于这种力量的外观和形式。蒸汽朋克中的人类尽管使用的是粗陋的技术,但其拥有的能力与真实的现代不相上下,使我们惊讶的是那看上去完全两样的世界,像一个怀旧的梦。

回到现在,我们想象中的远未来与真实的有多大差距呢?如果现代人被抛进十万年后的时代,他们的第一感觉是什么?科幻文学一直在进行着这样的描述,我们也从影视作品里看到了那些想象中的未来世界:

铺天盖地的电脑屏幕、蝗群般的飞行器、耸入云端的高楼……但如果我们被抛进真实的远未来,可能发现根本不是那么回事。科幻小说和电影很可能都错了,像蒸汽朋克一样,错在感觉上。这些对远未来的描述最大的误区在于:只看到了技术。而在真实的远未来,我们可能看不到丝毫的技术,我们所知道的技术消失了,消失得无影无踪,展现在我们面前的只有神力和魔法。我们对十万年后世界的陌生感,不是人对人的世界的陌生,而是人对神的世界的陌生。

我一直在寻找那种感觉,去年在五台山找到了。当我走进庙宇里那青烟缭绕中由文殊菩萨和八大金刚构成的神的世界时,突然悟到,真实的远未来在我们眼中可能就是这个样子!与其他的宗教相比,印度教和佛教的世界最神秘,也最具超凡的力量感。仰望那些怪异而神圣的神的形象,我们有蚂蚁仰望人的感觉,而其中复杂得让人目眩的世界体系设定,更是令我们迷惑和惶恐。以此为基调想象十万年后的世界,至少在感觉上不会有错。

现在才知道,真的有一本描述远未来印度教众神世界的小说,这就是1968年出版并获当年雨果奖的《光明王》。

翻开《光明王》,我们立刻进入了一个金碧辉煌的神的宫殿。我们迷惑而恐惧地看着众神在天地间漫游、厮杀和恋爱。神的天庭赫然悬浮于尘世之上,金翅大鸟投下巨大的阴影,雷霆战车裹着烈焰掠过,金光四射的苍穹下尸横遍野。甚至这本书的语言也充满了神性,读着那宏伟华丽、脱俗出世和充满哲思的字句,真的像是在听一尊神吟诵自己的史诗。(顺便说一下,《光明王》的翻译十分出色。)

《光明王》讲述了一个印度教中的普罗米修斯的故事:在一个模糊的时间,一个位置模糊的世界里,众神高居于天庭之上,垄断着技术,对尘世中的人类采取愚民政策,通过技术庙宇和掌管轮回的业报大师来控制世界。主人公萨姆(释迦牟尼?)与天庭对抗,通过恢弘的战斗将技术的火种撒向人间。

《光明王》的故事很清晰,但背景却十分模糊,众神的世界像是笼罩于迷雾中的浮雕。而这部壮丽的小说最令人感兴趣的,恰恰就是这模糊的背景。

《光明王》完整地复制了印度教中的世界体系,创造之神梵天、毁灭之神湿婆、死神阎摩、火神阿耆尼、保护神毗湿奴,以及鬼道中的罗刹等一应俱全,金翅大鸟也在飞翔。业报轮回这样一些概念在这个世界中同样起着决定性的作用。一切都是那么古典而超脱。但正当我们悠然地徜徉于这似乎早已逝去的神的世界中时,突然看到了一些奇怪的东西:

> 当他回到大厅时,手中拿着一个瓶子。瓶子一侧贴着一张纸,王子不必看上边的内容就已认出了瓶子的形状。
>
> “勃艮第①!”他惊呼道。
>
> “正是,”哈卡拿说,“很久很久以前,从消失的尤拉斯带来的。”

我们不知道尤拉斯是哪儿,却熟悉勃艮第,那个法国南部产葡萄酒的地方,这与《罗摩衍那》和《摩诃婆罗多》中的世界有什么关系?下面则

①位于法国东南部,该地盛产高品质的葡萄酒。

更让人吃惊了：

> “告诉我，得勒，你会演奏何种音乐？”
>
> “那些被婆罗门所厌弃的。”男孩答道。
>
> “你用哪种乐器？”
>
> “钢琴。”
>
> “这些呢？”说着，他指了指那些闲置在墙边小台子上的乐器。
>
> 男孩朝它们扭过头去，“我想我能凑合着使长笛，如果有必要的话。”
>
> “你会华尔兹吗？”
>
> “会。”
>
> “能为我演奏《蓝色多瑙河》吗？”

再到后面，还出现了第一次世界大战中的歌曲，甚至“马克思主义”这样的词。这些提示像零星的冷雨，将我们从远古之梦中惊醒，使我们意识到，这个金光四射的世界可能深藏着更加令人震惊的真相。从这些细节中我们得知，这个神的世界不是在远古，而是在远未来。书中的另外一些描写透露了这个世界的少许历史：这是一个有三个月球的星球，人类在多年前乘飞船到来，征服了这个世界的原住民——被称为罗刹的纯能态生命和其他一些本地的智慧生命，用磁场将罗刹囚禁于大山深处。再后来，人类在技术层次上分化开来，形成了神和凡人两个世界。当然，这些历史提示都是模糊的，一带而过。

首先耐人寻味的是，在《光明王》中，远古的印度教神界如此精确地在人类的远未来重现,意味着什么呢?我们还注意到另外一个事实:主人公为了打破诸神对技术的垄断,并没有直接将技术传授给人类,而是首先创立了佛教。在几大宗教中,与科学技术关系最密切的是基督教,不管它是作为科学的对立面,还是作为现代科学诞生的土壤。而印度教和佛教,与现代科学好像没有什么关系。派生于印度教的佛教,其主要改进之处有二:一是提出了众生平等的概念,这与技术传递显然没什么关系;其二是提出“诸法因缘生,诸法因缘灭”和“本性是空”的观点,否定了“神”的存在。但在本书的世界设定中,神确实是存在的,所以也无意义。那么,透过印度教诸神的复活和佛教的重新创立,作者深藏在小说最底层的逻辑和暗示是什么?沉浸于这未来神界的意境中,我们不由得想起了一个词:轮回。《光明王》中有大量的被技术化的轮回描写:在业报大厅中,人的意识可托生于另一个身体,这个身体可以是人,也可以是动物。那么,《光明王》作为一个整体,是否在暗示人类历史也是一个大的轮回?

《光明王》的另一个特点,是神性与技术融合在一起。除了那些与印度神话无异的惊天动地的古典神性外,小说中还出现了大量的技术描写。神话的金翅大鸟与技术的雷霆战车一起翱翔在天空,凡界与天庭的联系显然是通过无线电,梵天等神使用水晶显示屏,天庭中有读取脑电波的思想探针,凡界的庙宇中也充满了技术,信徒向神进贡的祈祷机器显然是一台电脑控制的东西,死神阎摩本身就是一名科学家……

这就出现了另一个有趣的问题:《光明王》中神性与技术的关系是什么?最简单的答案是,其中的技术与神性是分离的,技术不过是众神外在的工具与玩物。但《光明王》虽然充满奇幻色彩,西方却一直将它视为科幻小说，我们也可以试着从科幻的角度理解这两者的关系。

首先我们发现，与印度神话中的诸神相比，小说中诸神的神性显然弱了许多。在古印度神话中，梵天是创造之神，出自于梵卵，用意念力量把卵分为两半，一半为天，一半为地，创造出地、水、风、火、空五大元素和世间万物，在史诗中也被称为“创造者”；毗湿奴是保护神，也称“遍入天”“那罗延”，遍入即无所不在，《摩诃婆罗多》说他是宇宙主宰，每当世界末日，吞宇宙入腹，躺于巨蛇背上休息，醒来时再从莲花中重造世界；湿婆是毁灭之神，他的舞蹈能征服世界和反对他的苦行者。《光明王》中的诸神显然没有这类本事。请看如下细节：

> 萨姆照做了。当他再次抬起头来，发现梵天高坐在红色大理石雕刻而成的宝座上，头上张着一顶与宝座匹配的华盖。
>
> “看起来可不怎么舒服。”他评论道。
>
> “海绵乳胶的垫子，”梵天微微一笑，“愿意的话，你可以吸烟。”

这很有趣地暗示了神的局限和人性。在《光明王》中，神也参与轮回，将意识从一个身体转移到另一个身体；还有后来梵天等神被谋杀并轻易被取代，也显示了这个世界的诸神神性的弱化。那么我们是否可以猜测，《光明王》中的神性，不过是发展到终极的已经质变的技术？其中那些我们认得出来的技术，那些主人公要为人类盗取的天火，其实不过是神进化留下的阑尾？

《光明王》使我们可以杜撰两个很不严谨的幻想文学概念：古典神性

和技术神性。前者存在于传统的神话和宗教中,后者则是科幻中高度发展的终极技术。古典神性与技术神性有相似之处:我们都不可能知道两者的原理。对于前者,原理根本就不存在;后者的原理虽然存在,但技术已走得太远,其原理是我们凡人不可能参透的,就像鲁班无论如何也不可能搞清大规模集成电路一样。与古典神性相比,技术神性更加广阔,更加变幻多彩,前者是后者的一个子集。古典神话中的一切神性都可能由技术神性实现,而技术神性所涉及的时空尺度和能量级别远大于古典神性。传统神话的世界半径一般都小于月球轨道,技术神性却可能越过200亿光年,到达已知宇宙之外。

在这里,我们看到了幻想文学世界的两个泾渭分明的国度:科幻和奇幻,而当技术发展到具有神性时,科幻也就变成了现代奇幻。阿瑟·克拉克关于技术与魔法的论述,更像是给科幻文学划定的界限。应该承认,现在的奇幻作品中描写的神性大部分还是古典的,但技术神性正在越来越多地出现,《光明王》中那存储着萨姆意识的金色祥云就是一个例子。而这部小说本身,正是建筑在幻想文学两个国度交界处的一部宏伟的经典。

发表于2006年第1期《科幻世界·译文版》

快乐的科幻

米卢倡导“快乐的足球”，其意义已远超出足球。他提醒我们，干什么事情都要着眼于它的本来目的。足球的根本目的就是给踢球和看球的人带来快乐。同理，科幻小说的根本目的是给写小说和看小说的人带来快乐（比起足球来，这个快乐广义得多。有时科幻还可以带来悲怆和恐惧），而不是开创科学新时代，它甚至连科学普及都做不到。我们要的是快乐的科幻。

看看我们现在的科幻，快乐吗？显然不快乐。一篇小说出来，大家拿着放大镜一拥而上，像教授审查毕业论文一样挑硬伤（以下简称“TYS”）。一位美国科幻大师说过，在科幻小说中寻找技术错误，你算是找对了地方。对一篇小说TYS一般不会空手而归，往往收获颇丰。但从文学评论角度而言，TYS只是一种最初级的评论形式，同时也是一种最省力的形式。仔细读读《堂·吉诃德》，你会发现主仆二人在把马弄丢了之后又骑着它走了很长的路程，但在对塞万提斯作品的评价中，这点显然不是最重要的。

关于科幻硬伤的性质，笔者已专门写过一篇《无奈的和美丽的错误——科幻硬伤概论》来探讨，这里不再重复。

另一方面，从我自己来说，对TYS并无反感，反而情有独钟。我是一个正统的科幻迷，对科幻的感情绝不亚于罗西对足球的感情，对我来说，真正意义上的科幻的存在本身远比产生多少好作品重要。现在，科幻正在被玄幻和童话偷走灵魂，而TYS正是传统科幻存在的重要标志，它说明，在我们的读者眼中，科学仍是科幻的灵魂。当科幻迷不再TYS之日，也就是科幻消亡之时。

但在TYS时，我觉得应该注意以下两点：

一、不能在TYS的同时又弄出YS来。要求作者写小说时严谨，读者TYS时同样应该严谨。比如“水木清华”论坛上有一位读者振振有词地证明地火根本不会存在，我不会在水木上发图片，否则会发给他一张我在新疆拍摄的地火照片。现在，又有人证明海水冷冻后不会析出盐，并由此质问作者的受教育程度，其实这不需要很高的受教育程度，学过中学物理就能明白。要是这样TYS，那实在没什么意思。

二、不能采用双重标准。首先是对国外科幻的YS视而不见，对国产小说则超常敏感。比如我国读者最熟悉的两个经典短篇——《追赶太阳》和《冷酷的方程式》——以及硬科幻长篇代表作《红火星》，都有多处明显到刺眼的YS，要是它们出自国内作者之手，早被批得体无完肤了。但实际情况是，《冷酷的方程式》进入中国已近二十年，现在才有人刚刚注意到它的硬伤；对于《追赶太阳》，虽有一位令人敬佩的朋友直接给作者发E-mail说明其YS，但绝大部分读者并没有注意到。

总之，我们的YS应该继续T下去。把TYS进行到底，是对真正的科幻小说最有力的捍卫，是中国科幻迷在不断陷落的科幻领土上进行的悲壮的保卫战，本人举双手赞成，并愿意成为其中的一员。但要取得这个保卫战的胜利，在T的时候应有一个严肃而公正的态度。

我T故我在。

发表于2006年3月15日作者新浪博客

也祝柳文扬生日快乐

对柳文扬印象最深的是他那双眼睛，明亮睿智，充满灵气和善意。没想到，如此沉重的命运正是从这双眼睛开始的。

只在科幻世界笔会上与他见过几次，交谈不多。记得最长的一次谈话是在从青城山返回成都的汽车上，但没谈科幻，谈的是计算机市场的行情，他当时在成都的一家IT公司工作。

记得《惊奇档案》上有一篇他的文章，教读者如何写对遥远未来的预言书。他在文中讲授了各种“技巧”，但说最不用操心的就是预言是否能实现，因为没有实现不了的预言。

虽是调侃，但我们现在真要当真了。

各种人群都有自己寻求慰藉的办法，我们的办法就是相信平行世界。这种连物理学家都不太相信的东西，我们现在愿意相信它。至少，它存在的可能性比上帝要大得多。

在7月1日凌晨的那一时刻，世界分裂为二。

如果有一台纤维镜，我们能看到在另一个平行世界，那双眼睛仍然明亮。

这时我们就要像大角那样，祝他生日快乐！

发表于2007年7月5日作者新浪博客

西风百年
——浅论外国科幻对中国科幻文学的影响

一、科幻文学进入中国过程一瞥

科幻文学于20世纪初在中国出现。虽然中华文化对后来的中国科幻产生了深刻影响,但在中华文化内部,基本不存在科幻文学的源泉,这一文学种类直接来源于欧美。

最早大规模译介到国内的科幻小说是儒勒·凡尔纳的作品,自1900年出版《80天环游地球》开始,相继出版了《两年假期》《从地球到月球》和《地心游记》等。这一时期,日本作家押川春浪的科幻小说也得到了翻译出版。

民国时期,乔治·威尔斯和柯南·道尔的科幻小说也开始翻译出版;同一时期,《人猿泰山》在上海放映,这可能是中国引进的第一部科幻电影。

外国科幻文学的第一次引进高潮出现在20世纪50年代,除了继续翻译出版凡尔纳的作品外,主要是引进了苏联科幻小说,比较有影响的长篇小说有阿·卡赞采夫的《太空神曲》和叶菲列莫夫的《仙女座星云》。

电影方面,也引进了少量苏联科幻影片,包括《两个海洋的秘密》《格兰特船长的儿女》等。这一时期,除凡尔纳的古典作品外,对欧美科幻几乎没有引进。

“文革”时期,对外国科幻文学的引进和翻译几乎完全中止。

20世纪70年代后期,外国科幻的翻译引进得到恢复。这一时期是以再版“文革”前出版的凡尔纳小说开始的——那一时期的国内科幻小说读者都有过一种奇怪的体验:科幻小说中的技术幻想竟然落后于现实;接着,开始系统地以选集形式出版了威尔斯的科幻作品。与此同时,西方科幻影视也开始进入中国,首先引进的科幻电影是《未来世界》(其前传《血洗乐园》十多年后才在国内上映),引进的首部科幻电视连续剧是《大西洋底来的人》。

80年代,对欧美科幻的引进出现了新一轮热潮。除不断再版的古典科幻小说外,西方现代科幻作家的作品也开始进入中国,阿瑟·克拉克的《与拉玛相会》《2001:太空漫游》《天堂的喷泉》,以及阿西莫夫的一些作品(主要是中短篇)相继出版。这时,比较有影响的科幻小说集是《魔鬼三角与UFO》。同时,国内的数家科幻和科普刊物,如《科学文艺》《科幻海洋》《智慧树》《科学画报》《科学时代》等,也引进了大量西方现代科幻小说。这一时期,还翻译出版了一些从科幻文学角度看比较边缘化的作品,如反乌托邦三部曲《1984》《美丽新世界》和《我们》。但也应该注意到,虽然当时外国科幻作品的出版数量较大,但选题面狭窄,主要集中在黄金时代传统风格的作品,特别是在长篇小说领域,世界上最有影响力的当代科幻作品大部分仍在中国读者的视野之外。

与出版热潮相比,20世纪80年代科幻影视的引进却没有大的进展,只有《铁臂阿童木》以及80年代后期的《超人》等少数几部。由于国外影片引进政策的限制,90年代之前,国内观众只能看到国外过时的二三流科幻片,无缘接触最新的科幻大片。因此,像《星球大战》系列前三部、《第三类接触》《异形》《E.T.》等美国最著名的科幻电影,在国内几乎毫无影响。

从20世纪80年代中期至90年代中期这一段相当长的时间里,中国科幻文学因为外部原因陷入低谷,国内的科幻创作和出版几乎完全停顿,对外国科幻作品的引进也呈现低迷态势。在科幻影视方面,也与之前的情况基本相同,只有零星几部国外科幻电影上映:如《日本沉没》(日本)、《太空险航》和《梦境》(美国)等。

自20世纪90年代中期开始,随着国内科幻文学的逐步复苏,对外国科幻作品的引进出版也呈现爆发式繁荣,这种繁荣一直持续到现在。这一时期,当代各国主流科幻作家的作品均有引进。

与20世纪80年代的选题偏窄不同,这一次对外国科幻文学的译介是成系统的,在作品风格上呈现出一种前所未有的全方位视角。科幻小说黄金时代作家的作品被继续引进,如阿瑟·克拉克的《童年的终结》和阿西莫夫的《基地》《我,机器人》系列以及海因莱因的一些作品;同时,新浪潮和赛博朋克时期的作品也大量涌入,如《温室》《站立桑给巴尔》《城堡中的男人》《神经浪游者》等;在主流文学出版界,也出版了一些具有科幻色彩的文学作品,如《发条橙》《鲵鱼之乱》《五号屠场》《蝇王》和《回顾》等。这一时期介绍到中国的当代科幻作家有:菲利普·迪克、弗兰克·赫伯特、罗伯特·索耶、斯科特·卡德、弗雷德里克·波尔、斯坦尼斯拉夫·莱姆、布莱恩·奥尔迪斯、弗诺·文奇、大卫·布林、约翰·布鲁纳、威廉·吉布森、罗伯特·西尔弗伯格、沃尔特·米勒、格雷格·贝尔、洛伊斯·比约德、哈尔·克莱门特、小松左京、道格拉斯·亚当斯、克利福德·西马克、杰克·威廉森、罗伯特·谢克里、阿尔弗雷德·贝斯特、厄修拉·勒古恩等。通过这些作家的作品,中国科幻读者已经可以了解当代世界科幻的总体面貌了。

新时期外国科幻出版主要以丛书形式,规模较大的有:《科幻世界》杂志社和四川科学技术出版社联合推出的“世界科幻大师丛书”和“世界流行科幻丛书”、漓江出版社推出的“雨果奖科幻经典丛书”、河北少儿出版社推出的“当代世界科幻小说精品文库”等。同时,国内科幻杂志也系统地介绍了当代科幻的优秀作品,《科幻世界·译文版》刊登长篇科幻小说,《世界科幻博览》介绍历年获雨果奖的中短篇小说,其他科幻杂志如《科幻大王》等也刊登了大量外国当代科幻作品。

在科幻影视方面,与20世纪80年代相比也发生了巨变。随着国家电影引进政策的改变,更由于影碟和网络等先进技术的发展,国内现在已经可以与国外同步观看几乎所有新上映的科幻电影和正在播出的科幻电视剧了;中国观众现在能看到的科幻影视作品与欧美观众已经没有太大差别——当然,这其中有盗版的因素。

二、外国科幻对中国科幻创作的影响

世界科幻对中国科幻创作的影响,在中国科幻的四个活跃期呈现一个奇特的驼峰状:在晚清和民国初年、20世纪90年代后期至今这两个阶段，这种影响达到高峰；而在20世纪50年代和80年代的两次活跃期中，国内科幻创作受外界的影响相对较小。

我们首先回顾影响较小的时期。20世纪50年代，国内科幻与当时世界主流科幻的交流很少，对欧美主流科幻小说几乎没有引进，在国内即使想阅读原版也不容易找到，所以当时的国内科幻创作者们与世界科幻主流基本上处于隔离状态。国内翻译出版最多的是苏联科幻小说，当时还出版了苏联作家胡捷所著的《论苏联科学幻想读物》，这是国内翻译引进的第一本科幻文学评论著作。苏联科幻创作理念对国内的科幻创作产生了一定的影响，这种影响的主要表现形式就是科学乐观主义。科幻小说中渗透着人定胜天的信念，科学以完全正面的形象出现在科幻小说中，对其负面影响基本没有考虑。

但笔者认为，苏联科幻对当时国内科幻创作的影响在一定程度上也是有限的，后来的评论界对此似乎有所夸大。这一时期中国科幻表现出许多苏联科幻所没有的特色：

1. 近未来特色。这一时期的中国科幻所描写的未来绝大多数没有超出一个世纪，小说中出现的社会生活场景基本上是当代的；而当时的苏联科幻小说向未来的时间跨度已经相当大，如《仙女座星云》，描写的时代是公元3000年。

2. 近空间特色。当时的苏联科幻已经大量描写恒星际探险和超远距离的星际航行，如《太空神曲》，但在同一时期的国内科幻小说中，探索的空间距离基本上没有超出火星轨道。

3. 纯技术特色。这一时期的中国科幻没有或少有人文主题，基本上是始于技术止于技术，而且涉及的技术也都是应用层次的，大部分只是现实技术向前一步，很少出现超级技术的描写，因对未知世界的探索而产生的哲学思考更是难以见到。反观同一时期的苏联科幻，则包含着相当多的人文内容，作品中充满了对不同文明之间关系、人与宇宙之间关系的思考。

4. 窄视角特色。当时，国内科幻作品所描写的大部分是局部社会，视角局限于国家和民族之内，少有把人类作为整体进行描写的作品；而同一时期苏联科幻的视角则要高得多，出现了星系范围的文明。

5. 少儿特色。当时的国内科幻小说，大部分是面向少儿读者的；而苏联科幻中，虽然有布雷切夫这样专写少儿科幻的作家，但大部分作品还是面向成人的。

由于20世纪50年代的中国科幻脱胎于科普，笔者认为，相对于苏联科幻文学，以伊林为代表的苏联科普作品对当时的国内科幻创作影响更大些。

经过“文革”的沉寂后，中国科幻文学迎来了20世纪80年代的活跃期。这一时期，虽然以欧美作品为主的世界主流科幻被陆续介绍到国内，但仍局限于黄金时代风格的作品，代表世界科幻最新潮流的作品仍没有引进。这一时期，外国科幻对国内科幻创作的影响仍然有限，科幻创作在理念上沿20世纪50年代的惯性前进，中国科幻的近未来、近空间、纯技术、窄视角特色仍然存在。

所以，在外来影响的探讨上，基本上可以把20世纪50年代和80年代看作一个整体。

回望这两个活跃期的中国科幻文学，给人印象最深刻的是，相对于

世界科幻,中国科幻中存在着某些题材的缺失。缺失的题材主要有以下方面:

1. 时间旅行。作为科幻小说的主要题材之一,在这两个时期几乎见不到这类作品,即使描写过去,所进行的也是"伪时间旅行",比如用电子和生物技术复活恐龙,用虚拟现实技术模拟清朝,等等。

2. 架空历史。这种西方科幻中早已常见的题材,在这两个时期的中国科幻作品中几乎找不到踪影,虽然有一定数量的历史题材科幻,如《古峡迷雾》《美洲来的哥伦布》等,但并非通常意义上的架空历史小说。

3. 大灾难。描写危及人类文明整体的灾难的作品在这两个时期也很难见到,只有宋宜昌的《祸匣打开之后》是一个例外。

4. 超远程宇宙航行。这两个时期的科幻作品中,宇宙航行大多设定在太阳系内,少数描写恒星际航行的作品,如《飞向人马座》,在航行距离和速度上也十分谨慎和节制。

5. 近未来战争。在这两个时期中,像《珊瑚岛上的死光》《波》这样的作品,只是描写冷战中的小范围事件,不能看作战争科幻。除《飞向人马座》中的背景设定外,能回忆起的直接描写当代政治格局下近未来战争的作品,只有80年代的中长篇《神秘的信号》和短篇《桥》,后者曾被《新华文摘》转载。

6. 终极思考。对大自然和宇宙最终奥秘的哲学思考,这是两个时期中国科幻中最缺少的题材,现在几乎回忆不出一篇这样的作品。

相对于当时的世界科幻,国内还有一些缺失的题材,在此不再一一列举。需要指出的是,这种题材的缺失不是偶然的忽略,而似乎是一种有意识的集体行为——这固然与当时的出版环境有关,但不能把原因仅仅归结于此。有些题材的缺失，如超远程宇宙航行，是由当时国内科幻的创作理念决定的。

与此同时，外部的影响也在80年代逐渐显现。曾经对中国科幻文学发展方向产生过重大影响的科幻文学姓“科”还是姓“文”之争，最终以文学派的胜利告终，世界科幻的大环境无疑也在其中起了重要作用，某种程度上可以看作科幻小说新浪潮运动在国内迟来的胜利。从这时开始，中国科幻文学开始摆脱50年代的惯性，朝新的方向发展，一些主流文学作者加入科幻创作也加速了这种趋势。只是，接踵而来的低谷截断了这个进程。

外部影响的弱化，对这两个时期的中国科幻也产生了一定的正面效应：这两个时期，中国科幻作家以自己的理念进行创作，中国科幻的创作思想相对独立地发展，使得这两个阶段的国内科幻文学具有鲜明的中国特色。

在这两个时期的科幻创作中，中国科幻的一大特色就是科普型科幻占了相当大的比重，并一度拥有主流地位。这种科幻类型的特点是：幻想以现实技术为基础，且在已有技术的基础上走得不远；技术描写十分准确和精确；作品大多以技术设想为核心，没有或少有人文主题，人物简单，文学技巧即使在当时也是简单而单纯的——有些像坎贝尔式的科幻小说，但更具有技术设计的特点。科普型科幻在国外也出现过，像阿西莫夫和克拉克这样的大师，很多作品都带有强烈的科普色彩，但这种科幻形式从来没有像在中国这样得到充分的发展，科普型科幻的代表作《小灵通漫游未来》的影响力，达到了中国科幻的顶峰，其所创造的辉煌至今无人超越。

笔者一直认为，科普型科幻的消失是中国科幻文学最大的遗憾。这种科幻小说至少应作为一个类型存在，它是促进科幻文学风格多样化的一个重要途径。这种科幻类型所表现出来的某些缺陷，是可以通过创作实践来克服的。

外国科幻对国内科幻创作产生较强影响力的时期，处于中国科幻史的两端，即清末民初和20世纪90年代至今这两个阶段。

科幻文学是地道的舶来品，在民族文化中找不到明显的渊源，而清末民初的科幻是中国本土科幻创作的首次尝试，受外国科幻影响之深是不言而喻的。当时，世界科幻文学也处于起步阶段，既没有成熟的理论，也没有后来科幻小说黄金时代中作为独立文学体裁的自觉。这时的中国科幻，文学因素大于科普因素，技术幻想的目的是为了表现文学主题。在以后中国科幻的两个活跃期中，国内科幻的创作理念绕了一大圈才又回到这个轨道上来。

20世纪90年代中期至今的这一最新活跃期中，中国科幻文学走上了一条全新的道路。与20世纪80年代的国内科幻同50年代一脉相承不同，新时期的中国科幻从作者到创作理念都是全新的，与20世纪80年代没有紧密的联系。在这一时期，随着外国科幻作品大量、系统的译介，较之前两个活跃期，现代世界科幻文学对中国科幻创作产生了更为深远的影响，在日益多元化的科幻创作中，中国科幻也正在失去自己曾经有过的鲜明特色，其表现主要有以下几个方面：

第一，黄金时代传统理念的科幻小说仍在继续创作，但与前两个活跃期相比已有很大不同。科学幻想的时空范围扩展了许多，科幻小说中出现了与现实毫无关系的遥远世界，人类越来越多地被作为一个整体描述，科幻作者对于文明生存的目的和宇宙的终极奥秘产生了兴趣，同时出现了越来越多的远离现实的超级技术。这一时期的科幻作者开始拥有“创世意识”，不再满足于在现实舞台上演绎自己的故事，而是试着创造一个在逻辑上自洽的幻想世界。即使在传统的技术型科幻中，20世纪80年代所确定的科幻小说的文学属性也稳固了自己的地位，技术幻想为表现文学主题服务，科普型科幻完全消失了。在传统的技术型科幻中，对国内科幻作者影响较大的外国作家有克拉克和阿西莫夫两位。

第二，这一时期涌现出大量与科普型科幻相反的文学型科幻，这是科幻小说新浪潮运动在中国的回响。这类科幻小说一般有比较精致和前卫的表现手法，且大都是从个人的视角看世界，通过个人的感觉折射宇宙的存在，传统科幻中清晰稳定的现实变得飘忽不定和支离破碎。在文学型科幻中，科学和技术的地位进一步被削弱，幻想不再具有逻辑上的自洽，而是常常与晦涩的象征联系在一起。这一类科幻中还有许多华丽清新的作品，它们常常从中国古代历史和神话中寻找题材，在赋予这些历史神话以技术外形的同时，仍旧保留其超自然的内核。这类作品也使得科幻与其他形式的幻想文学的界线日益模糊。在国内，对这类科幻产生影响最大的外国作家首推布拉德伯里和菲利普·迪克，另外，贝斯特和奥尔迪斯也有相当的影响力。

第三，赛博朋克科幻的出现。目前，对国内这类科幻题材产生影响的外国作品主要有两部：《神经浪游者》和《真名实姓》。

值得注意的是，在以上三种类型的科幻作品中，20世纪中国科幻中的科学乐观主义几乎消失了，世界现代科幻中对科学发展的怀疑和忧虑在国内科幻作品中得到了大量的反映,未来景象变得阴暗了,即使光明的未来偶有出现,也是在经历了难以想象的大灾难之后。对科学的态度的改变,可能是西方科幻文学对中国科幻创作影响最深刻的地方。

三、外国科幻对中国读者的影响

中国的科幻读者经历了一个由大众到特定群体的演变过程。在国内科幻的前三个活跃期中,科幻读者是大众化的,是来自社会的各个阶层的。虽然20世纪50年代的科幻读者较为低龄化,但仍未形成特定的科幻读者群。20世纪90年代以来,情况发生了很大变化,特定的科幻读者群开始出现,最终形成了一个界线分明的读者群体。与此同时,科幻的大众读者在这一时期仍然存在,但呈现出与科幻读者群差异很大的欣赏取向。所以,考察外国科幻对国内读者的影响,应分别从这两个不同的读者群体入手。

首先考察大众读者。外国科幻对中国大众读者的影响是一个很简单的话题,只说一个名字就几乎能涵盖全部:儒勒·凡尔纳。自晚清以来,凡尔纳的作品就不断地在中国再版。据不完全统计,其主要作品在新中国成立后的再版次数将近三十次。凡尔纳是第一个也是唯一一个在中国真正走向大众的外国科幻作家,他的作品在中国的社会影响,是其他任何国内外科幻作品所远不能及的。对于中国大众读者来说,凡尔纳是科幻的象征;甚至对相当一部分人而言,也是科幻的全部。在我所认识的人中,有百分之九十说不出除了凡尔纳的第二个外国科幻作家的名字。

凡尔纳之所以能在中国产生如此大的影响，在不同的时期可能有不同的原因。首先，他的小说在思想上比较单纯，且格调健康，在大部分时期里都可以畅通无阻地出版发行；同时，也正是由于这种单纯的格调，使得教育工作者和为人父母者可以放心地把它们推荐给孩子阅读。其次，凡尔纳在他的小说中所表现出来的科学乐观主义和人类征服自然的精神，也比较符合中国社会在相当长的时间里对科学和人与自然关系的认知倾向。当然，凡尔纳作品在中国的流行，与其独特的艺术魅力也是分不开的——19世纪冒险小说风格的叙事方式流畅明快，其中穿插的精确的知识内容，简单而鲜明的人物形象，都很契合中国读者的阅读习惯。

除凡尔纳之外，在中国较有影响的另一位科幻作家是乔治·威尔斯，但其影响力远不如前者。与凡尔纳不同，威尔斯的作品大都被人们从社会学和政治学角度解读。

阿西莫夫在国内大众读者中也有一定的知名度，但由于他的长篇科幻作品进入国内较晚，而他的《自然科学导游》在20世纪80年代初就被翻译出版，所以他更多地是以一位科普作家的身份为人所知。

除以上三位外，其他外国科幻作家在国内大众读者中的影响力都很小，中国大众读者对欧美当代科幻文学是普遍陌生的。

中国民众对外国科幻的印象，主要来自影视作品。在国内产生过较大影响的科幻影视作品，主要有20世纪70年代末的电影《未来世界》、20世纪80年代初的电视剧《大西洋底来的人》，以及日本的科幻动画片。这种影响之所以巨大，可能与当时的影视作品数量少和娱乐形式单一有关。总体来看，美国科幻影视在国内的影响力不如其他体裁的影视作品。如《星球大战》系列在国内放映后，反响远不如《泰坦尼克》这类影片那么大。

从20世纪90年代开始，中国逐渐形成了特定的科幻读者群，主要成员为大、中学生。与大众读者相比，他们虽然人数较少，但已经成为较为稳定的群体，是目前国内系统引进的外国科幻作品的主要受众。

科幻读者群有着比较鲜明的阅读取向。首先，他们很在意科幻的定义，倾向于黄金时代风格的科幻小说。因此，这类科幻的代表，如阿西莫夫、克拉克、罗伯特·索耶、弗诺·文奇等，在科幻读者群中有较大影响；同时，一批叙事和语言风格明快、可读性较强的科幻小说，如《安德的游戏》系列，也很受欢迎。

另一方面，语言复杂、风格前卫和文学性较强的科幻作品，在国内科幻读者群中的影响就小于黄金时代风格的作品，比如同是赛博朋克科幻，《真名实姓》的影响力就比《神经浪游者》大，新浪潮风格作品的影响力也普遍小于黄金时代风格的作品。

由于文化背景的差异，西方科幻中大量出现的以基督教文化和西方历史为背景的主题，如对干预生命和人类进化的禁忌、末日的救赎等，在中国科幻读者中也难以产生共鸣。

以上只是就外国科幻对中国科幻文学影响的简单介绍。科幻从西方进入中国已有一个世纪，其间有过中断，也充满了曲折，相信随着中国现代化进程的发展，科幻文学的引进和交流将日益成为东西方文化交流的重要组成部分。

发表于2007年第9期《科幻世界》

我的科幻之路上的几本书

书籍对每个人的影响是方方面面的，但决定自己人生道路的那些书才是最重要的。作为一名科幻作者，我只想列出使自己走上科幻之路的那些书。

儒勒·凡尔纳的大机器小说。凡尔纳的科幻小说从描写对象来说可以分为两大类：一类是科学探险小说，另一类是描写大机器的小说。后者更具科幻性，主要有《海底两万里》《机器岛》《从地球到月球》等。这类小说中所出现的大机器，均以18、19世纪的蒸汽技术和初级电气技术为基础，粗陋而笨拙，是现代技术世界童年时代的象征，有一种童年清纯稚拙的美感。在凡尔纳的时代，科学开始转化为技术，并开始了全面影响社会生活的进程。这些大机器所表现的，是人类初见科技奇迹时的那种天真的惊喜，这种感觉正是科幻小说滋生和成长的土壤。直到今天，19世纪大机器的美感仍未消失，具体的表现就是科幻文学中近年来出现的蒸汽朋克题材。这类科幻作品展现的不是我们现代人想象的未来,而是过去(大多是18世纪末和19世纪上半叶)的人想象中的现在。在蒸汽朋克影视作品中,我们可以看到蒸汽驱动的大机器,像巡洋舰般外形粗陋的飞行器,到处是杂乱的铜管道和古色古香的仪表。蒸汽朋克是凡尔纳作品中的大机器时代在想象中的延续,它所展现的除了大机器的美,还有一种怀旧的温馨。

阿瑟·克拉克的《2001:太空漫游》则是另一种类型的科幻小说。同为技术型科幻,它与凡尔纳的大机器小说分处于这一类型的两端,后者描写从现实向前一步的技术,前者则描写在时间和空间上都趋于终极的空灵世界。读这本书是在上世纪80年代初,这是我看到的第一本在不算长的篇幅中生动描写人类从诞生到消亡(或升华)的全过程的小说,科幻的魅力在其中得到了淋漓尽致的体现,那种上帝的视角给了我近乎窒息的震撼。《2001:太空漫游》让我看到了一种完全不同的文笔,同时具有哲学的抽象超脱和文学的细腻,用来描写宇宙中那些我们在感观和想象上都无法把握的巨大存在。

克拉克的《与拉玛相会》则体现了科幻小说创造想象世界的能力。整部作品就像一套宏伟的造物主设计图,展现了一个想象中的外星世界,其中的每一块砖都砌得很精致。同《2001:太空漫游》一样,外星人始终没有出现,但这个想象世界本身已经使人着迷。如果说凡尔纳的小说让我爱上了科幻,那么,克拉克的作品就是我投身科幻创作的最初动力。

反乌托邦三部曲奥威尔的《1984》、赫胥黎的《美丽新世界》和扎米亚京的《我们》只被划定为科幻的边缘作品,但我从中看到了科幻文学的另一种能力,就是从传统现实主义文学所不可能具备的角度反映和干预现实。《1984》在文学界没有很高的地位,它的影响主要在政治和社会学领域。这次成都科幻大会上,甚至有些作家认为,正是《1984》的出现,才使真正的1984年没有成为《1984》。这当然有些言过其实,但科幻文学除了带给人想象的享受外,还有其他文学体裁所达不到的现实力量。在我和江晓原教授的讨论中,我们都承认,反乌托邦三部曲里,看似最黑暗的《1984》,实际上是三个想象世界中最光明的一个,其中的人性虽然被压抑,但至少还存在;而其他两个世界中,人性已在技术中消失了。这种黑暗,在现实主义文学中是不可能表现出来的。

从文学角度看,托尔斯泰的《战争与和平》与赫尔曼·沃克的《战争风云》系列不是一个档次的作品,但我所关注的是它们所共有的鸟瞰全局的视角。它们都是全景式描写人类战争的小说,与那些以个人感觉为线索的小桥流水式的精致文学相比,这样的巨著更能使人体会到人类作为一个种族的整体存在,这也恰恰是科幻文学的视角。

阿西莫夫的《自然科学导游》是一大部流水账式的东西,但也确实没有见到还有哪部科普作品对现代科学有这样系统的介绍。卡尔·萨根的《宇宙》《伊甸园的飞龙》也是较早进入国内的西方科普名著,虽然现在看来在理论的新颖程度上有些过时,但它在对科学的描述中引入了美学视角,这在今天看来不足为奇,但在上世纪80年代初期,真的为我打开了看科学的第三只眼。

道金斯的《自私的基因》的最大特点就是冷，比冷静更冷的冷，不动声色地揭示了生命的本质，尽管结论不一定正确，却告诉了我们一种可能：生命和人生以及世界与文明的最终目的，可能是我们根本想不到的东西。而辛格的《动物解放》则相反，把平等和爱撒向人类之外的芸芸众生，同样使我们从一个以前没有过的高度审视人类文明。不管怎么说，这两本书都很科幻。

但最科幻的是保罗斯的《宇宙最初三分钟》和《宇宙最后三分钟》[①]。保罗斯用诗一样的语言描述宇宙初生和垂死之际的极端状态，彼时的世界离现实是那样遥远，却又可能是真实存在的。

在我们无法经历的时间里带我们去我们永远无法到达的地方，这是科学与科幻的最大魅力。不得不承认，在这方面科学做得更好。世界各个民族都用最大胆、最绚丽的幻想来构筑自己的创世神话，但没有一个民族的创世神话如现代宇宙学的大爆炸理论那样壮丽，那样震撼人心；与生命进化的漫长故事的曲折和浪漫相比，上帝和女娲造人的故事真是平淡乏味；还有广义相对论诗一样的时空观，量子物理中精灵一样的微观世界——这些科学所创造的世界不但超出了我们的想象，而且超出了我们可能的想象。这种想象是人类的神话作家们绝对无力创造出来的。但科学的想象和美被禁锢在冷酷的方程式中，普通人需要经过巨大的努力，才能窥视它的一线光芒。而科学之美一旦展现在人们面前，其

①此处作者记忆可能有误，推测应该是史蒂文·温伯格的《宇宙最初三分钟》和保罗·戴维斯的《宇宙的最后三分钟》。

对灵魂的震撼和净化的力量是巨大的，某些方面是传统文学之美难以达到的。

科幻小说，正是通向科学之美的一座桥梁，它把这种美从方程式中解放出来，以文学形式展现在大众面前。

发表于2007年9月13日《南方周末》

写在《三体》第二部完成之际

业余作者写长篇，往往是一次冒险，因为你不知道有什么意外会打断写作进程。这些意外，小的如额外的工作任务，大的如地球毁灭。以前自己写长篇的过程都很顺，那些意外好像约好了，都在刚写完时集中出现，但这次，却都出现在写作正当中。一部长篇扔下一段时间再拾起来是一个痛苦的过程，而不断地扔下和拾起就很恐怖了，《三体》第二部《黑暗森林》就是这样写完的。本来计划四个月的工作，足足用了九个月。

在创作过程中，最令我困惑的是个人在历史中的作用。个人在科学进程中的作用比较容易把握，自然规律就摆在那儿，如果牛顿发现不了，后来的驴顿或马顿总能发现。但社会学不一样，人类历史不一样，就像一个人的人生，用《球状闪电》中的描述：

变幻莫测，一切都是概率和机遇，就像在一条小溪中漂着的一根小树枝,让一块小石头绊住了,或让一个小漩涡圈住了……

所以,历史巨人的真正作用一直是个谜,再引用《三体》第二部中的说法:

> "……你真的相信个人对历史的作用?"
>
> "这个嘛,我觉得是个无法证实也无法证伪的问题,除非时间重新开始,让我们杀掉几个伟人,再看看历史将怎么走。当然不排除一种可能:那些大人物筑起的堤坝和挖出的河道真的决定了历史的走向。"
>
> "但还有一种可能:你所说的大人物们不过是在历史长河中游泳的运动员,他们创造了世界纪录,赢得了喝彩和名誉,并因此名垂青史,但与长河的流向无关……"

其实,描绘一个世界从社会底层到金字塔顶端的立体全景,这是所有主流文学和科幻文学作者的终生梦想,但实现这个目标非常人所能及,托尔斯泰和巴尔扎克毕竟不多。所以,科幻小说总是不约而同地从个人和巨人的角度描述幻想的历史,从《基地》到《沙丘》莫不如此。

但我们也许可以把科幻中的巨人看作一种象征,比如《三体》第二部中的主人公,他可能象征着这样一群人,他们既不敬畏头顶的星空,也不在乎心中的道德,却因此而挣脱了思想的羁绊,抓住了宇宙的真相,并把这种认识毅然决然地用作生存的武器。

死亡是一道铁壁,用《流浪地球》中的话说:这墙向上无限高,向下无限深，向左无限远，向右无限远。

我只能承认：我惧怕死亡，我信奉好死真不如赖活着，有爱的死不如没爱的生。这说法从个人角度看很庸俗，但从文明整体看就是另一回事；在地球大气层中让人鄙视，但放到太空中也是另一回事。

写一部长篇就是度过一个人生。我这九个月的人生又过完了，开始的时候是春节，天很冷，现在天又冷下来了。也许，宇宙也是这么轮回的，只是时间尺度大了几亿亿倍而已。

有一个感受：科幻作者真的很幸运，科幻真的能使人年轻。

发表于2007年11月9日作者新浪博客

为什么人类还值得拯救？
——刘慈欣VS江晓原

有时候，科学让我们必须面对非常遥远的地方，那里有宇宙的浩渺，还有这份浩渺之美背后无数的未知与危险。在一个很大的尺度上，人类最终会被带往何处？人类对未来的信念能否一直得到维系？用什么来维系？科学吗？科学能解决什么？不能解决什么？这或许是一些大而无当的提问，可自从《新发现》杂志创办的那一天起，我们就不得不一次次面对类似问题，它们来自读者，来自内心。

2007年8月26日，闲适的夜晚，在女诗人翟永明开办的"白夜"酒吧，《新发现》编辑部邀请到前来成都参加"2007中国（成都）国际科幻·奇幻大会"的两位嘉宾：著名科幻作家刘慈欣（以下简称"刘"），以及近年经常发表科幻评论的上海交通大学教授江晓原（以下简称"江"），就我们共同的疑惑，就科幻、科学主义、科学与人文的关系等问题进行了一场精彩的面对面的思想交锋。

下面是对谈的记录。

刘:从历史上看,第一部科幻小说,玛丽·雪莱的《弗兰肯斯坦》就有反科学的意味,她对科学的描写不是很光明。及至更早的《格列佛游记》,其中有一章描写科学家,把他们写得很滑稽,从中可以看到一种科学走向学术的空泛。但到了儒勒·凡尔纳那里,突然变得乐观起来,因为19世纪后期科学技术的迅猛发展激励了他。

江:很多西方的东西被引进来,都是经过选择的,凡尔纳符合我们宣传教育的需要。他早期的乐观和19世纪科学技术的发展是分不开的,当时的人们还没有看到科学作为怪物的一面,但他晚年就开始悲观了。

刘:凡尔纳确实写过一些很复杂的作品,有许多复杂的人性和情节。有一个是写在一艘船上,很多人组成了一个社会。另外,他的《迎着三色旗》也有反科学的成分,描写科学会带来一些灾难;还有《培根的五亿法郎》也是如此。但这些并不占主流,他流传于世的几乎都是一些在思想上比较单纯的作品。值得注意的是,科幻小说的黄金时代反而出现在经济大萧条时期,上个世纪20年代。为什么呢? 可能是因为人们希望从科幻造成的幻象中得到一种安慰,逃避现实。

江:据说那时候的书籍出版十分繁荣。关于凡尔纳有个小插曲,他在《征服者罗比尔》里面写到过徐家汇天文台,说是出现了一个飞行器,当时徐家汇天文台的台长认为这是外星球的智慧生物派来的,类似于今天说的UFO,但其他各国天文台的台长们都因为他是一个中国人而不相信他,后来证实了那确实来自外星文明。这个故事犯了一个错误:其实那时候徐家汇天文台的台长并不是中国人,而是凡尔纳的同胞——法国人。

刘：凡尔纳在他的小说中创立了大机器这个意象，以后很多反科学作品都用到了。福斯特就写过一个很著名的反科学科幻作品，叫做《大机器停转之时》，说的是整个社会就是一台运转的大机器，人们连路都不会走了，都在地下住着，有一天这个大机器出了故障，地球就毁灭了。

江：很多读者都注意到，你的作品有一个从乐观到悲观的演变。这和凡尔纳到了晚年开始出现悲观的转变有类似之处吗？背后是不是也有一些思想上的转变？

刘：这个联系不是很大。无论悲观还是乐观，其实都是表现手法的需要。写科幻这几年来，我并没有发生过什么思想上的转变。我是一个疯狂的技术主义者，我个人坚信技术能解决一切问题。

江：那就是一个科学主义者。

刘：有人说科学不可能解决一切问题，因为科学有可能造成一些问题，比如人性的异化、道德的沦丧，甚至像南希·克雷斯（美国科幻女作家）所说的“科学使人变成非人”。但我们要注意的是：人性其实一直在变。我们和石器时代的人，会互相认为对方是没有人性的非人。所以不应该拒绝和惧怕这个变化，我们肯定是要变的。如果技术足够发达，我想不出任何问题是技术解决不了的。我觉得，那些认为科学解决不了人所面临的问题的人，是因为他们有一个顾虑，那就是人本身不该被异化。

江：人们反对科学主义的理由中，人会被异化只是其中的一方面；另一方面在于科学确实不能解决一些问题，有的问题是永远也不能解决的，比如人生的目的。

刘：你说的这个确实成立，但我谈的问题没有那么宽泛。并且我认为“人生的目的”这个问题，科学是可以解决的。

江:依靠科学能找到人生的目的吗?

刘:科学可以让我不去找人生的目的。比如说,利用科学的手段把大脑中寻找终极目的这个欲望消除。

江:我认为很多科学技术的发展,从正面说,是中性的,要看谁用它:坏人用它做坏事,好人用它做好事。但还有一些东西,从根本上就是坏的。你刚才讲的是一个很危险甚至邪恶的手段,不管谁用它,都是坏的。如果我们去开发出这样的东西来,那就是罪恶的。为什么西方这些年来提倡反科学主义?反科学主义反的对象是科学主义,不是反对科学本身。科学主义在很多西方人眼里,是非常丑恶的。

刘:我想说的是这样一个问题:如果我用话语来说服你,和在你脑袋里装一个芯片,影响你的判断,这两者真有本质区别吗?

江:当然有区别,说服我,就尊重了我的自由意志。

刘:现在我就提出这样一个问题,这是我在下一部作品中要写的:假如造出这样一台机器来,但是不直接控制你的思想,你想得到什么思想,就自己来拿,这个可以接受吗?

江:这个是可以的,但前去获取思想的人要有所警惕。

刘:对了,我要说的就是这一点。按照你的观点,那么“乌托邦三部曲”里面,《1984》反倒是最光明的了,那里面的人性只是被压抑,而另外两部中人性则消失了。如果给你一个选择权,愿意去《1984》还是《美丽新世界》,你会选择哪一个?

江:可能更多的人会选择去《美丽新世界》,前提是你只有两种选择。可如果现在还有别的选项呢?

刘:我记得你曾经和我谈到的一个观点是:人类对于整体毁灭,还没有做好哲学上的准备。现在我们就把科学技术这个异化人的工具和人类大灾难联系起来。假如这个大灾难真的来临的话,你是不是必须得用到这个工具呢?

江:这个问题要这么看——如果今天我们要为这个大灾难做准备,那么我认为最重要的有两条:第一是让我们获得恒星际的航行能力,而且这个能力不是偶尔发射一艘飞船,而是要能够大规模地迁徙;第二条是让我们找到一个新的家园。

刘:这当然很好。但要是这之前灾难马上就要到了,比如说就在明年5月,我们现在该怎么办?

江:你觉得用技术去控制人的思想,可以应付这个灾难?

刘:不,这避免不了这个灾难,但是技术可以做到把人类用一种超越道德底线的方法组织起来,用牺牲部分的代价来保留整体。因为现在人类的道德底线是处理不了《冷酷的方程式》(汤姆·戈德温的科幻名篇)中的那种难题的:死一个人,还是两个人一块儿死?

江:如果你以预防未来要出现的大灾难为理由,要我接受(脑袋中植入芯片)控制思想的技术,这本身就是一个灾难,人们不能因为一个还没有到来的灾难就非得接受一个眼前的灾难。那个灾难哪天来还是未知,也有可能不来。其实类似的困惑在西方好些作品中已经讨论过了,而且最终它们都会把这种做法归于邪恶。就像《数字城堡》里面,每个人的E-mail都被监控,说是为了反恐,但其实这样做已经是一种恐怖主义了。

刘:我只是举个例子,想说明一个问题:技术邪恶与否,它对人类社会的作用邪恶与否,要看人类社会的最终目的是什么。江老师认为控制思想是邪恶的,因为它把人性给剥夺了。可是如果人类的最终目的不是保持人性,而是为了繁衍下去,那么它就不是邪恶的。

江:这涉及了价值判断:延续下去重要还是保持人性重要?就好像前面有两条路可以走:一条是人性没有了,但是人还存在;一条是保持人性到最终时刻,然后灭亡。我相信不光是我,还会有很多人选择后一条,因为没有人性和灭亡是一样的。

刘:其实,我从开始写科幻到现在,想的就是这个问题,到底要选哪个更合理?

江:这个时候我觉得一定要尊重自由意志。可以投票,像我这样的可以选择不要生存下去的那个方案。

刘:你说的这些都对,但我现在要强调的是一个尺度问题。科幻的作用就在于它能从一个我们平常看不到的尺度来看问题。传统的道德判断不能做到把人类作为一个整体来进行判断。我一直在用科幻的思维来思考,那么传统的道德底线是很可疑的,我不能说它是错的,但至少它很危险。其实人性这个概念是很模糊的,你真的认为从原始时代到现在,有不变的人性存在吗?人性中亘古不变的东西是什么?我找不到。

江:我觉得自由意志就是不变的东西中的一部分。我一直认为,科学不可以剥夺人的自由意志。美国曾经发生过这样一件事:地方政府听从了专家的建议,要在饮用水中添加氟以防止牙病,引起了很多人的反对,其中最极端的理由是,我知道这样做对我有好处,但,我应该仍然有不要这些好处的自由吧?

刘:这就是《发条橙》的主题。

江:我们可以在这里保持一个分歧,那就是我认为用技术控制思想总是不好的,而你认为在某些情况下这样做是好的。

现在的西方科幻作品,都是反科学主义思潮下的产物,这个转变至少在新浪潮时期就已经完成了。反科学主义可以说是新浪潮运动四个主要诉求里面的一部分,比如第三个诉求要求能够考虑科学在未来的黑暗的部分。

刘:其实在黄金时代的中段,反科学已经相当盛行。

江:在西方,新浪潮的使命已经完成。那么,你认为中国的新浪潮使命完成了吗?

刘:上个世纪80年代曾经有一场争论,那就是科幻到底姓“科”还是姓“文”,最后后者获得了胜利。这可以说是新浪潮在中国的迟来的胜利吧。目前,中国科幻作家大多数是持有科学悲观主义的,即对科学技术的发展抱有怀疑,这是受到西方思潮影响的一个证明。在我看来,西方的科学已经发展到这个地步了,到了该限制它的时候,但是中国的科学思想才刚刚诞生,我们就开始把它妖魔化,我觉得这毕竟是不太合适的。

江:我有不同的看法。科学的发展和科学主义之间,并不是说科学主义能促进科学的发展,就好像以污染为代价先得到经济的发展,而后再进行治理那样。科学主义其实从一开始就会损害科学。

刘:但我们现在是在说科幻作品中对科学的态度,介绍它的正面作用,提倡科学思想,这并不犯错吧?

江:其实在中国,科学的权威已经太大了。

刘:中国的科学权威是很大,但中国的科学精神还没有。

江:我们适度限制科学的权威,这么做并不等于破坏科学精神。在科学精神之中没有包括对科学自身的无限崇拜——科学精神之中包括了怀疑的精神,也就意味着可以怀疑科学自身。

刘:但是对科学的怀疑和对科学的肯定,需要有一个比例。怎么可以所有的科幻作品,98%以上都是反科学的呢?这太不合常理。如果在老百姓的眼里,科学发展带来的都是一个黑暗世界,总是邪恶,总是灾难,总是非理性,那么科学精神谈何提倡?

江:我以前也觉得这样有问题,现在却更倾向于接受。我们可以打个比方,一个小孩子,成绩很好,因此非常骄傲。那么大人采取的办法是不再表扬他的每一次得高分,而是在他的缺点出现时加以批评。这不可以说是不合常理的吧?

刘:你能说说在中国,科学的权威表现在哪些方面吗?

江:在中国,很多人都认为科学可以解决一切问题;此外,他们认为科学是最好的知识体系,可以凌驾于其他知识体系之上。

刘:这一点我和你的看法真的有所不同。尽管我不认为科学可以凌驾于其他体系之上,但我认为它是目前我们所能拥有的最完备的知识体系。因为它承认逻辑推理,它要求客观的和实验的验证而不承认权威。

江:作为学天体物理出身的,我以前完全相信这一点,但我大概从2000年开始有了转变,当然这个转变是慢慢发展的。原因在于接触到了一些西方的反科学主义作品,并且觉得确实有其道理。你相信科学是最好的体系,所以你就认为人人都需要有科学精神。但我觉得只要有一部分人有科学精神就可以了。

刘:它至少应该是主流。

江:并不是说只有具有科学精神的人才能做出正确的选择,实际上,很多情况下可能相反。我们可以举例子来说明这个问题。

就比如影片《索拉里斯星》索德伯格版(《飞向太空》),一些人在一个空间站里，遇到了很多怪事，男主角克里斯见到了早已经死去的妻子蕾亚。有一位高文博士，她对克里斯说："蕾亚不是人，所以要把她(们)杀死。"高文博士的判断是完全符合科学精神和唯物主义的。最后他们面临选择：要么回到地球去，要么被吸到大洋深处去。克里斯在最后关头决定不回地球了，而宁愿喊着蕾亚的名字让大洋吸下去。在这里，他是缺乏科学精神的，只是为了爱。当然，索德伯格让他跳下大洋，就回到自己家了，而蕾亚在家里等他。这个并非出于科学精神而做出的抉择，不是更美好吗？所以索德伯格说，索拉里斯星其实是一个上帝的隐喻。

刘：你的这个例子，不能说明科学主义所做的决策是错误的。这其中有一个尺度问题，男主角只是在个人而不是全人类尺度上做出了这个选择。反过来想，如果我们按照你的选择，把她带回地球，会带来什么样的后果？这个不是人的东西，你不知道她的性质是什么，也不知道她有多大的能量，更不知道她会给地球带来什么。

江：有爱就好。人世间有些东西高于科学精神。我想说明的是，其他的知识体系并不一定比科学好，但可以有很多其他的知识体系，它们和科学的地位应该是平等的。

刘：科学是人类最可依赖的一个知识体系。我承认在精神上宗教确实更有办法，但科学的存在是我们生存上的一种需求。这个宇宙中可能会有比它更合理的知识体系存在，但在这个体系出现之前，我们为什么不能相信科学呢？

江：我并没有说我不相信科学，只不过我们要容忍别人对科学的不相信。面临问题的时候，科学可以解决，我就用科学解决，但科学不能解决的时候，我就要用其他的东西。

刘:在一个太平盛世,这种不相信的后果好像还不是很严重,但是在一些极端时刻来临之时就不是这样了。看来我们的讨论怎么走都要走到终极目的上来。可以简化世界图景,做个思想实验。假如人类世界只剩你、我、她了,我们三个携带着人类文明的一切,而咱俩必须吃了她才能生存下去,你吃吗?

江:我不吃。

刘:可是,宇宙的全部文明都集中在咱俩手上,莎士比亚、爱因斯坦、歌德……不吃的话,这些文明就要随着你这个不负责任的举动完全湮灭了。要知道宇宙是很冷酷的,如果我们都消失了,一片黑暗,这当中没有人性不人性。现在选择不人性,而在将来,人性才有可能得到机会重新萌发。

江:吃,还是不吃,这个问题不是科学能够解决的。我觉得不吃比吃更负责任。如果吃,就是把人性丢失了。人类经过漫长的进化,才有了今天的这点人性,我不能就这样丢失了。我要我们三个人一起奋斗,看看有没有机会生存下去。

刘:我们假设的前提就是要么我俩活,要么三人一起灭亡,这是很有力的一个思想实验。被毁灭是铁一般的事实,就像一堵墙那样横在面前,我曾在《流浪地球》中写到一句:这墙向上无限高,向下无限深,向左无限远,向右无限远,这墙是什么?那就是死亡。

江:这让我想到影片《太空堡垒卡拉狄加》中最深刻的问题:“为什么人类还值得拯救?”在你刚才设想的场景中,我们吃了她就丢失了人性。丢失了人性的人类,就已经自绝于莎士比亚、爱因斯坦、歌德……还有什么拯救的必要?

一个科学主义者,可能是通过计算“我们还有多少水、还有多少氧气”得出只能吃人的判断。但文学或许提供了更好的选择。我很小的时候读拜伦的长诗《唐璜》,里面就有一个相似的场景:几个人受困在船上,用抓阄来决定把谁吃掉,但是唐璜坚决不肯吃。还好他没有吃,因为吃人的人都中毒死了。当时我就很感动,决定以后遇到这样的情况,我一定不吃人。吃人会不会中毒我不知道,但拜伦的意思是让我们不要丢失人性。

我现在非常想问刘老师一个问题:在中国的科幻作家中,你可以说是另类的,因为其他人大多数都去表现反科学主义的东西,你却坚信科学带来的好处和光明,然而你又被认为是最成功的,这是什么原因?

刘:正因为我表现出一种冷酷的但又是冷静的理性,而这种理性是合理的。你选择的是人性,而我选择的是生存,读者认同了我的这种选择。套用康德的一句话:敬畏头顶的星空,但对心中的道德不以为然。

江:是比较冷酷。

刘:当我们用科幻的思维思考这些问题的时候,就变得这么冷酷了。

发表于2007年第11期《新发现》

《中国科幻小说年选》前言

一

本年度选集收入的是2006年10月至2007年10月国内科幻杂志和幻想文学杂志发表的中短篇科幻小说，同时收入少量国内出版的科幻长篇小说的节选。

在这个时间段内，国内科幻出版的形势没有发生太大的变化，科幻小说的主要出版园地仍集中在杂志上，它们主要有：《科幻世界》《世界科幻博览》《科幻大王》《九州幻想》和《幻想1+1》。

从这几本杂志的风格上能够清晰地看出当前科幻文学的发展趋势。上述前三种属于传统型的科幻杂志，在这三本杂志中仍能看到传统科幻定义和理念的烙印，除了其中的小说作品尽可能地靠近科幻的核心定义外，杂志中的科普内容也显示了这一点：三本杂志中每期都有科技简讯，其中，《科幻世界》和《世界科幻博览》还有大篇幅的科普彩页文章。《九州幻想》和《幻想1+1》则显示了目前科幻与其他幻想文学体裁相融合的大趋势，与前三种传统杂志相比，后者的风格更加时尚和前卫，不再强调甚至有意模糊科幻和奇幻的分界线，其中的作品风格自由华丽，呈现出大幻想文学的雏形。对传统的坚持与新浪潮并存，构成了中国科幻文学丰富多彩的风景。

国内长篇科幻小说的出版自前两年开始至今仍处于低迷状态，除上述杂志外，其他出版社在这一期间出版的科幻长篇十分稀少。在杂志中，除了《科幻世界》旗下的发表小长篇的《星云》外，《九州幻想》和《幻想1+1》也刊登长篇科幻小说，但数量有限。新世纪开始之际，科幻出版的长篇和单行本时代曾经露了一下头，但很快消失了，中国的科幻出版仍处于杂志时代，长篇市场还有待开发。

二

本年度国内科幻界最引人注目的事件无疑是在成都召开的国际科幻·奇幻大会。与1997年的那次盛会相比，这次会议增加了奇幻文学的内容，反映了幻想文学发展的大趋势。会议期间，中外作家和幻想文学研究者进行了广泛的交流；科幻方面，大家关注的焦点主要集中在新时期科幻文学的发展上。与会者一致认为，科学技术空前迅猛的发展给科幻文学带来了复杂的影响，同时也看到，虽然经历了不同的发展轨迹，东西方科幻文学却面临着相同的问题和挑战，即如何在技术奇迹日益渗透到社会生活的方方面面的情况下，使科幻文学焕发出新的生命力。

这次盛会中，给人印象最深的就是来自全国各地的科幻迷，他们的人数和表现出来的热情都超出了会议组织者和到会的作家与评论家的预料。耐人寻味的是,这种热情在随后于日本横滨召开的世界科幻大会上并没有出现,这就给了我们一个鼓舞和启示:国内的科幻市场如初升的太阳,仍然充满着巨大的活力。科幻读者的低龄化很可能正是我们的优势,也是科幻文学腾飞的基础。但正如笔者在会议发言中所说,目前中国科幻是一块很浓很纯的颜料,我们要做的是把它扔到社会的大水池中,使其扩散开来,虽然颜色淡一些,但存在面更广大。

三

这一年度的国内科幻创作,基本上延续了前两年的特点,呈现波澜不惊的平稳态势,各种风格和理念的作品都占有一定的比重,无论作品的表现手法是传统还是前卫,内核是技术型还是文学型,所产生的影响都比较均衡,并没有任何一种类型的科幻作品取得明显的优势。正是基于这一特点,本选集的着眼点在于努力反映这种多样性,从不同风格流派的作品中全面选择,尽可能为本年度国内科幻文学创作勾勒出一个全面准确的轮廓。

同前几年一样,传统型科幻仍然顽强地占据着一定的比重。同"硬科幻"或"技术型科幻"这两个名词一样,用"传统型"来称呼这一类型的科幻作品也很不准确,也许把它们称为"本原型"科幻更为恰当。这类作品最主要的特性在于,它们的表现核心是科幻本身。主流文学所关注的表现对象仅是科幻框架中的填充物,而"本原型"科幻对这种填充物进行了不同程度的简化,这种简化可能是作者自觉的,也可能是无意识的。

本选集中的这类作品有《假设》《ACE小姐的心事》和《在他乡》等。与何夕近年来的其他作品相比,《假设》的技术框架感更强一些,技术图像在与《伤心者》相比更淡的文学背景上鲜明地凸现出来,其表现的核心就是一个新颖的世界图景。长铗在去年的《莱氏秘境》和今年的《ACE小姐的心事》中,都把科学史的某一断面加以变形,创造出一种在厚重历史的依托下极有质感的科幻意境,但这种在架空历史的同时也架空科学的表现手法,对读者的知识背景有更高的要求。科幻核心型作品的一大特点是塑造和表现某种隐藏在个体后面的"宏形象",《在他乡》和《灵天》中虽然描写了个体形象,但它们所塑造的真正形象是整个种族,《灵天》中真正的主人公是灵豚和天鲸两个文明,在《在他乡》中则是漂流中的整个人类。而人类的一种可能的未来则是《雨林》和《你形形色色的生活》中所创造的"宏形象"。科幻核心也不一定必须拥有技术属性,比如《冷风吹》中的"碎片",可以是自然的,也可以是超自然的,当作者赋予它自然属性时,便在流沙般的技术基础上为作品构建起一个坚实的科幻框架。

直接与现实无缝连接的科幻小说虽然比较少,但也是传统型科幻的一个重要组成部分,本书中选入的这类作品有《蚁生》和《果岭的彼端》。《蚁生》无疑是本年度国内科幻的重量级作品,可以说把王晋康的风格表现到了极致。虽然这部小说有着主流文学的外表,连作者都称之为"披着科幻的外衣",但其核心构架仍然是科幻的,只是这个构架中的文学填充物十分丰富而已;支撑茂盛文学藤蔓的科幻铁架清晰可见,也仍是作品的基础和骨骼,它使这部小说与文学核心的科幻或"外衣科幻"产生了本质的区别。小说通篇散发着昔日泥土的芳香,科幻的内核在其中吸取了大地的力量,也拥有了大地的厚重与深沉。《果岭的彼端》则表现了一种“反疏离”:科幻并没有创造出超脱现实的境界,相反,科幻本身被现实从半空拉回到飞扬的尘土中。火星飞船的舱室和装修中的商品房在这种“反疏离”中重叠起来,遥远的星空于是成为尘世的一部分。

与以上作品相比,其他的入选小说则展现了更为自由和多样的创作理念和表现手法。近年来,在科幻作者介入奇幻创作的同时,像江南和今何在这样有影响力的奇幻作家也开始创作科幻小说。在他们的作品中,奇幻文学飘逸的文笔和自由的想象与科幻相融合,产生出一种传统科幻中所没有的灵气。如入选的《中国式青春》第二部,透过科幻的变形望远镜回望过去,给那个不太遥远的时代染上了一层奇异的色彩。同样是把历史科幻化,《一九二一年科幻故事》则表现出一种更纯的怀旧情绪,科幻融入往昔那迷蒙的烟波中,与旧上海的音乐、灯光交织在一起,成为昔日旧梦的一部分。在《多重宇宙投影》中,科幻则成为隐喻现实的工具,但其工具本身已经造得十分宏大有趣,撇开其功能也具有独特的魅力。《第七愿望》属于更靠近现代文学的一类科幻,表现了一个被不同个体的主观所异化扭曲的世界。

与近年来国内的科幻潮流一样,本年度更多的科幻作品还是努力在科幻内核与文学表现之间寻找某种平衡。在《青鸟》中,凌晨以往那种平实厚重的风格发生了很大的变化,她笔下的现实也随着网络的出现变得飘忽不定了。《遇见安娜》则展现了一个超链接时代,每个人都成为网页上一个能出现小手的图标,夏笳用女性的细腻构筑了一个唯美动人的小世界。在本年度的科幻新人中,郝景芳是一个值得注意的作者,她的作品呈现出一种当前国内科幻很少见的色彩。她所描写的技术世界,没有科学主义作者所表现出来的那种金属质感的狂妄,也没有主流科幻中反科学主义的阴暗,她的世界充满了清新、温暖和明快的色调,《祖母的夏天》像夏日的一缕清风,《谷神的飞翔》(未选入)则在一个水晶般纯净的世界里展现了纯朴的理想主义和对宇宙天真的进取心。当然,作者到目前为止只发表了这两篇小说,对她的整体风格还不好妄加猜测。

中国科幻最遗憾的事情就是少儿科幻的低迷和科普型科幻的消失,这源自20世纪80年代以后对科幻文学理念的矫枉过正。国内科幻作者都患上了少儿科普恐惧症,似乎这两种科幻文体就等同于浅薄和幼稚,唯恐避之不及。少儿科幻创作稀少,且分散不成体系;曾在我国得到充分发展的科普型科幻则完全消失了,在本年度发表的科幻小说中找不到一篇这种类型的科幻小说。在成人科幻文学徘徊于国内影视视野之外时,《快乐星球》却取得了国外科幻大片都无法企及的巨大成功,这无疑展示了国内科幻文学一片巨大的处女地。往年的科幻年选均未对少儿科幻给予注意,为弥补这个缺憾,本年度选集特选入仍在少儿科幻领域辛勤耕耘的杨鹏的一部长篇少儿科幻的节选。

目前,世界科幻文学正面临新的转型期,科幻文学的创作理念和市场形势都在发生很大的变化。国内科幻作家群是一个十分年轻的群体,他们面对着众多的挑战和机遇。希望在未来的一年里,科幻创作和出版事业能够取得新的突破。

发表于2007年12月江苏文艺出版社《中国科幻小说年选》

关于人类未来的断想

地球变暖远没有下一个冰河期的到来可怕。如果冰河期到来，地球会变得像《后天》里描写的那样，无数的人将要死去。除了这种危险，我们的主要危险来自于太阳而不是小行星，它任何不稳定的闪烁都有可能烧焦半边地球。

当人类文明毁灭之后，最有可能代替人类、在地球上占据霸主地位的生物，需要拥有两种特质：

第一，体积不能太大，这是整个地球生物史决定的，就算恐龙统治地球的时代，对比远古恐龙和后来的恐龙，体积也是越来越小的；

第二，要有群体组织性，面对大灾难和不可测危机时，个体力量渺小，且无法长存。

所以我个人认为，将来最有可能称霸的，很可能是像蚂蚁和蜜蜂这样的生物。对于这些生物而言，个体是可以随时牺牲的。

与外星文明的接触对于人类来说一定不是好事。先不说像上帝一般充满善念的外星文明存在的可能性有多小，即使外星文明是善意的，低等文明与高等文明之间的接触，也是绝对没有什么好处的。人类的理念和伦理都会受到前所未有的冲击，你所珍视的很多东西可能会变得没有意义。

人类文明的历史太短，哪怕从石器时代算起，也不到一百万年；从农业社会来算，则只有一万年，而恐龙统治地球长达数千万年。我们遇到灭顶之灾的可能性太大，但是人类却远远没有为之做好准备。在大灾难面前，人类毁灭的可能性非常大。

人类目前追求的是个体的幸福，而很少考虑人类的传承。从长远来看，人类是一定要飞出地球的，而我们却没有人愿意为这一目标付出大量的成本和时间。我们花在这方面的钱少得可怜。总有一天，人类会意识到这些做法是多么的短视。

从人类本身能造成的灾难来看，核弹、病毒都不是什么灭顶之灾，只能使几亿人死亡，最多也不会超过人类的三分之一。真正会威胁到人类生存的内部灾难，很有可能要等到反物质炸弹的诞生。一枚集装箱大小的反物质炸弹，就足以杀死地球上的全部人类。

科技影响人类生活最大的一个领域，很有可能是信息技术。总有一天，脑波和人脑将被破译，你的记忆和思想将能被拷贝，你可以为自己做许多个备份。那时候，“我”将不再是如今的“我”，也有可能出现几个“我”。那时，你会用这个你目前无法接受的方式达成永生，你甚至可以像“攻壳机动队”那样进入网络，成为抛弃肉体的存在。

生物科技是影响未来人类生活的另一个重要方面，第三性的人类（甚至第四性的人类）都有可能被生物技术所创造。人类沿袭了数千年的主流两性关系将被打破。

没有永恒不变的人性，没有真正高尚的道德，一切的标准都有前提。我们如今所珍视的对于自由的向往，在中世纪被认为是一种病态，那时人们尊重的是“忠诚”“勇敢”，你要随时勇于赴死。在未来，道德也必将因为条件的改变而改变。

发表于2009年第1期《时尚先生》

原题《人类会怎样灭亡?》

当科普的科幻尝起来是文学的

有两个诞生于清末民初的孩子，至今仍未长大。

它们自出生起就紧密联结在一起，你中有我，我中有你。它们目睹了最后一个王朝的覆灭，感受了科学在少年中国引起的情窦初开般的骚动和向往，走过了民国的腥风血雨，并且在20世纪50年代和80年代的新中国创造了不大不小的辉煌。但在20世纪80年代中期，它们看到外面的世界中，自己的同类都是特立独行，就开始互相嫌弃对方，认为对方降低了自己的品位，最终分道扬镳。两个孩子拉着的手刚刚松开，就双双跌入泥潭，不可自拔，直到20世纪90年代才先后挣扎出来，灰头土脸地各走各的路。直到这时，它们才发现，在经济社会的原野中到处都是迷茫和挫折，才发现已年过百岁的自己仍是孩子。终于，它们又在一个路口上重逢，重新拉起手来。

这两个孩子就是中国的科普和科幻。

“度尽劫波兄弟在，相逢一笑泯恩仇。”这是常用来形容两岸关系的诗句。对于科普和科幻来说,其中的第一句肯定合适,两者所度的劫波在时间和强度上都差不多。百年来,中国科普和科幻兴衰的曲线几乎是重合的,用唇亡齿寒来形容并不过分。最近的一次,是两者在20世纪80年代同时跌入低谷,但原因有所不同。科幻的消沉有行政干预的原因,科普的低落则完全是由于经济大潮的冲击。当唯利是图的时代到来时,人们突然发现对科学的迷恋是多么的没意思,长大后当科学家的理想又是多么的傻气。一时间,科普杂志纷纷倒闭,剩下的也变成了生活指南……奇怪的是,科普与科幻市场的复苏也奇迹般地同时发生在20世纪90年代中期。至于后面那句诗,对于科普和科幻其实也是合适的,但那都是过去的事了,既然本来就不太为人知,在这里多说也没意思。现在活跃在这两个领域的,已经是全新的一代人,与过去没有任何瓜葛。一方的崛起和繁荣,对另一方都是有百利而无一害。

在上海闹市区一条充满文化气息的幽静小街里,有一座空旷的美术馆。在那里,我见到了科学松鼠会的成员和他们的读者,看他们跳街舞,听他们拉小提琴,欣赏他们用六只手枪变的魔术。我见到一个研究小卫星的人从背包中拿出各种各样新奇的魔方,其中7×7的那种我可能花半辈子也还原不了;还有一种银色的,随意一扭就能变成一个现代艺术品……在杭州那间夜雨中的酒吧里,我曾提心吊胆地同一名研究弦论的理论物理学博士聊天,却发现他是最不在意硬伤的读者,反而对《球状闪电》和《三体》中的那些东西很欣赏。他说,目前理论物理杂志上的东西大部分都是无用的垃圾,“其实搞法都与你们科幻差不多”,这话我印象深极了。

其实这次毫不犹豫地应邀前往,只是想在科普和科幻重逢后表达一个愿望:科普型科幻是中国的创造,而中国科幻最大的辉煌也是科普型科幻创造的,希望科学松鼠会能恢复这种科幻。这并不意味着对现有科幻的冲击。当初消灭科普型科幻的那场争论——科幻是姓文还是姓科(科普)——其实全无意义。它的实质是新浪潮运动在国内的回光返照。为什么不能一部分姓文一部分姓科呢?现在,松鼠会的成员有的已经开始写科幻了,我们等待着尝起来是文学的科普型科幻重现的那一天——它在文学上将不像《小灵通漫游未来》那样简陋,在科学上也不像《十万个为什么》那样低幼,它有可能重现中国科幻那曾经转瞬即逝的辉煌。

发表于2009年3月4日作者新浪博客

寻找家园之旅

——写于《流浪地球》收入《科幻世界·30周年特别纪念增刊》之际

《流浪地球》是为1999年《科幻世界》笔会写的小说。当时，编辑部要求带上自己的作品，同时带去的还有《鲸歌》《微观尽头》和《时间移民》（当时还未发表）。那是我第一次与科幻界接触。

记得到达编辑部旁边的四川省科协招待所时已是深夜，看到服务台前有一对少男少女，男孩的英俊和女孩的美丽几乎是我从未见过的，仿佛是神话里的人物。我立刻断定他们是来开会的科幻作者，因为在我的潜意识中科幻就是这么美的，于是凑过去问他们是不是来开笔会的，他们冲我笑笑说不是（可能是放假旅游的学生）。直到第二天早晨，笔会的作者和编辑部的人才陆续出现在招待所大厅里，我也终于发现他们不是从神话里出来的，他们显然也和我一样是食人间烟火的，我明白了只有神话之外的人才能创造神话，昨晚见到的那两个绝美的少男少女是写不出神话或科幻的，就像一个人不能提着自己的头发升空。失望之余，倒也有了一种找到组织的亲切感。直到今天，虽然当年参加笔会的一些作者的形象都模糊了,但那对深夜里遇到的少男少女还在我的记忆中栩栩如生,几乎成了科幻的化身。

在那届笔会上,阿来请来了《小说选刊》的资深编辑冯敏讲授国内主流文学的现状,强调科幻小说应该在文学和科学幻想上取得某种平衡。其实,《流浪地球》就是这种平衡的结果。

对于小说中的人类逃亡,从科幻或科学的角度讲,我是百分之百的飞船派,因为推进地球的能量绝大部分消耗在无用的荷载上,也就是构成行星的地壳内部的物质上,这些物质最大的意义就是产生重力,而重力也可由飞船的旋转来模拟。但从文学角度看,这篇作品的美学核心是科学推动世界在宇宙中流浪这样一个意象,而飞船逃亡产生的是一个完全不同的逃离世界的意象,其科幻美感远低于前者。

不过后来的一次经历差点儿使这篇小说流产,那是我因公外出,第一次坐飞机,从万米高空看大地时,仍然一点儿都觉察不出地球的曲率,行星的表面仍然是一个无际的水平面,推进这样的世界简直是痴人说梦!但回去后,我还是坚持把小说写了出来,最初只有发表时的一半长,后来应编辑的要求加长了一倍。王晋康老师在笔会上看到该文时说,这个构想应该写三十万字才够,可在当时是没有机会发表长篇的。

《流浪地球》还有许多方面不得不在科学的严谨上做出妥协,比如氦闪,只是恒星步入晚年初期的一种活动,在漫长的时间里反复发生后,恒星才能进入红巨星状态。另外,当时没有经验,竟把地球发动机的具体参数全部详细列出,详细到可以很方便地直接计算地球得到的加速度,计算的结果是:发动机只能给地球零点(N多个零)几g的加速度,别说航行,连改变轨道都不可能。

到现在，看到和听到了很多对自己小说的评论，有的下笔千言不知所云，但有的只一句话却让我看到了自己都没看到的真相。在2000年的笔会上，杨平对我说，他从我的小说中感觉到强烈的“回乡情结”。当时我不以为然，认为回乡情结是最不可能在我的小说中出现的东西。但后来细想，对他真是钦佩之至。光阴飞逝，现在十年过去了，很多事情都发生了变化，我很快就要离开这个生活了二十多年的地方。我在这里度过了青春的大部分时光，写出了迄今为止的所有科幻小说，但要走了竟没什么留恋。在精神上，这里不是家园，我不知道哪里是家园。现在看着窗外的群山，不由又想起了杨兄那句话。其实，自己的科幻之路也就是一条寻找家园的路，回乡情结之所以隐藏在连自己都看不到的深处，是因为我不知道家园在哪里，所以要到很远的地方去找。在《流浪地球》中能看到的，就是这样一个行者带着孤独和惶恐启程的情景。

发表于2009年8月《科幻世界·30周年特别纪念增刊》

在平淡中创造神奇的三十年

——祝贺《科幻世界》创刊30周年

自《科学文艺》(《科幻世界》前身)诞生以来,这本杂志就与我的生活密不可分,从20世纪80年代的科幻热潮期到后来漫长的低谷再到现在都是如此。但奇怪的是,当答应编辑写纪念文时,竟想不起多少事来。由于我这里地处偏僻,平时与杂志社只有稿件业务的来往,那里的大部分人我至今都不认识,也不知道这些年来他们在如何生活与工作。所以,虽然我十年来的大部分小说都是在那里发表的,但《科幻世界》对于我,仍像对普通读者一样神秘。在记忆中,三十年平平淡淡地过去了,而科幻人就是这样,在平淡的生活中创造着最不平淡的想象世界。

最初知道《科学文艺》是在大一,那是20世纪80年代初,当时从报纸上(好像是《中国青年报》)看到杂志创刊的消息,记得她被称为国内第一份"大型科幻小说杂志"。在最初的那几期中,现在印象最深的小说是《β这个谜》,这是一篇向*I, robot*致敬的小说,但当时的大多数读者都没有意识到这点。我之所以印象深,并非由于小说的科幻内容,而是因为小说中的一位科研机构负责人竟然还曾在国民党白区做过地下工作。前些天参加一次地方作协的座谈会,会上有人回忆80年代的文学,说那时虽然刚刚从禁锢中解脱,但小说在题材上丰富多样,各个领域各个阶层的题材都有涌现,而现在,小说的题材和视野却很单一很狭窄了。其实科幻也是这样,80年代科幻虽然在文学上比较简单,但涉及的领域和题材丰富多彩,仅以那时《科学文艺》上发表过的小说为例,能想起来的有:喜马拉雅山的地热利用,用次声波消灭害虫,把人的意识传送到乌龟大脑中并全息显示出来,用玉米收集黄金,吐烟圈的环保烟囱,等等。

但杂志上另一篇我印象很深的作品却与科幻全无关系,题目也忘了。那天看到一个室友捧着我刚到的《科学文艺》看,连连称赞这篇写得好。拿过来一看,原来是一篇不知是报告文学还是小说的东西,写一位知识分子女战士和一个老革命的人生经历,那女的嫁给这个老革命不是自愿而是迫于组织安排,结果花烛夜的洞房中竟响起枪声……总之与科幻毫无关系,却反映了当时国内科幻文学的处境。我看到这篇文就有了一种不祥的预感,知道科幻处境不妙了。果然时隔不久,中国科幻的"中世纪"再次降临。

然后我就毕业工作了,成为省电力系统第一批计算机专业人员,工作和生活都骤然紧张起来,加上当时的国内科幻几乎全部消失,有一段时间就把科幻和《科学文艺》完全忘了。几年后,工作和生活环境稳定下来,我开始有了闲暇时间,一次在单身宿舍的牌桌上一夜输光刚领到的一个月工资后,决定重拾以前代价较小的爱好,就又想起了科幻,并开始写《超新星纪元》。那是90年代初,国内科幻仍是一片死寂,不过我还是找到一本尘封已久的《科学文艺》,照上面的地址给杂志社写了一封信,当时认为她不可能幸存下来，真有向冥界发信的感觉。没想到很快收到了回信，被热情地告知杂志还活着，只是先改名为《奇谈》，后改为《科幻世界》。我还收到了赠送的样刊，同样刊一起寄来的还有一大打广告，让我传阅和张贴。那些广告都是单色，印刷简陋。很惭愧，我当时既没传阅更不敢张贴，不过现在想想也很有意思：如果那时在厂里一夜之间出现这些科幻广告，人们是什么感觉？但我把那些广告保存至今，现在拍一张照片附上。那显然是杂志最困难的时期，上面的小说都很短，记得有寻找宇宙大爆炸奇点的，还有整个星球就是一个生命体的，从中能看得出一个明显的趋势：与80年代相比，这时作者的视野已经开阔起来，国内科幻正由技术发明型转向理论型。接着，我便把《超新星纪元》厚厚的初稿寄给杨潇社长。虽然小说当时没能出版(那时出科幻长篇是很难的)，但她的热情和真诚深深感动了我，也成为我继续写下去的动力。

在寄书稿的同时，我还向杨老师要郑文光的地址，他是我从中学时代就想拜见的人。但拿到地址后，我一直没有机会去。直到2002年，在北师大召开银河奖大会，那天晚上姚海军他们要去郑老师家，就想一起去，但又有人拉着去舞会，想着以后一定还有机会见到郑老师，就没随他们去，结果却再没有机会了。

1999年，我第一次参加了科幻世界笔会。那是印象最深的一次，不仅因为有《小说选刊》的资深编辑给我们讲文学，更重要的这是我第一次面对面地与人谈科幻，也是第一次看到这么多人一起谈科幻，当时有一种很奇怪的不真实感。以后又参加过多次笔会，印象最深的就是作者的变化，除了几位老作者外，几乎每次都见到一大半新面孔，而许多去年笔会上只出现过一次的人已经消失了。但2006年以后，80后的年轻作者们基本稳定下来了。谈到2006年的笔会,还有一个重大变化,就是突然出现了一批与以前见过的科幻作者完全不同的人,他们时尚而活跃,与写科幻的那种先天下之忧而忧后天下之乐而乐的郁闷样子形成鲜明对照,这就是奇幻作者们。我想,这也是科幻世界历史上的一次重大转折。

其实,无论是科幻世界还是中国科幻,现在都还远未到怀旧的时候,没太多的旧可怀。三十年,即使对一个人来说都谈不上沧桑,曾经有过的那些辉煌与曲折在广阔的未来面前都微不足道。怀旧使人变老,而科幻是青春的文学,青春所特有的对新世界的向往和对新生活的渴望,是科幻文学的灵魂。主流文学是白酒,越放越香;而科幻是鲜扎啤,只能现在就喝。即使那些成为经典的老科幻,现在读起来也是遗憾多于震撼。科幻文学的性质,决定了她的作品大部分只在现在闪耀,会很快过时被遗忘。但科幻应该不怕遗忘。作为一种创新的文学,她用不断涌现的新创造和新震撼来战胜遗忘,就像一场永恒的焰火,前面的刚成为灰烬,新的又飞升起来,爆发出夺目的光焰;而要做到这点,就应永远保持青春的心态。现在可以怀旧,但只是在今晚,明天一早我们就应该尽快回到没有过去的孩子的心态,尽快面对只有孩子才拥有的有着无数神奇可能性的未来。

发表于2009年8月《科幻世界·30周年特别纪念增刊》

“三体”系列第三部《死神永生》完成

至此，“三体”系列全部完成，共三部，八十八万字，算是很长的一套书了。

最近，几乎每天都收到电邮、短信和电话，催第三部，时间长了，感觉自己成了欠一屁股债的杨白劳，耳边不时响起黄世仁的声音：大刘啊，大年三十账不过夜，拿闺女抵债吧。

其实这本书写得不算慢了。“三体”系列第二部《黑暗森林》于2008年出版，以后有一年多的时间因外部原因没有写作，第三部也就写了一年左右。即使算上没写的时间也不算长，三十六万字的一部长篇，要保证质量，怎么也需要三四年的时间。

我们一直在呼唤精品，可精品是怎么来的？以长篇小说而言，首先需要时间。当然，肯定有那样的天才，漫不经心随手涂鸦，即成旷世经典，但这样的人肯定百年难遇。像我这样的普通作者，写长篇小说是需要很长时间的，要一砖一瓦地构建一个世界，要与自己的心灵进行漫长的对话。

但即使没有读者的催促,我也不可能花三四年写一部长篇。这是一个急功近利的时代,笔者也不能免俗。现在,耐得住寂寞的作者,同坐怀不乱的男人一样,不能说没有,但极其罕见。

想快些写还有一个原因,就是危机感。我感觉自己就像一个导游,带着读者去游览自己的想象世界。我带的这个团已经转了十余年,可到现在连一半的景点都没转完,还不算那些新开发的景点。我心里总是有些焦虑,因为我知道意外随时都可能出现,洪水可能挡住我们的路,我们的大巴车可能被枪手劫持。作为一个老科幻迷,我知道这不是杞人忧天。

在国内科幻可能遇到的种种意外中,最让人担心的就是社会动荡。在这次科幻世界笔会上,我对读者朋友说科幻是一种闲情逸致的文学,他们都不以为然,但这是事实。只有在安定的生活中,我们才可能对世界和宇宙的灾难产生兴趣和震撼。如果我们本身就生活在危机四伏的环境中,科幻不会再引起我们的兴趣。事实上,中国科幻的前三次进程中的两次,都是被社会动荡中断的,社会动荡是科幻最大的杀手。但愿这只是一个科幻迷的杞人忧天,但愿太平盛世能延续下去,那是科幻之大幸。

但不管怎么样,我们在科幻世界中的旅行还是应该快些。在这第二人生中,我们应该及时行乐。引用“三体”系列第三部《死神永生》中的一句话:那一刻,沧海桑田。

发表于2010年9月2日作者新浪博客

技术奇点二题

西方学术界开始谈论一个新概念:技术奇点。

“奇点”一词来自宇宙学中的黑洞,是质量被无限压缩至一个没有大小的点,平滑的时空在这一点断裂;在奇点中,现有的物理规律不再有效。技术奇点的含意是,技术的进步可能由量变产生突然的质变,在极短的时间里彻底改变人类世界的状态。

本文中,我们探讨两个在近未来可能出现的技术奇点。

永生的阶梯

如果我说,有史以来的所有人基本上都是平等的——是有史以来,不是法国大革命以后,你会怎么想? 如果大部分人觉得荒谬,那是因为他们还没有见过更大的不平等,或者说,还没有出现这样不平等的技术条件。

你在人生的平原上走着走着，迎面遇到一堵墙，这墙向上无限高，向下无限深，向左边和右边都无限长。这墙是什么应该不难猜到。在过去的时代，平民可能走三四十年就遇到这堵墙，帝王和贵族可能走出七八十年才遇到，但他们之间相差一般不会超过五十年。这个差别微不足道。所有人在相差不到一个数量级的时间里遇到这堵墙，这是最大的平等，这堵墙就是上帝或大自然为人类社会设置的平等的底线。

但随着技术的发展，有些人前面的死亡之墙要被拆掉了，人生的平原对于他们将无限广阔。

你可能认为我在谈科幻。永生遥不可及，即使真能实现，也是在遥远的未来，与我们没有关系。这个观点在一百年甚至五十年前是对的，但现在，分子生物学、医学和信息科学的发展却使人类社会处于一个非常微妙的转折点上。不过我们也承认，在所有人的有生之年，永生绝不可实现。那么，永生的可能与现世的关系在哪里？请注意，现在，虽然没有通向永生的直达列车，却出现了一道阶梯，只要有人踏上这道阶梯的第一级，就有可能沿着阶梯一直走上去。如果永生在五个世纪后实现，那你不需要再活五百年，只需要再活五十年就行了。

永生阶梯的第一级就是再活五十年。这篇文章的读者中，大约有五分之一是很难实现这个目标了，那很遗憾，您很难想象错过了什么；对于剩下的人中的一半，只要遵循健康的生活方式，再得益于医学技术的不断进步，再活半个世纪是完全可能的；对于最年轻的另一半，则肯定能再活五十年。

那样，你们就踏上了永生的第二级阶梯。这级阶梯由即将实现的两项技术构成：人体冬眠和克隆技术。冬眠不是把人在液氮的温度下冻起来再复活,这是一项超级技术,在近未来很难实现。冬眠是在比较低的温度下,比如零下四十摄氏度,使人体在无意识状态下的新陈代谢和其他生理速度大大降低,比如降低至正常生理状态的十分之一,这样,你可以用十年的寿命活一百年。其实,像熊这样的热血哺乳动物天生就部分具有这样的能力,在人体上实现没有任何理论障碍。这是一项已经处于突破前夜的技术,完全可能在五十年内实现。

退一步说,如果冬眠技术短期内无法实现,那还有一个保险:克隆技术。从目前的研究进展看,人体完全克隆在半个世纪内几乎肯定能够成为现实。如果这样,你可以用自己的基因克隆各种器官,更换自己衰老的器官,甚至克隆一个完整的身体,在它成长到一定年龄后把自己的大脑移植过去,这样除了大脑外,你的其余部分就都是年轻的了。从目前医学的脑外科和显微外科技术的发展来看,这种移植在五十年内也完全可以实现。与异体移植不同,这种移植没有排异反应,要容易得多。当然,这将面临相当恐怖的伦理和道德障碍,但克隆后的人体可以在无脑状态下的培养槽里成长,这样它在法律上可以看做是你的一部分,而不是一个独立的人。当然,类似的做法得到社会和法律承认也极其困难,但只要有需要,人类克服这种障碍的智慧也同样高明,没多少人能抵挡住这种诱惑,最后被孤立和抛弃的必将是那些道学家。

以上两项技术的任何一项,都有可能使你再跨越一个世纪的时光。如果两项同时出现,则有可能使你跨越更长的岁月,比如三到五个世纪。当然,这都不是永生,冬眠不是正常活着,克隆的身体虽然年轻,大脑总是在衰老中。但只要你跨越了一个世纪,就能踏上永生阶梯的第三级。

永生阶梯第三级的技术基础是脑信息提取,即把大脑内部的信息全部读取出来,并作为计算机可识别的数据进行存储。要提取的信息不只包括记忆,而是意识的全部,这就等于提取了一个人的完整的人格。这已经进入科幻领域了,需要生物学、信息科学和脑科学中大量的理论和技术突破,但这并不是空想。大脑是由巨量神经元的互联实现存储和思维的,只要对这种互联的模式和机理有了深刻的认识,就能够提取大脑的全部信息。这与从硬盘上读取数据没有本质的区别,从理论上来说是完全可能实现的。

进一步看,随着信息技术的不断发展,计算机的效能达到一定高度,就可以用软件方式模拟一个人大脑的所有神经元的状态,这就等于在计算机内存中建立了这个人的虚拟大脑。如果用一个虚拟环境给这个大脑输入信息,就等于让这个人活在虚拟世界中了。对于这种状态是不是等同于活着或生活,可以见仁见智——如果以笛卡尔“我思故我在”的标准判断,答案无疑是肯定的。其实,在现实世界中,人的生活的本质也就是大脑不断地从周围环境中接收信息同时向环境输出信息的过程。在虚拟世界中,虚拟环境当然不能等同于现实世界,但运行于其中的意识也是同样在接收和输出信息,与现实中的意识活动本质上是一样的。如果在虚拟世界中得到的信息在感觉上与现实世界无法区分,从意识层面上看就等于活着了。要说明的是,这种虚拟生存对一部分人可能有巨大的吸引力,因为在虚拟世界中,人可能拥有神一般的能力,也能不费吹灰之力得到神才能拥有的东西。当然,你也可以持相反的观点,认为这个人已经死了,在计算机中运行的只是一堆没有生命的代码而已。你可以坚守活着的传统定义,以人类的生物学状态在现实世界中生存。

以上这些都不重要,因为虚拟生存不是提取大脑信息的最终目的,最终的目的是存储和跨越时间。当你的完整人格被存储为数据后,便几乎可以无限地跨越时间,且与冬眠相比成本极低,可能只需保存一块光盘就行了。你可以轻松地跨越五百年、一千年或更长,这样,你就踏上了永生阶梯的第四级,也是最后一级,这时,你将以活着的传统定义来实现真正的永生。

永生阶梯第四级的技术基础是脑信息注入,即把第三阶段提取的脑信息注入一个全新的大脑中。必须承认,这个技术的难度比脑信息提取又高了一个数量级,但在理论上仍然可以实现。既然人的记忆和意识是由上千亿个脑神经元互联而实现的,那么用技术手段设定所有神经元的状态,就能够把一个人的完整人格下载到一个新的大脑中。至于新的大脑和身体的来源早就不是问题,这在阶梯的第二级就解决了。这时,人可以备份了,可以定期对自己的脑信息进行备份。如果有一天这个生命到了尽头,就可以通过备份,在一个新的身体和大脑中恢复任意一个时期的自己。这个身体可以是自己的,也可以是别人的,甚至可以在两个或多个身体中同时下载同一个人格。如果你认为这一步不可思议,不要忘记这是五百或一千年后的世界了——想想一千年前的宋朝是什么样子吧。

至此,人类彻底征服了死亡,永生实现了。

在这条永生之路上,最大的障碍可能不是技术,而是伦理和社会政治,主要是人类社会如何度过新的不平等的岁月,达到新的平等。以前和现在,人类在财富和权力地位方面的不平等仅仅是人与人之间的差异,但人类在死亡面前的不平等,却是人与神之间的差异。这种不平等即使在古代出现,都可能不被当时的社会所容忍,何况在奉人权和生存权为至高无上的未来社会了。让部分人先得到永生的机会将带来无法预料的社会灾难,而禁止这种技术同样是一场灾难,两者都关系到至高无上的生存权。

冬眠技术的出现将使人类首次拥有跨越时间的能力,是人类在时间上的首次直立行走。但当这项技术即将成为现实时,从社会学角度对它仅仅一瞥,就会发现它可能完全改变人类文明的面貌。人类选择跨越时间是基于一个信念:明天会更好。但其实人们拥有这个信念只是近两三个世纪的事,更早的时候,这个想法可能很可笑。比如欧洲中世纪与千前年的古罗马相比,不但物质更贫困,精神上也更压抑;至于中国,魏晋南北朝与汉朝相比,元明与唐宋相比,都糟糕了许多。但工业革命之后,人类世界呈不间断的上升态势,人们对未来的信心逐渐建立起来,人类在物质享受方面急速进步,呈一种春风得意马蹄轻的态势。这时如果让人预测十年后,可能结果不一,但对于一百年后,很少有人怀疑那不是天堂。确定这点很容易,看看一个世纪前过的是什么日子就行了。所以,如果能够冬眠,很少有人愿意留在现在。这项技术一旦产业化,将有一部分人去未来的天堂,其余的人只能在灰头土脸的现实中为他们建天堂。但最令人担忧的是:这些幸运者踏上了通往永生的台阶,死亡面前的不公平在人类历史上第一次露出端倪。当部分富有的幸运儿在无梦的睡眠中踏上永生之路时,尘世间那亿万双嫉妒的眼睛让人不寒而栗。

所以,仅仅是永生的第二级阶梯——冬眠或人体克隆这两个看似平淡的技术——取得突破,就有可能产生巨大的社会效应,也就是说,会出现技术奇点。

永生阶梯的第二级尚且如此,以后的困难更是不可想象。

但永生的诱惑将战胜一切，人类肯定会踏上这道阶梯，并有很大可能最后成功。

如果真是这样，那人类社会将完全变成另一个形态。

在这里，永生技术绝不像乍看上去那么单纯。从社会学角度看，一个永生的世界充满了我们现在难以想象的东西，可能在政治、经济、哲学、文化等方面彻底颠覆现有的人类社会形态，出现一个全新的文明。

说这么多，只有一个意思：不要嫌养生麻烦，不要拒绝健康的生活方式。这并不仅仅是为了多活那么微不足道的几年。现在，人类正航行在生命之河的下游，已经接近出海口，就要进入广阔无垠的生命之海了。多活一年就多一点机遇，差一步差万步，不要死在距永生阶梯只有一步之遥的地方哦。

劫持的噩梦

如果我又说，人类历史上从来就没有出现过真正的独裁和专制，你会怎么想？在你恼火前，应该注意到这样一个事实：人类从来都不具备绝对独裁专制所需的技术基础。

历史上的独裁者都是依赖一个金字塔形系统进行统治的。这个系统完全由人组成，而每个人的人性又是多变和难以捉摸的，因此使得整个系统处于极不稳定和危机四伏的状态，仅仅维持这样一个系统就要耗费独裁者大部分的精力，往往还不成功。身边的每个人都是潜在的背叛者，军队随时可能哗变。恺撒被最信任的人捅了一刀后喊出的“还有你，布鲁图斯”，回荡在以后所有独裁者的噩梦中。另外，由于是少数人对多数人的统治，独裁政权不可能对所有个体进行完全的监视，即使是奴隶，也有相当多的时间处于奴隶主和监工的视线之外。

从历史上看，技术的发展对于社会政治基本都是起正面作用的。工业革命使农业人口进入城市，为民主革命和变革提供了动力，出版和通信技术的发展启迪了民智，使民主思想广为传播。从某种意义上说，正是技术的发展使文艺复兴中人文的阳光照亮了社会的每个角落。在现代，信息技术的发展更是使个人直接向全社会表达意愿和诉求成为现实。

但也应该注意到一点：从技术角度看，迄今为止人类社会的结构并没有发生本质的变化，国家机器和政治机器都是由人构成的。只要民主理念被大多数人所认可，国家机器就不会被独裁者控制。

但一种力量正在孕育，它将使国家机器变成一部真正的机器，里面一个人都没有，只有机器，这就是人工智能。

当人工智能的智力水平发展到与人相当时，就可能出现一个完全由人工智能构成的国家机器，以及一支机器人军队，这将是绝对稳定的系统，如果被独裁者控制，也将对他绝对忠诚。同时，由于人工智能网络几乎拥有无限的精力，因此可以对每一个社会个体进行完全的监视和控制。

但人工智能只是为绝对独裁提供了技术基础，历史如果按正常轨迹发展，这种噩梦不太可能变成现实。因为民主思想已经深入人心，民主政治已成为现代社会的坚固基石，未来更是如此。但需要考虑某些可能的意外，比如突然出现的威胁整个人类文明的自然或人为的超级灾难。要知道美国仅仅被撞塌了两幢大楼，就能让一些以前无法想象的社会监控措施得以推行。

除了人工智能外，人类社会还可能遇到另一个更可怕的技术奇点：

地球可能被劫持。

首先说明“劫持”在这里的定义:在一个有限的封闭空间里(常常是在运动或飞行中),个人或少数人掌握着可以由个人启动的足以毁灭这个空间中所有或大部分人质生命的武器,遂以同归于尽相威胁,试图实现自身的政治或其他方面的诉求。

从宇宙角度看,地球本身就是一个有限的封闭空间,而且相当狭小和脆弱,如同一艘由行星构成的宇宙飞船。与飞机、车船相比,地球还有一个更危险的特点:离开它几乎无处可逃。那么,地球有可能被劫持吗?

目前看来没有这个可能。实现劫持的关键是拥有可以由个人启动的足以毁灭这个空间中所有或大部分人质生命的武器,迄今为止这种武器并不存在。目前,能够毁灭世界整体的武器只有核武器体系,但这是庞大而复杂的系统,不可能由个人全面启动。个人能够使用的劫持武器是单个核弹,地球上曾经出现过的威力最大的单个核弹是苏联制造的氢聚变炸弹,TNT 当量为五千万吨级,但如果爆炸,其对地面的完全摧毁半径不过一百公里,远不足以劫持地球。

但技术的发展有可能使某种超级劫持武器出现,目前能够想到的有许多,包括反物质、人造黑洞和基因工程产生的超级病毒等。

以反物质为例,这是电子和质子所带电荷与正常物质相反的物质,反物质与正常物质相接触后将发生湮灭,两者的质量百分之百地转化为能量。反物质在宇宙中大量存在,也可由加速器制造,但目前的技术只能极其微量地产生反物质。下面通过简单的估算,确定为劫持地球需要多少反物质。以前面提到过的五千万吨级氢弹为例,它的重量为二十七吨,设想其中的聚变物质有一半重量即十四吨。氢弹的质能转换率,也就是聚变物质转换为能量的比率,按当时的技术约为百分之二,即零点二八吨。也就是说,一百四十千克的反物质与正常物质湮灭后将产生五千万吨级核弹的效果,摧毁半径一百公里的范围。照此计算,十四吨左右的反物质湮灭后可以摧毁半个地球表面,三十吨左右的反物质足以彻底毁灭整个地球生态圈。如果加上存放反物质的磁悬浮密封容器的重量,整个劫持武器总重量可能在一百吨左右,可装在一艘小型船只或两辆大型载重卡车上,且完全可以由个人启动。

对于人类社会而言,群体的行为基本上是可以预测的。但个体,尤其是无法定位的少数个体,其行为几乎完全无法预测。一个温顺善良的医生也可能会突然挥刀砍小孩。对于个体来说,任何行为都有可能发生。对车船和飞机的劫持经常出现,只要出现相应的技术,使个人或小型组织有可能得到相应的超级武器,没有理由排除地球遭到劫持的可能。如果这种劫持出现并成功,人类的社会形态可能突然发生重大变化。

以上只是一正一反两个例子。技术奇点可能在多个领域出现。人类的科学技术在许多领域中已经接近不可知的质变点,不可想象的机遇和灾变随时可能出现。因此,以线性思维预测未来是危险的,未来的生活比我们能够预测的有更多变数,当然也更有趣。

发表于2010年10月新星出版社《读库·1005》

重返伊甸园

—— 科幻创作十年回顾

从事科幻创作已经十年有余，这期间一直感觉自己在坚守着最初的创作理念，走着一条直线，直到为写此文对自己的创作历程进行了一番回顾和总结，才发现这十年的路其实是很曲折的，更令我不安的是，自己在走向一个错误的方向。

从思维方式上，我的科幻创作大体可以分成三个阶段。

第一阶段，可以称之为纯科幻阶段。

那时，自己由一名科幻迷成为科幻小说作者，创作理念的最大特点是：对人和人的社会完全不感兴趣。按照传统的文学理念，对于一名小说作者，这一点要么不可思议，要么大逆不道，但我的创作之路确实就是这样开始的。

那时创作的核心目标，可以引用当时自己的一篇文章中的一段话：

科幻小说的成功,在很大程度上取决于其幻想的奇丽与震撼的程度,这可能也是科幻小说的读者主要寻找的东西。问题是,这种幻想从什么地方才能找到?世界各个民族都用自己最大胆、最绚丽的幻想来构筑自己的创世神话,但没有一个民族的创世神话如现代宇宙学的大爆炸理论那样壮丽,那样震撼人心;生命进化的漫长故事,其曲折和浪漫,也是上帝和女娲造人的故事所无法相比的。还有广义相对论诗一样的时空观,量子物理中精灵一样的微观世界,这些科学所创造的世界不但超出了我们的想象,而且超出了我们可能的想象。所以,科学是科幻小说力量的源泉。但科学之美同传统的文学之美有着完全不同的表现形式,科学的美感被禁锢在冷酷的方程式中,普通人需经过巨大的努力,才能窥见它的一线光芒。而科幻小说,正是通向科学之美的一座桥梁,它把这种美从方程式中解放出来,展现在大众面前。

体现这种科幻理念的作品,是两篇很短的小说:《微观尽头》和《坍缩》,前者描写人类对基本粒子的作用转而放大到宇宙尺度;后者描写宇宙由膨胀转为坍缩后时间倒流。这是两篇很纯的科幻小说,可以说除了科幻构思外,再没有其他东西。

这一时期的另外两篇重要的小说是《梦之海》和《诗云》,我认为这是最能够反映自己深层特色的作品。这两个短中篇描述了两个十分空灵的世界,在那里,一切现实的束缚都被抛弃,只剩下在艺术和美的世界里的恣意游戏,只剩宇宙尺度上的狂欢。

但这种创作是难以持久的。事实上,我在创作伊始就意识到科幻小说是大众文学，自己的科幻理念必须与读者的欣赏取向取得一定的平衡。在以纯科幻的方式写出上述几篇小说的同时，我已经在做着这种努力，具体体现在《鲸歌》和《带上她的眼睛》两个短篇上。但这两篇的完成只是对市场的一种被迫的妥协，特别是《鲸歌》，完全体现了通俗文学的精神，以故事为主体，在自己以后的创作中再也没有出现过类似的作品。

人和人的社会开始进入我的科幻世界，后来由被迫变成自觉，这就是本人科幻创作的第二个阶段。

第二阶段，可以称之为人与自然的阶段。

这期间，自己的科幻创作由对纯科幻意象的描写转向刻画人与大自然的关系。这一阶段延续了很长时间，本人已有作品中的大部分都是在这一阶段创作的。我一直认为，自己迄今为止最成功的作品都出自这一阶段。

这一阶段的代表作有短中篇《流浪地球》和《乡村教师》，长篇《球状闪电》和“三体”系列第一部。

在《流浪地球》中，第一次把宏观的大历史作为细节来描写，即本人后来总结的“宏细节”，使得对历史的大框架叙述成为小说的主体，这是幻想文学独有的叙事模式，在描写现实的主流文学中是不可能出现的。

在《球状闪电》中，塑造了一个非人的科幻形象——球状闪电——并使其成为小说的核心形象。小说集中描写了这个科幻形象与传统的人的文学形象之间的相互作用。

在“三体”系列第一部中，则尝试以环境和种族整体作为文学形象，描写了拥有三颗恒星的不稳定的世界和其中的文明种族。这个外星世界和种族都是作为整体形象描述的,在这样的参照系中,按传统模式描述的人类世界也凝缩为一个整体形象。

这一阶段的共同特点,就是同时描述两个截然不同的世界:一个是现实世界,灰色的,充满着尘世的喧嚣,为我们所熟悉;另一个是空灵的科幻世界,在最遥远的远方和最微小的尺度中,是我们永远无法到达的地方。这两个世界的接触和碰撞,它们强烈的反差,构成了故事的主体。与第一阶段相比,科幻的风筝虽然仍飞得很高,但被拴在了坚实的大地上。

在这一阶段中,笔者对传统文学以人为本的核心理念进行了反思,发现"文学是人学"这句被奉为金科玉律的话并不确切。在文学史的大部分时间里,人类文学其实一直在描述人与大自然的关系,而不是人与人的关系。各民族古代神话中神的形象其实是宇宙的象征,而其中的人也不是真实意义上的社会的人。文学成为人学,只描写社会意义上的人与人的关系,其实只是从文艺复兴以后开始的,这一阶段,在时间上只占全部文学史的十分之一左右。所以,传统文学给我的印象就是一场人类的超级自恋。文学需要超越自恋,最自觉地做出这种努力的文学形式就是科幻文学。科幻文学描写的重点是人与大自然的关系。科幻给了文学一个机会,可以让文学的视野再次开阔起来。

遗憾的是,我自己并没有坚持在这条道路上走下去,而是步入了另一条歧路,目光从星空收回,变得越来越狭窄了。

本人科幻创作的第三阶段,可以称之为社会实验阶段。

这期间,我主要致力于对极端环境下人类行为和社会形态的描写。

其实这一尝试早就开始了，最早的这类作品是长篇《超新星纪元》，但那时这样的创作并没有文学上的自觉，只是由于科幻市场低迷，不得已写出相对于纯科幻而言比较边缘化的作品。后来的两个短篇，《赡养上帝》和《赡养人类》也属此列。

真正的转折源于一个发现，我看到了科幻文学的一个奇特的功能：现实世界中任何一种邪恶，都能在科幻中找到相应的世界设定，使其变成正当甚至正义的，反之亦然。科幻中的正与邪、善与恶，只有在相应的世界中才有意义。这个发现令我着迷，且沉溺其中不可自拔，产生了一种邪恶的快感。

这种对社会实验的狂热，集中体现在“三体”系列的第二部《黑暗森林》中。在这部长篇里，我力图在导致人类文明彻底毁灭的大灾难的背景下，重新审视人类已有的价值和道德体系，并试图描述一个由无数文明构成的零道德宇宙。在《黑暗森林》中，星空的自然属性被大大弱化了，代之以明显的社会属性。不同的文明在遥远的距离上呈点状存在，并以此为单元建立了一个虚构的宇宙社会学。从本质上讲，《黑暗森林》所描述的已经不是人与自然的关系，而是一个宇宙大社会中人与人的关系，这无疑是对自己以前的科幻理念的一个颠覆。

当然，我并不认为自己已经背离了之前的科幻理念。《黑暗森林》中的宇宙社会，其零道德的结构和性质是由宇宙的自然属性决定的，具体说是由宇宙文明间的超远距离决定的，所以在这部小说中，大自然仍是一个无所不在的文学形象。但回顾自己的创作历程，我感觉这种创作倾向是不正确的。

如本文开始所述，科幻小说存在和发展的基础，是自然科学所提供的思想和故事资源，这也是科幻小说相对于其他文学体裁独有的优势。正因如此，大自然已经成为科幻小说中永恒的文学形象，人与自然的关系也是永恒的主题。科幻中的宇宙或大自然永远是一个伊甸园，其中的人类面对大自然总是处于懵懂之中，处于茫然、恐惧、好奇和敬畏之中。科幻小说中的自然形象一旦被弱化，科幻文学便失去了灵魂，失去了存在依据，变得与其他文学类型没有本质的区别了。

在“三体”系列的第三部《死神永生》中，笔者试图重新找回大自然的形象，试图使其中的人类重新面对大自然而不是人本身。小说开始的描述仍是宇宙社会学层面上的，但社会学的推演却产生了自然科学的结果。本书还没有出版，所以我也不知道这种努力是否能够成功。

重返伊甸园的路是很难的，但我将努力走下去。

在科幻创作的十年中，我对这一文学种类的许多方面有了新的认识，这些认识与以前作为科幻迷时对科幻的美好想象不同，是经过一个痛苦的过程才逐渐被自己接受的。

一个不得不承认的事实是：在所有的文学种类中，科幻小说可能是唯一一个具有时效性的，至少我所写的这种传统型科幻是这样。

要说明这一点，首先要注意到科幻文学的一个重要特性：现代神话性质。与我们想象的不同，古代神话在当时并非幻想文学，而是现实主义文学，因为对那些遥远时代的人来说，神话是真实的，反映的就是现实，这也是古代神话与现代幻想文学最本质的区别。从这个意义上说，神话在现代早已消失。但现在有一个文学种类却或多或少地具有了真正意义上的神话功能，那就是科幻。因为科幻文学是唯一在科学和理性时代能够给读者提供真实感的幻想文学,这种真实感是科幻魅力很重要的一个方面。科学幻想真实感的基础,是幻想中所依据的科学和技术。随着时间的推移,科幻中的科技有两种可能的结局:其一是幻想中的技术变成现实,科学预言被证明为真;其二是幻想中的科技被证伪。不论这两种情况中的哪一种出现,都会令相应的科幻小说的魅力大打折扣,前者会令小说变得平淡无奇;后者则使小说的幻想世界完全失去真实感。正是因为这个原因,科幻文学很难诞生真正意义上的经受得住时间考验的经典之作,即使那些被称为经典的老科幻,现在读起来也是遗憾多于震撼,大多只对铁杆科幻迷和专业人士有意义。

认识到这一点多少有些痛苦,但也为自己的创作找到了一个正确的心态。科幻文学的性质,决定了它的作品大部分只在现在闪耀,会很快过时而被遗忘。但科幻应该不怕遗忘,作为一种创新的文学,它用不断涌现的新创造和新震撼来战胜遗忘,就像一场永恒的焰火,前面的刚成为灰烬,新的又飞升起来爆发出夺目的光焰。而要做到这点,就应永远保持青春的心态,使自己的想象力与时代同步。

这里要说明一下:以上提到的科幻小说和科幻文学,只是我自己在写和想写的那种科幻,那种以技术创意和科学想象为核心的科幻。科幻小说有许多种,它们之间的差别比科幻作为一个文学类型与其他文学类型的差别还要大。并不是所有的科幻作品都有时效性,有的科幻类型并不依赖于现代科学,它所创造的世界就有可能经受住时间的考验而成为经典。在国内,韩松的作品就是一个典型的例子。

十年来,我对科幻文学的另一个认识是它所包含的精英思维。大多数的类型文学,如侦探、武侠、言情、惊悚等,都只关注于类型所限定的故事本身,它们的思维方式是大众化和草根化的。科幻可能是唯一一种带有精英思维的大众文学和类型文学,它对人类文明和大自然的各方面的思考,在深度和广度上甚至超过了主流文学。就国内科幻而言,尽管作者大多并非通常意义上的精英,但作品中的精英思维普遍存在。

精英思维对科幻文学本身并不完全是一件好事,至少好坏参半。是否存在精英思维并不是判定文学作品质量的标准,文学要做的是表现和感受,而不是思考。而精英思维也并不一定意味着思想的深刻,那只是一个特定阶层的思维方式而已。至少在国内,精英思维与大众思维已经渐行渐远,两者的思维方式和利益诉求已经变得很不相同,且差别越来越大。对两者的价值观判断已经超出本文的论题,但具体到科幻,它不是精英文学而是大众文学,科幻中的精英思维与它的草根读者群形成了尖锐的矛盾,这可能是科幻文学日益小众化的最深层原因。

就我本人的创作而言,我长期身处基层,对广大科幻读者所处的草根阶层有较多的了解,知道他们对未来的渴望是什么样子,知道星空在他们眼中是怎样的色彩,自己的想象世界也比较容易与他们产生共鸣。十年来,我一直把自己当作科幻迷中的一员,以科幻迷的方式去思考、去感受、去创作,我自己的想象世界也是为科幻迷而建造的。当然,对科幻创作而言,这并不是高层次的思维方式,这种科幻迷思维是我前进的最大动力,也是进入更高层次创作的最大障碍。但对我本人来说,这已经不可能改变。

我仍在科幻之路上跋涉,在这里匆匆一回头,然后继续向前走吧。

发表于2010年第6期《南方文坛》

AI种族的史前时代

计算机系统正在从透明的、可预测的,慢慢变成一个黑箱状态,变得难以预测和控制。也许这就是真正的AI即将诞生的征兆,我们正处于一个AI种族的史前时代。

计算机诞生之初,其计算能力就远远超过了人类。后来,它们在下棋时赢了人类,它们能认出人的面孔和听懂多种语言。但即使如此,在我们内心深处,仍然感觉面对的不是真正的智能。可以想象,即使计算机的性能继续飞速提高,即使它们基于模糊数学的模式识别和推理能力进一步完善,我们仍难以把它们看做是真正的AI。在它们面前,我们缺少面对真正智能的某种关键感觉。

因为它们的计算过程在本质上是透明和可预测的。

电脑下棋赢了人类不是AI,它下棋输了后恼羞成怒,把鼠标通电杀死对弈的人类棋手,这才是AI。

从不长的历史看,AI的发展大体上经历了两个阶段。第一阶段很理想主义,试图用软件的逻辑运算和硬件结构性能的改进直接实现智能,颇有造物主的气魄。随着日本第五代计算机计划的失败,人们发现,这至少在可预见的未来这很难做到。于是,AI的研究方向转向数据库和知识库,一种蛮力战略,试图以对巨量的数据和知识的检索为基础实现智能。20世纪90年代,专家系统的盛行就是这种研究的初步结果。笔者曾参加过一个汽轮机专家系统的开发,印象最深的是:在构建知识库的过程中,当那些人类专家发现自己毕生的经验总结出来就那么几句话时,开始很沮丧,但很快变为自信,并由此发现了自己的价值。他们知道电脑就凭这几句规则是干不了什么大事的,最多只能作为新手学习时的辅助,汽轮机系统真的出了故障还得依靠人类专家,后来的事实证明他们是对的。那些按图索骥(尽管检索的方式十分复杂)的东西确实称不上是真正的智能,真正的经验很难用知识库表达。

但事情正在发生变化。

回忆自己多年的工作经历,就是一个对IT系统的恐惧感不断增长的过程。20世纪80年代的DOS系统虽然简陋,却比较让人放心,因为它的行为方式十分简单,让干什么就干什么,一切动作都在可预测的范围内;而且那时的操作系统透明度较高,据说有些有耐心的人从头到尾通读过DOS的源代码,程序的BUG可以追溯到最底层。但后来,操作系统飞速发展,简单的C提示符变成了绚丽的图形界面,系统也渐渐变成了黑箱状态,出现了许多难以预测的行为,IT系统似乎从一个天真无邪的孩童成长为一个城府极深的阴谋家。到现在,系统在感觉上完全是个黑箱,只能在表面上顺从它,谁也不知道它那阴暗的心里在想什么。有时候感觉服务器硬盘的声音像低低的冷笑,交换机上的小灯像无数只不怀好意的小眼睛。当你在软硬件的迷宫中寻找BUG时，就像爬行在一个怪物黏糊糊的肠子里，令人烦躁甚至绝望。有很多时候，测试一个软件是否正确比编制它的时间要长得多，对于在线监控的软件尤其如此。

应该承认，这一切都是心理作用。DOS系统未必比WIN2000或XP稳定，更不用提那些基于UNIX的发电系统DCS控制软件。这些来自欧洲的东西极其严谨可靠，可用“坚如磐石”来形容。但随着IT系统的进化，人们总感到自己渐渐失去了对什么东西的控制。以操作系统而言，不只是它们的广大使用者，开发者们也有这种感觉。微软的一个系统设计师说：“（系统开发的过程）就像陷入一个漆黑黏滞的泥潭，怎样挣扎都在沉下去，控制全局简直是一个妄想。”

这可能就是AI初生时的迹象。

其实从本质上说，无论在DOS下，还是在WINDOWS、UNIX或LINUX环境中，软件的行为都是透明和可以预测的。理论上只要投入足够的人力，任何程序的每次运行都可以分析出精确的进程图；理论上也可以编制出这样的监视软件，把其他软件运行的每一步都精确记录下来，生成一个计算过程的完整报告。即使是软件产生的随机数也是可以预测的，因为现在的RANDOM函数都是伪随机的。即使这个函数做到了真随机，情况也没有太大变化，计算机过程仍然是透明的。笔者在编制那个汽轮机专家系统的程序时，曾被要求把系统的推理过程，或者说对知识库的检索过程记录下来。当那一串检索树形图被显示或打印出来时，无论是汽轮机专家们还是我们这些编程序的技术员，都觉得这玩意儿乏味至极。

但随着技术的发展，IT系统的不透明和不可预测性正在增强。虽然目前量变还没有产生质变,但也许,新的非冯结构的计算机体系,配合如进化算法之类的新的软件技术,将使这种突破成为现实。

这里就产生了一个根本的问题:人类的智能在本质上是不可预测的吗?在大自然中,宏观尺度不可预测的对象,最典型的就是混沌系统,大脑是一个混沌系统吗?如果智能真的是由神经元的巨量互联所产生,那它就不是混沌系统。虽然神经元的数量巨大,正好与银河系中恒星的数量相当,但这种互联本质上仍是透明和可预测的,理论上可以对思维过程进行精确的全程监视和记录。但谁也不知道这巨量互联的下面还有什么东西,使得思维成为真正不可预测的过程。罗杰·彭罗斯对此持肯定态度,在《皇帝的新脑》中,他认为人类的智能本质上不可能由计算机再现。

科学的目标,就是使不透明和不可预测的大自然变成透明的和可预测的,但现在人类在人工智能领域却进行着奇特的努力,试图创造出一个本质上不透明和不可预测的东西,这听起来不太妙。真正的AI诞生之日,就是我们的恐惧变成现实之时,但我们仍乐此不疲。这就是人类的天性,无论男人还是女人,一个行为完全可预测的情人都谈不上有什么魅力。创造出一件高于自己且不可预测的东西是有巨大诱惑力的,尽管与它下棋时可能被电死。

看看我们面前的沃森机器人①,我们明白自己正处于AI种族的史前时代。

发表于2011年2月11日果壳网

①IBM研发的超级计算机。

科幻文学中的青春和梦

——《水晶的天空》序

几年前，我曾同一群科幻作家一起到过一座神奇的城市——康定，对那里印象最深的就是穿过城市的那条河。我第一次看到那样湍急又那样清澈的河，特别是在夜里，那条河仿佛是穿过城市的梦境。那天赵海虹一直与我们在一起，我并没有注意到这一切对她有什么影响。后来知道，康定的河在她的心中种下了一颗种子，后来这颗种子长成一篇科幻小说，题目就叫《康定的河》。小说中，生活和命运从那条河开始，穿过一个个异度时空，最后又回到那条河中，如梦似幻，让人读后难以忘怀，我也由此第一次成为科幻小说中的人物。再后来，这颗种子继续成长，长成一本美妙迷人的书，其中的人物和背景变了，但科幻内核没变，清幽唯美的意境没变，这就是《水晶的天空》。

看完这本书，我的脑海中又浮现出那次旅行的另一幅画面。那是次日离开康定城不久，我们遇到了另一条河——大渡河。赵海虹身穿红军军装，英姿飒爽地站在大渡河铁桥上，她的端庄典雅与下面浑浊险恶的大河形成鲜明对比。旅游景点的那身红军军装除了过于整洁,还是很有真实感的。我为她拍的那张照片找不到了,但那幅画面在记忆中仍很清晰。刚看了普瓦德万的科普著作《四维旅行》,里面提出一个令人震惊的理论:无法证明过去是存在的,因为导致世界目前状况的可能有无数种不同的途径,记忆中的过去不一定是真实的。这与《水晶的天空》的设定很像。看过这两本书,我感到这些记忆也飘忽不定了,突然有一种奇异的感觉:那是不是另一个平行宇宙?这个宇宙中的英美文学硕士和大学教师在那个宇宙中是红军战士?这个宇宙中用典雅深邃的文笔描绘幻想世界的科幻作家,在那个宇宙中的铁血时代为理想而战?两种人生相距如此遥远,却又浑然一体,很难说清哪种更现实哪种更梦幻,就像《水晶的天空》中的主人公一样。

所以,看到这本书,我的脑海中会出现一般读者绝不会出现的两个意象:穿过康定城的清澈湍急的河流和大渡河铁桥上的红军女战士。

《水晶的天空》是赵海虹的第一部科幻长篇,小说意境清幽,文笔流畅优美,结构也很精致。

但这部小说给我的感触不是以上那些套话能说清的。掩卷沉思,我从中抽出了两个关键词:“青春”和“梦”。这是一部青春梦幻曲,其中虽然有古代深山密林中的金戈铁马,但仍然是青春梦幻中飘浮的虹云。不论那些山寨中的反叛者,还是朝廷军队的将领,都是现代青春人生的映像,他们深层的思想和行为方式是现代人的。其实,不管主人公在平行宇宙中是多么无助和恐惧——即使是像青素那样——那些平行宇宙也一直是在她最深层的控制之中的。虽然有父亲教兵书的残留记忆,但一个现代女孩儿能有那种精神力量和老谋深算还是令人惊叹。平行宇宙是无限的,总能找到最接近女孩儿梦想的那一个。最重要的是,这样的人物命运是符合这种青春科幻的氛围的,否则反而不对了,就像村上春树那本《世界尽头与冷酷仙境》中所说:这座城市就在你的脑子中。

“雨水落在夏末秋初的草叶间,空气中泛起类似水煮青豆荚的味道”,整部小说最吸引我的就是这种青春的味道。其实,每个人都有过一段在平行宇宙中漫游的多梦时节,那时我们面前飞舞着几乎是无限的可能,我们把自己的精神代入到想象中的各种个体,在不同的时空经历着不同的人生。《水晶的天空》的魅力正是把这种青春的历程完美地展现出来。

对我自己而言,看小说时最深的感受就是其中对校园生活的描述,那部分写得详实生动。回忆起自己的初中生活,仿佛那也是平行宇宙中的事,但《水晶的天空》中所描写的让自己的精神穿行于不同时空中不同人生的感觉却是铭心刻骨的。每个人可能都有过一段那样的年代,甚至生活在想象中的“我二……我N”中的时间比生活在现实中的时间都多。后来,这些量子态的平行宇宙都坍缩到这一个现实了。精神在“我一”中已经疲惫不堪,没有力量再去远游。如果没猜错,《水晶的天空》是作者的科幻版的自传。

赵海虹是一位风格多变的科幻作家,她的作品时而呈现出女性的敏感和清丽,如《痴情司》;时而上演宏大的古典悲剧,如《伊俄卡斯达》;时而出现技术型科幻硬朗的内核和世界设定,如《世界》。但这一切的背后都让人感觉到一个青春的视角,这种青春去除了幼稚和急躁,故事典雅而宁静——虽然包含着对人性的洞察和命运的忧伤,却总是沉浸在海水的幽深而不是烈焰的灼热中,连死亡都是宁静的蓝色。这种意境和内涵,在《水晶的天空》中表现得淋漓尽致。

说到青春感,我认为她是科幻文学的灵魂。世界科幻的黄金时代,其最深层的力量源泉就是对未来和未知的向往。这种向往会随着时光而磨损,虽然黄金时代后,科幻作家们进行了不懈的努力,但事实上科幻文学一直呈现衰落态势,新浪潮和赛博朋克都阻挡不了这种衰落,根本原因就是这种文学已经青春不再。科幻是真正的青春文学,如果失去了青春的梦幻和活力,它也就没有生命力了。文学技巧的成熟和老到,表现形式的现代化和后现代化,都掩盖不住思想的老态,就像已经坠落到地面的陨石,虽然能够被收集研究,但发不出光来了。国内科幻读者的年轻化,被评论界视为中国科幻不成熟的标志。但我认为这正是中国科幻的希望和优势。青少年对宇宙的好奇,对新世界的渴望,正是科幻文学的灵魂所在,这会使中国的科幻文学像八九点钟、甚至六七点钟的太阳般充满活力。所以,《水晶的天空》这样的作品是科幻文学最需要的活力因素。

最后,转引笔者为一幅科幻画写的一段话:平行宇宙是一个超越一切的慰藉,当每一个抉择都使宇宙分裂为二时,抉择便也不存在了,就像只手遮住刺眼的阳光并没有熄灭太阳。在被不可穿越的时空之膜分割的所有世界泡中,所有可能都在发生,于是错误和遗憾也不复存在,每一个痛苦都在异世界投下幸福的影子。当这种慰藉最终被证实后,不知是幸运还是不幸。

发表于2011年6月浙江少年儿童出版社

《水晶的天空》,赵海虹 著

一个和十万个地球

与其他动物相比，人类的婴儿是十分脆弱的。小马出生后十分钟就能自己直立行走，而人类的婴儿要在摇篮里待相当长的时间，这期间如果没有外界的悉心照顾，他们不可能生存下去。凭自己的力量，人永远无法走出摇篮。产生这种现象的原因是进化的需要，人的大脑体积较大，充分发育后则难以出生，只有提前生出来，也就是说，所有的人类婴儿都是早产儿。

如果把人类文明的整体看作一个婴儿的话，那么它也是一个早产儿。文明的发展速度远快于自然的进化速度，人类实际上是用原始人的大脑和身体进入现代文明的。因此就出现了一个可怕的问题：如果没有外界的照顾，人类文明这个婴儿是否也永远无力走出自己的摇篮？

现在看来有这个可能。

在遥远的未来，当人们回顾20世纪中叶至今的历史时，这期间发生的所有惊天动地的大事都将被时间磨得平淡无奇，只有两件现在被我们忽视的事情将变得越来越重要：一、人类迈出了走出摇篮的第一步；二、人类又收回了迈出的脚步。这两件事的重要性怎样评价都不为过。加加林飞入太空的1961年，可能代替耶稣诞生的那一年而成为人类元年；而“阿波罗”登月后太空探索的衰退，将给人类留下比被逐出伊甸园更惨痛的创伤。

20世纪50年代末至70年代初将被当作黄金时代而铭记。在发射第一颗人造卫星后仅三年多，第一名宇航员就进入太空，其后仅七年多，人类就登上了月球。当时，人们被远大的目标所激励，认为再有十年左右人类将登上火星，而抵达木星轨道登上木卫二也不是遥远的事。甚至早在这之前，就诞生了豪气冲天的“猎户座计划”，用不断爆炸的原子弹驱动飞船，可以一次将几十名宇航员送上外行星。

但很快，“阿波罗”登月因资金中断而取消了剩下的飞行计划。以后，人类的太空探索就像一块在地球重力场中抛起的石头，达到顶点短暂停留后急剧下坠。“阿波罗十七号”最后一次登月的1972年12月是一个重要的转折点，其后，虽然仍有空间站和航天飞机，有越来越多的各类人造卫星和它们所带来的经济效益，有飞向地外行星的探测器，但人类太空事业的性质已经悄然发生了改变，太空探索的目光由星空转向地面。“阿波罗十七号”之前的太空飞行是人类走出摇篮的努力，之后则是为了在摇篮中过得更舒适些。太空事业被纳入经济轨道，产出必须大于投入，开拓的豪情代之以商人的精明，人类心中的翅膀折断了。

其实回头看看，人类真的曾经想要走出摇篮吗？20世纪中叶的太空探索热潮，背后的驱动力是冷战，是对对手的恐惧和超越对手的愿望，是一种显示力量的政治广告。人类其实从来没有真心地把太空当作未来的家园。

现在，月球重新变成了没有人迹的荒凉世界，俄罗斯和美国的行星载人飞行计划先后化为泡影，欧洲探索太阳系的“曙光计划”也被搁置，看不到一点曙光。在航天飞机退役之后，曾经踏足月球的美国人甚至在相当长的时间里失去了把人送上近地轨道的能力。

为什么会这样？我们能想到的无非是技术和经济两方面的原因。

首先看技术原因。不可否认，人类目前并不具备在太阳系内进行大规模太空开发的技术。在太空航行最基本最关键的推进技术上，人类目前只处于化学推进阶段，而大规模行星际航行则需要核动力推进，目前的技术距此还有相当的距离，核动力的火箭和飞船还只是科幻小说中的东西。

再看经济原因。以现有的技术，把有效载荷送入近地轨道，耗资相当于同样重量的黄金；送到月球和其他行星，所需资金则十倍甚至百倍增长。在太空开发产业化之前，所有这些投入只能得到很少的回报，比如阿波罗登月工程耗资260亿美元，相当于现在的一千多亿美元，只得到两吨多的月球石块（当然，登月工程的技术成果在其后的民用化过程中产生了巨大的效益，但这些效益无法量化，不可能作为决策时考虑的决定性因素）。

综上所述，太空开发无论技术上还是经济上都是巨大的冒险，把太空看作人类新的家园，把人类的未来寄托在这样一个大冒险上，这在政治上是无法被接受的。

以上理由论据坚实，似乎不可辩驳，也就决定了目前人类的太空政策及其所导致的太空事业的衰落。

但让我们考察一下人类目前正在全力投入、并将其看作地球文明未来生存唯一出路的一项宏大事业:环境保护。

从技术层面上看,太空航行和环保在人们头脑中的色彩是不一样的,前者是剧烈的、高速的和冒险的,意味着尖端高技术;后者则是一种温和的绿色的公益活动,虽然有技术在其中,但其难度在印象中与前者相差甚远。

但这只是印象而已。真实的情况是,要达到人类现有的环境保护目标,所需的技术比大规模行星际航行要难得多。

在认知层面上,要想保护环境首先要认识它,要从全球尺度上理解它的规律。而地球的生态系统是极其复杂的,虽然各学科对其细节有了巨量的研究和了解,但在全球尺度上,目前人类无论在基础科学还是在应用科学层面都没有掌握它的规律。对于天气系统的运行、大规模生物群落的变化和相互关系等,人类科学所能知道的都很有限。以全球变暖为例,地球气候是否真的在变暖?如果是,变暖是否与人类活动有关?与铺天盖地、众口一词的宣传不同,对这两个至关重要的问题,科学界目前仍无定论,所以遏制全球变暖更像一项政治运动。可以毫不夸张地说:人类对地球表面,还不如对月球表面了解得多,可能很快也将不如对火星表面了解得多。

在行动层面上,目前环境保护所需要的技术,比如用可再生能源代替化石能源、对工业废物和城市垃圾的处理和循环使用、对生物多样性的保护、对森林植被的保护和恢复等,都涉及复杂的技术,其中相当一部分并不比在太阳系内的行星际航行技术容易多少。

但环境保护在技术上的挑战主要还不在于此。现在,全球性的战争和动乱已经远去，人类社会进入持续的和平发展期，特别是第三世界和不发达地区，发展的速度前所未有，这些高速发展的区域有着同一个目标：达到西方发达国家的经济水平，过他们那样的现代化舒适生活。现在看来，这并非一个遥不可及的目标。照目前的发展速度，只需再过半个世纪，大部分的不发达地区，包括中国和巴西这样的第三世界国家，在经济上就能够赶上西方。

但人们忽略了这样一个事实：如果全人类都像欧美发达国家那样生活，所消耗的资源需要四个半地球才够。

在这种情况下，如果要达到环境保护的最终目标，维持地球生态免于崩溃，控制目前正在发生的比白垩纪大灭绝速度更快的物种灭绝，仅靠自律来减少污染、仅靠节能减排是远远不够的。即使哥本哈根会议的全部目标都已实现，地球生态环境仍会像冰洋上的"泰坦尼克号"一样沉下去。

唯一的希望是停止发展。但发展是不可遏止的，一些国家和地区在现代文明舒适的躺椅上优哉游哉时，让地球上其余的部分停留在农业社会的落后与贫穷中，这违反人类的基本价值观，在政治上也是完全行不通的。

再考察另外一种可能性：非人类因素带来的环境巨变。地球环境一直处于波动之中，只是人类文明史太短暂人们没能觉察而已。每一次波动，地球环境整体都会发生巨变，可能变得完全不适合人类生存。比如最近的一次冰期直到一万年前才结束，如果那样的冰期再来一次，各大陆将被冰雪覆盖，现有的全球农业将崩溃，对拥有巨量人口的现代化社会而言将是灭顶之灾，而这样的环境巨变从长远看来几乎是必然要发生的，甚至有很大的可能就在不太遥远的未来出现。对这样的环境变化，现有的环保手段只是杯水车薪。

人类文明要想在人为的或自然的环境变化中长期生存下去，只能把环境保护行为由被动变主动，人工整体性地调整和改变地球环境。比如，人们提出了多种方案来缓解温室效应，包括在海洋上建立大量的巨型太阳能蒸发站，把海水蒸发后喷入高空以增加云量；在太阳和地球间的拉格朗日点，给地球建造一块面积达三百万平方公里的遮阳伞，等等，这些工程无一不是史无前例的超级工程，其规模之大，如上帝的手笔，所涉及的技术也都是地地道道的在科幻中才有的超级技术，其难度远大于太阳系内的行星际航行。

除了技术上的难度，从经济层面上看环境保护，我们发现它与太空开发十分相似：都需要投入巨量资金，在初期也都没有明显的经济回报。

但人类对环保的投入与对太空开发的投入相比，大得不成比例。以中国为例，“十二五”规划中投入环境保护的资金为三万多亿人民币，但对太空探索，则只有三百亿左右。世界其他国家的情况也相差不多。

太阳系中有着巨量的资源，在八大行星上，在小行星带中，从水到金属到核聚变燃料，人类生存和发展需要的资源应有尽有，按地球可以最终养活一千亿人口计算，整个太阳系中的资源总量可以养活十万个地球。

现在，我们看到了这样一个事实：人类放弃了太空中的十万个地球，只打算在这一个地球上生存下去，而他们生存的手段是环保，一项与太空开拓同样艰巨、同样冒险的事业。

同环保一样，太空开发与技术进步是互动关系，太空开发会促进技术进步。“阿波罗工程”之前，美国并不具备登月需要的技术，相当一部分技术是在工程的进行中开发的。核裂变技术在地球上已成为现实,实现太空核推进并不存在不可逾越的障碍;可控核聚变虽然还未实现,但只存在技术障碍而非理论障碍。

我们要看到这样一个事实:四十多年前的登月飞船上,导航和控制计算机的能力只相当于现在iPhone4的千分之一。

太空开拓与已经过去的大航海时代很相似,同样是远航到一片未知的世界,去开拓人类的生存空间,开创更好的生活。大航海时代的开始是哥伦布发现新大陆,哥伦布的航行在当时得到了西班牙伊莎贝拉一世女王的支持(更确切地说是卡斯提亚尔王国的女王,当时独立的西班牙并不存在),女王自己也难以供起这只船队,据说她把自己的首饰都典当了,然后供给哥伦布远航。现在的事实证明,这是一笔最明智的风险投资,以至于有人说世界历史是从1500年开始的,因为直到那个时候人们才知道整个世界的全貌。

现在,人类正处在第二次大航海时代的前夜。我们现在比哥伦布幸运得多。哥伦布看不见他要找的新大陆,他在大西洋上航行了几天之后都没有见到陆地,这个时候他的内心肯定是充满了犹豫彷徨;而我们要探测的新世界抬头就能看到,但是现在还没有人来出这笔钱。

也许,人类文明作为一个整体,就像人类的个体婴儿一样,在没有父母帮助的情况下,真的永远无法走出摇篮。

但从宇宙角度看,地球文明是没有父母的,人类是宇宙的孤儿,我们真的要好自为之了。

发表于2012年《周末画报》新年特刊

重建对科幻文学的信心

在“三体”系列的第三部《死神永生》出版之前，我和出版方都没有对它寄予比前两部更大的希望。按照系列小说的规律，后面总是向下走的，所以我们是抱着一种善始善终的心态。对我来说，开始第三部的写作时就意识到这点了，因而就没有像前两部那样过多地考虑科幻圈外的读者，只想写成一部更纯的科幻小说。《死神永生》赢得现在这样较好的反响确实是大家都没有想到的。但我并不因此而认为“三体”系列开创了国内科幻文学的一个新时代，因为它发表的时间还不长，是否具有长远的效应还有待观察。我从20世纪70年代就开始关注国内科幻的发展，大部分时间是作为一个旁观者，后三分之一的时间是作为参与者。在这三十多年的风风雨雨中，国内科幻的大部分事情可以用冯小刚一部电影中的话来描述：轰轰烈烈地开场，热热闹闹地进行，凄凄惨惨地收尾，只落得一声叹息。但愿这次是个例外。

《死神永生》之所以成为惊喜，并非因为它拉来了“圈外”的读者，而在于竟然是这个系列的第三部做到了这点。这确实是意料之外的事。如果这事发生在第一或第二部上,就不成为惊喜了。在“三体”系列的三部作品中,《死神永生》是最具科幻色彩的一部,更准确地说,是最具科幻迷色彩的一部。它是古典理念上的科幻,是技术内核的科幻,是王晋康老师所定义的核心科幻,是原教旨主义的科幻……一句话:它是符合我们科幻迷偏激定义的那种科幻小说。而在《三体》三部曲中,《死神永生》曾被业内人士认为是最不可能赢得“非科幻”读者的,所以这确实是一个惊喜。

我注意到,有相当一部分“圈外”读者是在没有看过前两部的情况下直接看第三部的。在本书编校的后期,我曾经写过一个前两部的梗概,主要解释了《死神永生》中与前两部有关的一些稀奇古怪的名词,如面壁者、黑暗森林威慑之类的,但出版时没有把这个梗概附上。在这种情况下,直接看第三部基本上是看不懂的。我问过两个读过此书的“非科幻”读者,他们也说从情节上看不懂,我接着问那是什么吸引他们看下去,他们说是其中的科幻。

这让我很激动。

科幻迷一直是一个顾影自怜的群体,我们一直认为自己生活在孤岛上,感到自己的世界不为别人所理解,认为在世人的眼中,我们是一群守着在科学和文学上都很低幼的幻影的长不大的孩子。甚至,即使在科幻文学的范围内,我们也是一座孤岛,作家和评论家们认为我们对科幻的定义太偏执、太狭隘,是让科幻获得主流承认的一个障碍;甚至连亚当·罗伯茨这样科幻迷出身的科幻研究者,也认为科幻迷群体,以及这个群体“偏执狭隘”的科幻观对科幻文学害处大于益处。于是,我们所热衷的坎贝尔的科幻理念渐渐被抛弃,连自诩为最顽固的科幻迷的我也一度对传统的科幻理念产生了怀疑,怀疑它是不是真的失去了号召力。

现在看来不是。科幻迷心目中的古典意义上的科幻仍能够吸引大众读者,我们的世界中的美仍能够被这个新时代所感受。我们并不是一群孤僻的怪人,如果说我们是孩子,那也是一群“正常的儿童”(马克思形容古希腊文明时所用的词)。这也让我想起了一位哲学家的话:一个纲领,无论多么过时,也不能断言它失去了活力。

至于中国科幻文学以后的道路怎么走,我想这不是能够简单回答的问题,但有一点:有些关于科幻文学的问题我们可以停止讨论了,因为这些问题从我在20世纪70年代关注科幻时就已经开始热议。如果一个科学问题三十多年都没有结论,那会更加提升它的价值;但如果一个文学问题讨论三十多年都没结论,并且对这个文学体裁本身也没有多少促进的话,那就可以放弃它了。这类问题包括:在科幻小说中是科学重要还是文学重要?科幻中的科学应该是正面的还是负面的?等等。其实这些都是伪命题。有些科幻小说可以科学构思占主要地位,另一些科幻小说则可以文学占主要地位;可以有一些作品是乐观的,描述科技带来的美好未来;而另一些作品则可以描述科技可能存在的黑暗面。卡德说过,各种文学体裁其实像一个个不同的笼子,有纯文学的笼子,也有科幻、侦探和言情等的笼子,读者和评论家们把不同类型文学的作者关进不同的笼子,然后就不再管他们在笼子里做什么了,而科幻作者往往发现笼子里的世界比外面还大。我觉得他道出了科幻文学的一种很本质的东西,这种现在连公认的定义都没有的文学并不存在一个明显的边界,它有着广阔的发展空间。甚至有人说,现实主义的主流文学不过是科幻文学的一个子集。科幻有描写未来的,也有描写过去的,那么描写现实的科幻文学就是主流文学了。毕竟,现实主义文学并不是抄写现实,它的内容也是经过想象加工的。

那么,科幻文学中不同风格和流派的作品里是否还存在着共性呢?我认为有,而且其中最重要的共性是:科幻是内容的文学,不是形式的文学。目前,主流文学日益形式化,讲什么不重要,关键是怎样讲。但对科幻文学来说,讲什么是最重要的。有评论家认为,到今天,主流文学的故事已经讲完了,只能走形式化的道路。但科幻的故事还远远没有讲完,在可见的未来也不会讲完。科幻文学的最大优势就是其丰富的故事资源,这种资源由科学技术的进步源源不断地提供着。比如在文学中被称为永恒主题的爱情,在主流文学中就呈现为一个由男人女人构成的矩阵中各个元素的排列组合,但在科幻中则可以出现第三种甚至更多的性别,还可以出现人与智能机器或外星人之间的爱情。所以,科幻文学中的故事资源是任何其他文学体裁远远不能比拟的,科幻文学不能急着去走形式化这条艰难的道路。

更重要的是,在风格日益多样化的科幻文学中,仍然存在着我们需要坚持的东西,或者至少需要一部分作者去坚持的东西。传统类型的科幻在美国式微,并不意味着在中国就不受欢迎。国内的科幻文学仍处于初级阶段,读者对传统型科幻的欣赏刚刚起步,远谈不上审美疲劳的问题。现在,科幻与奇幻两种文学确实有融合的趋势,有些作品已经很难分清属于两者中的哪一方,但传统的、核心的科幻,无论在理念上还是在具体作品上仍然存在,且仍然作为科幻文学存在的依据和基石。有作者在谈到这个话题时说得好:不能因为黄昏和清晨的存在,就否定白昼与黑夜的区别。这是“三体”系列的成功带给我们的启示。

现在，科幻文学面临的最大威胁，不是科幻的缺失，而是科幻的泛化。科幻作为一种文化，已经渗透到社会生活的方方面面，在社会生活的各个领域都能看到科幻的符号大量存在，这反而冲淡了科幻作为一种文学的色彩浓度，这也就要求我们更加坚持和强调科幻文学的核心理念，使科幻文学成为一种具有鲜明特点的存在。

发表于2012年第2期《作家通讯》

漫游在末世的美国大地上

——评《火星照耀美国》

作为一个有三十多年科幻阅读和十余年科幻写作经历的人,我现在读科幻已经离欣赏越来越远了。每读一篇小说,特别是长篇,都能感觉到作者写作时的思维,感觉自己移魂到作者身上,在重写它。作者在什么地方写得自我感觉良好,什么地方遇到了障碍和困难,什么地方面临绝境,我都能感觉到。在读与自己风格相似的小说时尤其如此。比如在读《宇宙过河卒》时,早早就为安德森担忧如何让飞船越过坍缩后的宇宙奇点(不得不说他给出了一个很敷衍的答案)。近年来,甚至在读一些与自己风格差异很大的小说时也有这种对作者的代入感,如《发条女孩》,看着作者像搬运工一样一条一条地增加线索,而手中的书没看的部分越来越薄,对他如何了结这些线索的担忧就越来越重,故事内容本身倒是退居其次了。

这种阅读状态很累,也很无趣。我一直渴望能有这样的科幻小说,让我找回三十年前读科幻时的感觉,韩松的小说做到了这点。读他的小说时我无法代入作者,我不知道他的小说是怎么写出来的。像三十年前的克拉克和阿西莫夫一样,他的世界对我仍是那么幽深和神奇,永远无法预测他的思想脉络下一步会伸向何方。我只能跟着他走,深一脚浅一脚地在他的世界中领略神奇和诡异。

我无法解读韩松的作品,真正有深度的文学作品都是无法解读的,只能感觉。像卡夫卡,现在相当一部分评论家都承认他的小说无法解读,但我们都能感觉到许多许多。

说到解读,在韩松的小说中,《火星照耀美国》却貌似是最容易解读的,它结构明晰,叙事流畅,故事性很强。但这种可解读性也只是貌似。

最直观简单的解读,就是认为《火星照耀美国》是强国论坛上的那类小说,YY中国强盛,美国衰落,特别是这部小说写于中国南联盟大使馆被炸的那段时间。但这显然是一种误解。小说中对未来中国着墨不多,但从其所勾勒的轮廓看,那时的中国虽然强大,却不是一个理想社会,甚至不是一个正常社会。国家和人工智能"阿曼多"控制了一切。"我们离群索居。大部分人在国家分配的信息室中度过一生。""一切都不用自己操心。一切都是安排好了的。在中国,我们被告知,人不用思考生活的意义。只有觉得生活没有意义的人才会去思考生活的意义。那是一件犯傻的事情。""人从小就要接受专业训练,去做他那唯一的事情,根本没有玩耍的机会。"有一个一闪而过但值得注意的细节:那时的中国有"情绪控制局",像控制天气那样控制社会,这显然是反乌托邦小说中才有的东西。这样的崛起显然是畸形的。

另一种解读认为,小说中的美国其实是中国的镜像,反映的是现实中国的问题、困境和危机。这种看法初看有些道理,书的题目本身就对应着《红星照耀中国》,那个美国的许多细节中确实有现实中国的影子,比如处决女总统的场景,颇有中国“文革”和土改中公审大会的样子。但全面观察韩松笔下的美国,无论是它衰落和崩溃的原因,还是它充满末世色彩的社会场景,与现实和近未来的中国社会并没有太多的可对应之处,这个美国不是镜子里的中国,甚至是不是美国本身都可疑,因为美国的文化元素在小说中被有趣地扭曲变形了,比如小说借一个人物之口,说美国的建立以及其后的一切,最本源的目的是为了性自由。最后还是那个中国老人说出了最本质的答案:一切都是命运的轮回,强盛本身就意味着其后的崩溃不可避免。《火星照耀美国》不是一部隐喻和批判现实的作品。

所以,《火星照耀美国》同韩松的其他作品一样,同样是难以解读的,我们需要的只是去感觉。我们像主人公一样漫游在末世的美国大地上,在天空中硕大火星诡异的红光中充满迷茫和恐惧,在洪水中幸存,在城市的废墟中战斗,在尘土飞扬的难民潮中结识异类的朋友,在尸横遍野的战场上长大成人。

韩松是一个超越了故事的作家,他不是像我们一样在故事中跋涉,而是在故事之上,飞行在自己那色彩斑斓的诡异世界中。在《火星照耀美国》里,韩松试图做一个说书人,而且做得很好。他流畅地讲述着精彩的故事,眼睛却并没有看着聚精会神的听众,而是梦游般游离在无限远的地方,那里才是他真正看到的世界,那个世界中鬼魅游荡,火星拖着烟尾洒下血光,金门大桥化为赤龙腾空而去,浓雾迷漫、尸横遍野的战场突然之间变成了最旖旎的美景,现实腐烂到极致,怒放为最妖艳的花蕾……

这就是韩松，中国科幻因他的存在而具有丰富的色彩，他给了科幻文学一个新的维度。与对科幻前景谨慎观望不同，我对韩松的创作是完全乐观的，即使科幻再次消失，他的作品仍将具有不可抗拒的生命力。

发表于2012年3月23日《南方周末》

雷·布拉德伯里

20世纪50年代初，科幻作家雷·布拉德伯里的名字尚未如今天般如雷贯耳。在他致电附近街区的消防站时，接电话的消防队长并未意识到这电话的意义。布拉德伯里问他，纸张的燃点是多少，队长回答“华氏451度”——《华氏451》就此得名。

这部反乌托邦小说讲述在不远的未来，图书遭政府禁绝，消防员职责所系不再是救火，而是焚书。小说于1953年出版后，立刻引起轰动。此书被评论界作出各种解读，还有人将它与奥威尔的《1984》相比较。

《华氏451》书名起得巧妙，书的来历却很偶然。在20世纪50年代初，布拉德伯里生活在洛杉矶，因为家里有孩子，难以安心工作，于是去加州大学洛杉矶分校的一间图书馆地下室工作，租用了一台打字机，花10美分能用半小时。这对当时的布拉德伯里来说不是小数，他几乎是拼命般快速打字。九天之后，《华氏451》的雏形完成，共花费9.8美元。

布拉德伯里不喜欢人们对其作品做过度严肃的阐释，他曾强调，这些故事只是用来娱乐自己和他人。事实上,不论年纪多大,取得了多大成功,布拉德伯里内心仍是一个小孩子,为兴趣活,为爱好工作。在其生命最后阶段,房间里仍堆满恐龙玩具和机器人模型。

1920年8月22日,雷·布拉德伯里出生在美国伊利诺伊州,父亲是一名下层工人,全家生活贫寒。父亲常给儿子讲恐怖故事,还告诉他家族的祖先中曾有人被作为女巫审判。母亲则常在床边为他读《格林童话》《奥兹国历险记》等童话故事。或许是因为童话中的恐怖情节,布拉德伯里在十岁之前饱受噩梦折磨,每次起床后,梦境依然历历在目。为缓解噩梦带来的恐惧,他后来学会用文字将梦境描摹下来,形成一个个小故事。

1938年,中学毕业后,布拉德伯里没钱上大学,每晚在街角卖报纸,白天则滞留图书馆,横扫爱伦·坡、凡尔纳、海明威等人的著作。他还开始发表作品,成为洛杉矶科幻小说社团的积极成员,不厌其烦地纠缠科幻作家如亨利·库特纳等人,向其讨教创作技巧,有时用尽办法让这些老手阅读他的手稿。

数年如一日的勤奋并未白费,到1941年11月,布拉德伯里终于在科幻杂志《超级科学故事》上发表了短篇小说《钟摆》,获得了人生第一笔稿费,总计15美元。其他科幻创作者对此不屑一顾,布拉德伯里却视其为突破性成就,并在不久后开始全职创作。这条路太过艰辛,布拉德伯里不改其志,又伏案六载,于1947年发表短篇小说《返乡派对》,这成为他创作生涯中的第一个重大成就。这篇小说作为当年最佳短篇,助布拉德伯里斩获了欧·亨利奖。

名声日隆后,布拉德伯里被广泛视为冉冉升起的科幻新星。但他并不赞同,在许多场合强调不该给自己贴上科幻作家的标签,且声称他的作品唯有《华氏451》可算作科幻小说。写作风格上,布拉德伯里不炫耀科技词汇和技术知识,专注讲故事本身,反倒赢得更为广泛的读者群,从而将科幻文学带进主流文学。

布拉德伯里或许没有阿瑟·克拉克对科学事实的精准把握,但他能将美妙的科幻故事与人的内心相联结,使小说在充满寓言色彩的设定下,体现出一种惨烈的美感。与后来同样声称把科幻带入主流文学的新浪潮运动不同,布拉德伯里作品所表现出的诗意和美感是古典和整体性的,易被感受,没有新浪潮作品中那种后现代的晦涩和破碎感。

出版于1950年的《火星编年史》是布拉德伯里最著名的作品之一。书中的火星上,既有人类可呼吸的大气层、纵横的运河,还有已消失的火星人和古老的城市废墟。即使在该书出版的年代,这些描述也与当时已知的科学事实不符。但《火星编年史》却展现出科幻小说罕见的深邃之美:两个家庭逃离毁于核战争的地球,踏上没有归程的火星之旅。当地球方向的无线电信号永远沉寂时,大人们指着他们在运河中的倒影告诉孩子们,这就是火星人……

经过多年努力,布拉德伯里不仅成为一名成功的科幻作家,更得到了主流文学界的认可,但他却失去了许多骨灰级科幻爱好者的支持。他们认为布拉德伯里身为科幻作家,却未对新技术的降临予以足够宽容,显得十分保守。

布拉德伯里的确对未来、对科学所能造成的危害深存戒心,这或许源于他童年时预言般的噩梦。他不会开车,不敢坐飞机。如有人在洛杉矶偶遇布拉德伯里,他很可能是在逛书店,而在店外的某根路灯灯柱旁,必定斜倚着他破旧的单车。即便是如今人们热捧的电子书，他也难以接受，认为这东西缺少油墨和纸张的气息。出版社费尽口舌多年，才终于在2011年说服他同意出版《华氏451》的电子版。

2012年6月5日，布拉德伯里平静逝世。至此，继阿瑟·克拉克之后，世界科幻黄金时代的最后一位大师悄然离去。我们仍在期望出现一位中国的布拉德伯里，但他无疑将走过一条更为艰辛的道路。

发表于2012年7月1日《财经》杂志

科幻阶梯阅读荐书榜

本榜每月推出一个阅读主题，围绕该主题荐书，推出从“菜鸟级”到“明星级”或“骨灰级”的基本书单。

菜鸟级

相对于其他类型文学，国内翻译和原创的科幻长篇小说不是很多，分成三个级别推荐有些勉强，只能按风格进行一个大概的区分。

一般来说，早期的科幻小说比较适合“菜鸟”这一级别，因为那时的科幻所涉及的科技现在已经是常识，在知识方面阅读门槛较低。同时，与受现代和后现代文风影响的现代科幻作品相比，早期的科幻更注重讲述好的故事，文笔更清晰流畅。

1. 凡尔纳的科幻小说，包括《海底两万里》《从地球到月球》《机器

岛》等

凡尔纳的科幻作品尚未完全从欧洲的探险小说中脱胎出来,但科幻文学最具魅力的因素已经显现,科学技术作为重要的角色首次在小说中出现,人与大自然的关系代替了人与人的关系,成为主要的描写对象。虽然小说中的大部分内容已经不是科幻而成为现实,但丝毫没有降低作品的魅力。需要指出的是:凡尔纳的作品风格十分独特,在以后的科幻文学中几乎没有再现。

2. 威尔斯的科幻小说,包括《时间机器》《世界之战》《隐形人》等

威尔斯的作品在社会学方面比凡尔纳要复杂许多,同时也颠覆了凡尔纳的技术乐观主义,展现了对未来的忧虑。与凡尔纳相比,威尔斯对世界科幻文学的发展有着深远的影响,他对外星人、时间旅行和生物科学等的描写,都为以后的科幻小说提供了最初的范式。

明星级

达到这一级别,意味着对科幻文学的整体轮廓有了一个清晰的认识。科幻文学汇集风格各异的作品,不同风格的科幻小说之间差别很大,"明星"级的读者对自己喜欢的作品类型应该有一个大概的定位,下面列出三种不同风格科幻小说的代表作:

1. 《天堂的喷泉》(阿瑟·克拉克)

技术型科幻的典型代表,以技术构思为核心展开想象和故事。这种

类型被称为“坎贝尔式”的科幻小说，迄今仍代表着最为大众所认同的对科幻文学的定位。

2. 《火星编年史》（雷·布拉德伯里）

文学型科幻，但不像后来的新浪潮科幻那样晦涩和前卫。这本书能让你体会到科幻可以拥有怎样的诗意和美。

3. 《1984》（乔治·奥威尔）

社会学内核的科幻小说，对一种可能的未来社会形态进行了全景式的描述。

骨灰级

说实话，我也不清楚这一级别的含义，只好把一些比较另类、前卫和难读的作品列进来。科幻是大众文学，没有太多这类钻牛角尖的东西，作品的隔阂感很大部分与文化差异有关。

1. 《红火星》《蓝火星》《绿火星》（斯坦利·罗宾逊）

最硬的科幻之一，像亲历一个超级工程的工程师写的回忆录，描述人类开拓一个新世界的伟大历程。

2. 《高城堡里的人》（菲利普·迪克）

架空历史的经典，故事隐晦细致而不动声色，背景在故事的进程中不为人察觉地展开。

3. 《末日之书》(康妮·威利斯)

时间旅行的经典之作,获“星云”“雨果”双奖。故事在极其琐碎的叙述中缓慢推进,却充满了扣人心弦的张力。书中描写的肆虐于1348年的欧洲黑死病,是人类历史上最接近末日的场景。

4. 《异乡异客》(罗伯特·海因莱因)

曾让无数年轻人为之疯狂的科幻小说,但只是西方的年轻人。感受本书的魅力不但需跨越文化的障碍,还需忍受那无休无止的说教。

5. 《万有引力之虹》(托马斯·品钦)

主流文学界有一个强盗习惯:看到有在文学上很出色的科幻小说,就把它们从科幻文学中拎出来,宣布它们属于主流文学。久而久之,科幻小说在文学上也就安于二三流了。现在我们也效仿此“伎俩”,从主流文学的经典中拎出科幻小说来。这本书被奉为现代文学的顶峰之作,其实它的内容很科幻,梦幻般的复杂情节中充满了物理学、火箭工程学、高等数学、心理学等科技元素。不过,其后现代文学凌乱晦涩的梦呓,以及八百多页的长度,是对阅读的一个考验。主流文学经典中能够抢到科幻这边来的还有《蝇王》《发条橙》等。

6. 《红色海洋》(韩松)

壮丽而诡异的史诗,从一个前所未有的维度俯瞰人类的过去、现在和未来，阅读体验超乎想象。

发表于2012年7月6日《北京青年报》

奇点前夜的科幻小说

——“奇点科幻”丛书序

奇点有三重含义：第一是数学上的，表示在连续的数学状态中难以定义的突变点，常见的有无限趋于无穷大或无穷小的点；第二是物理学上的，首先出现于广义相对论中，表示时空曲率无限大的点，是时空的不连续之处，在这一点中现有的物理规律失效；第三是未来学中的一个概念，描述科技以指数曲线发展，在某一拐点后急剧加速，由量变产生突然的质变，在极短的时间里彻底改变人类世界的状态。这套丛书以奇点命名，应该是取最后一重含义。

奇点学说是由美国学者雷·库兹维尔提出的。他认为，人类科技的发展趋势很像一条指数曲线，开始阶段比较平缓，是我们现在所处的阶段；但在经过一个拐点后陡然上升，几乎与X轴垂直，速度接近无限，这就是奇点时代。奇点的到来主要依赖于被称为GNR的三项技术，即基因工程、纳米工程和人工智能，当这三项技术进入指数曲线的超高速发展阶段时，人类文明的面貌将在极短的时间内发生彻底的改变。库兹维尔生动地描述了奇点到来时的情景：人工智能的智慧远远超越人脑，电脑的一次短时间运行，其计算量竟超过人类有史以来所有思维的总和！科技第一次对人类的生理形态产生改变，人与人工智能紧密融合，人可以以各种形态复制自己，进而长生不老；人类可以在原子级别操纵物质，纳米机器可以把原材料直接变成人类所需要的任何产品。库兹维尔的终极预测接近疯狂，他认为，能够自我复制的纳米机器结合人工智能，能够向全宇宙扩散，改造所有天体，最终把整个宇宙智能化。最惊人之处是他对奇点到来的时间的预测，不是遥远的未来，而是近在咫尺的2030年！

不管奇点预测是否真的成真，有一点可以肯定：科学和技术将创造出更多的奇迹。科技带领人类踏上的神奇旅程才刚刚开始，甚至还没有真正开始。而这种科学的神奇感，这种技术带来的对未来的向往，恰恰是科幻文学生命力的源泉。

比较古代人与现代人的精神世界，最大的差别可能就是对未来的感觉。可以说，在古人的意识中，没有现代意义上的未来感，由于技术进步的缓慢，当时人们的心目中，未来可能城头变幻大王旗，但生活的面貌不会发生变化，昨天今天和明天，去年今年和明年，不会有什么差别。正因为如此，古代的文学，无论是神话还是诗歌或小说，都是描写现在或过去，几乎没有描写未来的。工业革命以后，科学给人们带来了无尽的神奇感，进而引发了对由科技所创造的未来的想象和向往，由此诞生了科幻文学。

科幻文学诞生于19世纪初的欧洲，但其真正的繁荣是在20世纪20年代至60年代的美国，史称科幻小说的黄金时代。回望那四十年，能带给我们许多启示。在那段时间，世界已由蒸汽时代进入电气时代，与第一次工业革命时代相比，科学技术进一步展示出塑造和毁灭世界的力量，人们深切地感受到了科技给自己的生活带来的改善。另一方面，20世纪初的物理学革命带给人们一个全新的视野，相对论和量子力学告诉人们，比起之前牛顿简洁的决定论图像，真实的宇宙更加神奇莫测。但与此同时，舒适的信息时代尚未到来，已经大为改善的生活仍然充满着艰辛和压力，世纪初的美国经济大萧条，随后的两次世界大战，以及紧接着出现的东西方冷战，都给现实蒙上了阴影，这就使得人们对已经显现出神奇魔力的科技充满了更多的期待，期望科学和技术能够带来一个更加美好的未来。对科学的赞叹和对未来的向往在这一时期都达到了高潮，由此带来的科幻文学的繁荣就是顺理成章了。

但随后，科幻文学进入了缓慢的衰落期，这种衰落从20世纪70年代一直持续到今天。在美国，科幻小说在市场上再也没有出现黄金时代的热度，新的科幻迷越来越少，科幻读者的年龄越来越大；有世界影响的作品也越来越少，大师不再出现，黄金时代出现的三巨头至今仍牢牢地占据着科幻文学的顶峰。

对这个漫长的衰落，评论家和科幻研究者有着各种解释，其中之一是把原因归咎于科幻文学的新浪潮运动。新浪潮在20世纪70年代起源于欧洲，部分科幻作家痛感科幻小说在文学中的边缘地位，便把主流文学中现代和后现代的表现手法运用于科幻创作，同时把科幻小说面向太空的视野转向人的精神世界，试图使科幻小说更加文学化，使得部分科幻作品由明快的大众文学变成晦涩的先锋文体。有评论家认为，新浪潮运动是把科幻小说自身的价值让位于主流文学、进而消解自己的一种努力。

但仔细考察便知道，这种理论是不确切的，新浪潮运动对于科幻的衰落确有一定影响，但不是根本的原因。在新浪潮科幻由兴起直到被后来的赛博朋克运动代替，一直只是科幻文学的支流。在这期间，传统的、坎贝尔理念的科幻小说一直在大量创作和发表，即使在新浪潮运动最兴盛的时期，其作品的数量也远远小于传统科幻小说的数量。

其实，科幻衰落的最深层、最本质的原因正是科学技术本身。曾经催生科幻的科技，在其飞速发展的今天开始起相反的作用。阿波罗登月期间，一位美国航空航天局官员对观看发射的科幻作家说：我们给了你们一碗饭吃。但事情证明恰恰相反，自航天时代以来，科幻小说中描述的科技奇迹不断变成现实。特别是随着信息时代的到来，科技日益渗透到社会生活的方方面面，其渗透之深、普及之广可谓前所未有。由计算机和网络构成的信息时代，以迅雷不及掩耳之势变成现实，并深刻而全面地改变着普通人的生活。人类有一个特点，就是对变成现实的奇迹很快麻木，比如现在的智能手机，集移动通信、电脑、互联网、数码照相机、数码摄像机、数码收音机、全球定位装置、影音播放器于一体，方寸之物可以随时与地球的任何地方进行通信和网络连接，它所集成的设备以前要用一辆小卡车才能装下。笔者曾经统计过科幻小说中曾出现的移动通信设备，大多数在功能上不如现实中的手机。也就是说，科幻的神奇梦想现在装在每一个人的口袋里，但与此同时却被每个人熟视无睹，当做一件最平常的东西。

科技神奇感的消失，是对科幻文学最致命的打击，也是科幻衰落的最根本原因。

但科技的神奇感真的消失了吗？科技中的科幻资源是否像地球上

的石油一样，快要开采完了？至少对奇点时代的预测告诉我们：没有！如果奇点学说是正确的，即便未来科技的发展只达到当初预测的十分之一，我们也可以肯定科学技术仍然处于指数曲线开始时的平缓阶段，其陡然上升的阶段还未到来，也就是说：真正的科技奇迹还没有开始，我们已经经历的一切，只不过是神奇时代的前奏而已。同时，高度发展的基础科学，如物理学、宇宙学和分子生物学等，也为我们展现了一个更加神奇的大自然。与科幻文学黄金时代所展示的图景相比，从视觉直到哲学层面，这个新揭示的宇宙充满了更多的神奇，更加广阔，更加诡异，更加变幻莫测，这里面蕴含着丰富的科幻资源。只是，与20世纪上半叶的科幻黄金时代相比，现在的基础科学已经大为进化，其理论的复杂和数学表述的艰深都不可同日而语，使非专业人员难以接近。正是由于这个原因，现代科幻文学对现代科学最新进展的表现很有限，大量故事的科幻核心仍基于古典科学，即使有前沿科学的内容也流于表面。如何充分开掘现代科学前沿所提供的丰富科幻资源，是科幻作者所面临的巨大挑战，也是科幻文学的希望所在。

纵观历史，中国科幻文学有着四起三落的波折经历，不同的阶段相互孤立，其间少有积累和继承。由于历史原因，各个阶段的科幻文学都有着自己侧重的方向。清末民初的科幻以救国图强为主题，而当时鲁迅先生提出的普及科学的目标到了20世纪50年代才得以实践，20世纪80年代则对科幻小说文学化进行了初步的尝试。新世纪中国科幻进入多元化时期，对科幻文学的发展也有各种各样的建议和尝试，包括提升科幻小说的文学品质，更多地反映现实和写出更好的故事，等等。这些无疑都很重要，但现在，我们必须正视科幻文学的本质和核心。科技的神奇感是科幻的生命力之所在，我们必须创造出更多、更大的神奇。

创造神奇并不意味着浅薄和浮躁，也不仅仅是科技和宇宙奇迹的展示。科幻中所表现的科技的神奇拥有丰富的内涵。科技的发展对人类社会整体和对人类个体的改变都具有深刻的神奇感，同时也具有主流文学所不具有的揭示社会和人性的视角。

作为一种创新的文学，科幻用不断涌现的新创造和新震撼来战胜遗忘，就像一场永恒的焰火，前面的刚成为灰烬，新的又飞升起来，爆发出夺目的光焰。而要做到这点，就应永远保持年轻的心态，使自己的想象力与时代同步。正如有人说的那样，科幻使人年轻。

“奇点科幻”正是这样一套充满青春活力的丛书，书中收录了十位国内年轻科幻作家不同风格的优秀作品，从不同角度描述变化中的世界，引人入胜，把科幻的神奇展现得淋漓尽致，像一群璀璨的星星照亮了奇点的前夜。

发表于2013年1月希望出版社“奇点科幻”丛书

拥抱星舰文明

太空移民将是未来人类文明的一项重要事业,有可能像大航海一样开启一个全新的时代。虽然它现在还面临着诸多重大的障碍和挑战,但我们应该让这项事业尽早地进入人们的视野。

太空移民的总体进程

设想中的太空移民进程可能分为以下几个阶段:

一、初级阶段:从现有的航天事业开始,对太空移民所涉及的技术课题进行基础性研究,除了新型推进系统等太空探索共有的课题,密切相关的课题还包括太空生态圈、太空生物学、人造重力等。在对这些领域的研究中,空间站将发挥重要作用,应该扩大现有空间站的规模,并使其运行姿态由现在的静态变成自转,以便产生离心力模拟的重力环境。

遗憾的是,从西方的近未来航天规划看,有逐步抛弃空间站、把投入集中在飞船上的趋势,这与太空移民事业的发展是相矛盾的。中国目前致力于空间站的研制和建设,可能会在这方面大有作为。

二、月球移民:月球有充足的太阳能和氦-3资源,可以为移民提供足够的能量;同时,目前的探测已经证实月球的岩层中有水存在。移民定居区最好选择建在地下,因为月球没有大气,磁场也很弱,表面完全裸露在太空中,缺少对于宇宙辐射的天然防护。

三、地球轨道上的太空城移民:也许有人觉得奇怪,为什么把距地球最近的太空城移民排在月球之后?事实上,从各方面考察来看,建造同样规模的永久居住地,太空城的技术难度要高于月球地下城。月球上的建设是在六分之一的地球重力下进行,在这样的重力环境下开掘地下城,所需的土木工程技术和岩层掘进技术都是比较成熟的。而太空城是一个庞大的空壳结构,高度封闭,要承受内部大气压和自转产生的强大离心力,这对于材料和建造工艺都是巨大的挑战。另外,太空城内部气候的调节,对辐射和陨石的防护,其技术难度也都大于月球地下城。

与以后的阶段相比,太空城和月球移民有一个共同的巨大优势,就是殖民地距地球较近。月球到地球的往返行程可以在两三天内完成,而太空城到地球的往返,可能比地球上跨洲的民航飞行都快捷。这就使得殖民地可以部分或全部由地球的补给来维持。

但这样由母星供给维持的状态并非真正意义上的太空移民。太空移民必须建立起自给自足的生态系统,或者说建立一个小地球。这是巨大的技术挑战。在亚利桑那沙漠中进行的“生态圈2号”实验,证明了建立体积有限的自循环生态系统有多么困难。不管怎样调整，这样的生态系统总会在运行不长的时间后崩溃。生态圈是一个有着极其复杂机制的封闭系统，只需从外部接收能源便能长期自循环运行。对这样的系统，无论在理论上还是技术上，人们知道的都很有限。建立小型生态圈失败的原因可能有两个：一是理论和技术上的不足，设计不合理；第二个原因则更加深刻，即若要一个封闭生态系统能够长期维持，其体积和容量可能必须大于某个临界值，小于这个值的生态圈在理论上就不可能维持运行，这涉及大自然的某些本质性的东西，而这个值将是太空移民需要考虑的重要参数。

所以，太空城和月球殖民地应该逐渐减少对地球供给的依赖，最终完全靠自己的生态循环来维持。长期自维持的人工生态圈的建立，将是人类太空探索的一个里程碑式突破，它也使得真正的太空移民成为可能。

四、火星移民：这是真正太空移民的开始。火星距地球比较遥远，往返航行的时间要以年计，其殖民地只能依靠火星的资源自给自足。但火星有大气层，是太阳系中气候与地球最接近的行星，其居住条件比月球要优越许多。火星陆地广阔，地形多变，殖民地有充分的发展空间。

五、木卫二移民：到木星的第二颗卫星上移民，最大的优势是有极其丰富的水资源。这颗卫星的表面覆盖着太阳系最大的海洋，虽然处于冰冻状态，水量却超过地球海洋。但向木星进行系统性移民，对宇航技术的要求又高了一个层次。

木星距地球达五个天文单位之遥，向这样的目标进行大规模移民，现有的化学推进技术已经无法胜任,必须借助核推进;同时,木星殖民地的能源问题也很突出,由于远离太阳,太阳能已经很微弱,只能考虑其他能源,首选仍然是核能。木星本身含有大量的核聚变材料,但如何提取是一个挑战。

对木卫二殖民地的建设有一个大胆的设想,就是把永久居住区建在海底。木卫二海洋的冰层下存在液态海水层,在这里建设海底城,可以大幅度降低维持居住区气温所需的能源,同时还可以利用木卫二地层中丰富的火山热能。

六、向太阳系外恒星系移民:由于恒星间的距离极其遥远,人类在近未来不太可能具备恒星际航行的技术能力,太阳系外的移民必定是遥远未来的事。在太阳周围十五光年的范围内有五十多颗恒星,除非理论和技术产生重大突破,飞船到达这些恒星都需要漫长的时间,很可能延续千年以上。所以,恒星间的移民也就等同于向飞船上移民,飞船本身就是移动的殖民地。一次宇宙航行已经不是一个有始有终的过程,而成为另一段在太空中不断延续的人类历史,那艘在太空深处航行的飞船,已经和它离开的世界本身一样成为永久的存在,成为人类在宇宙中的一个永远离去着的寄托。永恒的星舰漂泊可能被认为是文明的一种正常的生存状态。

太空移民面临的政治和经济方面的挑战

我们对所讨论的问题应该有一个明确的界定:是太空移民,而不是太空探险或者太空资源开发。太空探险一般有着特定的科研或政治目的,参与的人数有限,且都有一定的时限;太空资源开发有明确的经济目标,且所得资源最后还是用于地球社会。但太空移民有很大的不同,这是由普通的人、家庭和社团参加的人类向太空的迁移,移民将把飞船、太空城或其他行星上的殖民地当作家园,长期生活在那里。这种迁移是终生的,甚至是一去不返的。所以,相对于其他太空探索和资源开发活动而言,除技术以外,太空移民还面临着更多的政治和经济方面的障碍和挑战。

政治上的最大挑战在于:为什么要向太空移民?众所周知的理由是:地球的资源有限,总有枯竭的那一天;同时,地球生态圈同样是一个不稳定的系统,在未来有可能因为人类或自然的原因发生剧变,进而不适合人类生存。但无论是大众还是国家政府,都难以被这个理由说服。因为无论是资源枯竭还是气候和生态环境的剧变,在所有人的有生之年发生的概率都很小;或者,即使发生了,在相当长的时间段内,变糟的地球上的生活也比在完善的太空殖民地中容易得多。人类是有可能做一些着眼于长远未来的事情的,但前提是投入必须是可承受的。像太空移民这样用超巨量投入去为十代人以后的未来着想,在政治上几乎是没有可能的。太空探索和资源开发虽然也有类似的巨大投入,但可以为地球世界带来利益。太空移民则不然,短时间内对地球人类几乎没有什么看得见的效益;相反,在政治上比较有远见和想象力的人,还能预见到发展成熟的地外殖民地闹独立的麻烦。

我们注意到,近来民间的太空探索逐渐活跃,所以很多人把太空移民的希望寄托在民间。但这可能是行不通的。对于公司和企业而言,所有行为的最终目的是利润。如上所述,太空移民在可以想见的未来几乎没有利润可言。虽然目前有维珍公司的太空旅游计划,民间公司的无人飞船也已经与国际空间站对接,但这些也都是商业行为,与太空移民有本质的不同。由于利润空间的限制,这些行为的规模与国家的航天事业相差甚远,更难以发展到太空移民的程度。希望也难以寄托在非营利的民间组织身上,首先,与公司和国家相比,这些组织的力量更加薄弱;其次,与环保等迫在眉睫的事业相比,太空开拓和移民在民间并没有太大的号召力,难以获得像环保那样广泛的同情。目前,在这方面并没有出现像绿色和平组织这样有影响力的民间组织。

我们可以回顾人类历史上已经发生过的一次向新世界大规模移民的历程,也就是大航海时代的移民。它的启动都是国家行为。哥伦布是有西班牙伊莎贝拉女王的资助才完成了向新大陆的首次航行,麦哲伦的环球航行是在西班牙国王查理五世的指令下进行的,达·伽马绕过好望角开辟新航路的航行是受命于葡萄牙王室,詹姆斯·库克是英国海军舰长,他发现澳洲时所统率的"奋进号"就是一艘英国军舰……大航海时代与太空移民有类似之处,但后者需要更加巨大的投入,需要更长的周期,其启动和早期的实施只能由国家力量来完成。

与技术进步相比,更容易被我们忽略的是,太空移民要求人类社会发生同样重大的思想进步。我们注意到,人类在15~18世纪间向新世界进行的大规模移民,与文艺复兴、启蒙运动和宗教改革这类思想以及文化进步密切相关。从历史上看,两者很难说是谁引发谁、谁推动谁,更应该是一种互动的过程。同样,今天占压倒性地位的资本主义和市场经济意识形态,以及重新抬头的国家重商主义政策,根本不足以成为太空移民的思想和政治基础。所以，真正大规模太空移民的启动，首先要求人类社会的另一次思想和文化的飞跃，这比技术进步更难。

行星移民、太空城和世代飞船

如本文所述，太空移民可以有三种形式：一种是移居地球之外的其他行星，另外两种是所谓自由飘浮的移民区，分为太空城和世代飞船。前者一般运行于地球或太阳的轨道上，只具备轨道调整所需的辅助动力；后者则航行于恒星之间，具有巨大的推进动力。按目前的技术水平推论，这样的飞船只能以远低于光速的速度航行，因而前往其他恒星的航程十分漫长，以至于航行本身已经成为这样的世界的生活常态。

按照我们的直觉，这三种移民世界的规模大小应该按以下顺序排列：行星移民、太空城、世代飞船。如文中所说，在行星上的移民可以不断开拓行星表面的新疆域；飞船则有一定的空间限制；而太空城依托于其环绕运行的母星，同时没有远程航行的加速负担，也可以建得比飞船大许多。按照现有技术的直线推论，这确实是符合常理的，但从长远看，情况可能恰恰相反。

行星表面的面积是有限的，随着移民的扩张，所有的土地可能都被人口和农田占据，像地球一样，甚至可能出现《基地》和《星球大战》所描述的银河系首都星球的情形：整个星球表面全部被城市所覆盖。

从长远发展看，太空城的发展空间就大了许多，可以用来自母星的材料资源不断扩建，或在行星轨道上建设众多太空城构成的城市群落。由于太空城所具有的薄壳状几何构型，它的单位质量所能产生的居住面积比行星的固体球大得多,可能只需母星百万分之一质量的材料,就能实现与母星表面积相当的居住面积。行星轨道上也有太空城发展的巨大空间,最终地球同步轨道上的太空城可能形成一圈土星环一样的结构,由无数太空城构成,周长长达二十五万多公里,总居住面积远超地球表面。但地球轨道空间虽然巨大,也总有被占满的那一天。

而世代飞船的发展空间几乎是无限的。起航时的飞船可能不大,但它像一粒种子,在经过不同的恒星系时会成长起来。每到达一个星系,都可以用本星系中行星的资源扩建飞船,或建设新的飞船。随着飞船或船队规模的扩大,它到达下一个恒星系时采集资源自我扩张的能力就会进一步增强,于是,这个航行中的世界就会像滚雪球一般扩大。当然,这需要漫长的时间,但扩张的空间几乎是无限的。船队中的飞船可能各自独立,更有可能在航行中联为一体,在遇到不同情况时可以自由地分化组合。在长时间的扩张后,这样的联合体在质量上可能超过一个地球这样的行星,但由于其蜂窝状的几何结构,内部的居住面积将是地球表面的千万倍。这样的世界形成的统一的生态系统,由于巨大的体积,其稳定性和抗灾难的能力也远高于地球生态圈。这已经不是我们想象中的飞船,而是一个比地球更加丰富多彩的大自然世界。这样的世界最终能够成长到什么样的规模是很难想象的,由此我们也有一个大胆的推论:也许成熟的文明都是在太空中进行着永恒航行的星舰文明。

真正广阔的世界在地球之外,人类要想使自己的文明万代延续,要创造更为广阔的新生活,就要尽早响应星空的召唤。

发表于2013年第2期《环球科学》

城市，由实体走向虚拟

城市是人类的一种群居形式，最初主要是出于战争和防御的需要，后来则成为经济、政治和文化活动的聚集地。

现代网络形成了人类聚集的第二个空间，这个虚拟空间与地球表面的实体空间相平行，其体积也在急剧增长。随着IT技术的发展，网络虚拟空间越来越多地具有了实体空间的功能和属性。在不太遥远的未来，宽带通信和虚拟现实技术将使人们在网络中的相聚与在实体空间中没有区别，甚至相互间的交流还会更加生动和丰富。因而，虚拟空间将越来越多地承担城市的功能。

以我自己为例，我生活和工作的地区比较偏僻。作为科幻小说作者，在互联网出现以前，要想写科幻小说，特别是长篇，是十分困难的。我还记得十多年前，为了查一个短篇所需的资料，坐七个小时的火车去北京的艰辛。但现在，坐在电脑前，就像坐在世界上最大的图书馆里一样，感觉与大城市中的作家没有区别。这仅仅是互联网形成初期就有的功能,现在,网络正在成为人们的第二个生活空间。

从城市的作用和目的来看,城市经济活动正在迅速地向网络转移;在政治方面,网络中的舆论和政治倾向也正产生越来越大的影响;而网络在社会文化中所占的比重已经超过了传统的城市文化媒介。在地球上的任何偏远角落联入互联网,都有置身于大都市和时尚中心的感觉。

虚拟空间的一个特点是与地理位置无关,从地球上的任何位置进入虚拟空间所需的时间都相差不大,因而消弭了空间距离的障碍。随着虚拟空间承担越来越多的传统城市的功能,城市中的人口可能因为种种原因,如房价和环境等,向城市边缘和外围移动,这就有可能使得未来城市的结构变得越来越稀疏。

最近,3D打印技术开始引人注目。这项技术的重要意义在于,未来在网络上流动的将不仅仅是软件数据,人们有可能从网络上“下载”硬件,这将对传统的商业物流产生划时代的影响,从而使城市的经济更快地向虚拟空间转移。

这些趋势发展下去的最终结果,可能导致虚拟城市的诞生。

实际上,目前的许多网站,比如淘宝和新浪微博,已经相当于一个大城市了,其中的人口流量和经济、政治、文化活动的数量,不比一个传统的大城市少。但有两个原因使这些网站还没有显现出明显的城市形态。

第一个原因是这些网站功能相对单一。不过,随着技术的发展和互联网对社会生活的渗透,必然会出现集经济、政治和社会文化于一体的网络空间。可以想象,总有一天,人们在这样的网络空间中的生活会比在现实的城市中更加真实,更加自由,也更加丰富多彩。这样的虚拟空间将取代现实中的城市,成为未来人类主要的生活场所。

第二个原因是这些网站没有在现实中取得相应的政治地位和行政级别。但虚拟城市一旦出现,就可能以传统城市所无法比拟的速度迅速膨胀,其实力可能对世界政治和经济产生重大影响。如果这样的虚拟城市产生了统一的政治意识和诉求,必然为自己争得相应的政治地位。

未来的人可能同时是多个城市的市民,其中包括一个传统城市和数个虚拟城市。

与传统的城市相比,未来的虚拟城市将具有一种完全不同的政治形态,比如:没有任何一个国家的政府能够拥有和统治这样的城市,虚拟城市将独立于传统国家之外,它们与传统的国家和城市的关系将是极其错综复杂的。事实上,这样的城市更像一个独立的国家。对此我们似曾相识,曾经的城邦时代在网上又出现了。

人类历史上经历过的一切是否都要在网络世界中重来一遍,我们不知道。我们希望传统城市曾经催生的新思想的爆发、工业和技术革命以及文化的繁荣能够再次出现在虚拟城市中,进而给人类带来第二次飞跃;但祈祷历史上城邦间的残酷战争不要在虚拟城市间爆发。

也许,第40届奥运会的主办城市将是一座虚拟城市,它的名字叫枫叶刀市,具体位置自己去网上查吧。

发表于2013年3月29日《新华每日电讯》

给女儿的一封信

亲爱的女儿,你好!

这是一封你可能永远收不到的信。我将把这封信存到银行的保险箱中,在服务合同里,我将委托他们在我去世后的第二百年把信给你。不过我还是相信,你收到信的可能性更大一些。

现在你打开了信,是吗?这时纸一定是比较罕见的东西了,用笔写的字一定消失已久。当你看着这张信纸上的字时,爸爸早已消逝在时间的漫漫长夜中,有二百多年了。我不知道人的记忆在两个多世纪的岁月中将如何变化,经过这么长的时间,我甚至不敢奢望你还记得我的样子。

但如果你在看这封信,我至少有一个预言实现了:在你们这一代,人类征服了死亡。在我写这封信的时候,已经有人指出:第一个永生的人其实已经出生了,当时我是相信这话的少数人之一。我不知道你们是怎么做到的,也许你们修改了人类的基因,关掉了主宰衰老和死亡的开关;也许你们的记忆可以数字化后上传或下载,躯体只是意识的载体,衰老后可以换一个……我还可以想出其他很多种可能,但有一点可以肯定:不管你们的生命已经飞跃到什么样的形态,你还是你,甚至,在你所拥有的漫长未来面前,你此时仍然感觉自己是个孩子。

你收到这封信,还说明了一个重要的事实:银行对这封信的保管业务一直在正常运行,这两个多世纪中社会的发展没有发生重大的断裂。这是最令人欣慰的一件事,如果真是这样,那我的其他预言大概也都成为了现实。在你出生不久后,在我新出版的一本科幻小说的扉页上,我写下了"送给我的女儿,她将生活在一个好玩儿的世界。"我相信你那时的世界一定很好玩儿。

你是在哪儿看我的信?是在家里吗?我很想知道窗外是什么样子。对了,你应该不需要从窗子向外看。在超信息时代,一切物体都能变成显示屏,包括你家的四壁,你可以随时让四壁消失,置身于任何景致之中……

你可能已经觉得我可笑了,就像一个清朝的人试图描述21世纪一样可笑。但你要知道,世界是在加速发展的,21世纪以后二百多年的技术进步相当于以前的两千多年,甚至更长,所以我不是像清朝人,而是像春秋战国的人想象21世纪那样想象你的时代。在这种情况下,想象力与现实相比将显得极度贫乏。但作为一个写科幻小说的人,我想再努力一下,也许能使自己的想象与你所处的神话般的现实沾一点儿边。

好吧,你也许根本没在看信,信拿在别人手里,那人在远方,是他(她)在看我的信,但你在感觉上同自己在看一样。你能够触摸到信纸的质地,也能嗅到两个多世纪后残存的已经淡到似有似无的墨香……因为在你的时代,互联网上连接的已经不是电脑,而是人脑了。信息时代发展到极致,必然实现人脑的直接联网。你的孩子不用像你现在这样辛苦地写作业了,传统意义上的教育已经不存在,每个人都可以在链入网络的瞬间轻易拥有知识和经验。但与人脑互联网带来的新世界相比,这可能只是一件微不足道的事。那将是怎样一个世界,我真的无法想象了,还是回到我比较容易把握的话题上来吧。

说到孩子,你是和自己的孩子一起看这封信吗?在那个长生的世界里,还会有孩子吗?我想会有的,那时,人类的生存空间应该已经不是问题。太阳系中有极其丰富的资源,如果地球最终可以养活一千亿人,这些资源则可以维持十万个地球,你们一定早已在地球之外建立新世界了。

你家的周围应该很空旷,远处稀疏的建筑点缀在绿色的大自然中。城市化可能只是一个历史阶段,信息网络的发展最终将使城市变得越来越分散,最终消失。人们将再次与大自然融为一体,但网络上的虚拟城市将更加庞大和密集。如果你愿意,随时都可以置身于时尚的中心。

那时的天空是什么样子?天空是人类所面对的最恒久不变的景致,但我相信那时你们的天空已经有了变化,空中除了日月星辰,还能看到一些别的东西。地球应该多出了一条稀疏的星环,地球上所有的能源工业和重工业都已经迁移到太空中,那些飘浮的工厂和企业构成了星环。从地面上看,那些组成星环的东西有些能看出形状,像垂在天空中的精致的项链坠。那是太空城,我甚至能想出它们的名字:新北京、新上海和新纽约什么的。

也许你现在已经不在地球上了,你就在一座太空城中,或者在更远的地方。我想象你在一座火星上的城市中,那座城市处于一个巨大的透明防护罩里，城外是一望无际的红色沙漠。你看着防护罩外的夜空，看着夜空中一颗蓝色的星星，你是从那里来的，二百多年前我们一家也在那里生活过。

你的职业是什么？你所在的时代应该只有少数人还在工作，而他们工作的目的已经与谋生无关。但我也知道，那时仍然存在着许多需要人去做的工作，有些甚至十分艰险。比如火星，它的环境不可能在两个多世纪中地球化，在火星的荒漠中开拓和建设肯定是艰巨的任务。同时，在水星灼热的矿区，在金星的硫酸雨中，在危险的小行星带，在木卫二冰冻的海洋上，甚至在太阳系的外围，在海王星轨道之外寒冷寂静的太空中，都有无数人在工作。你当然有权选择自己的生活，但如果你是他们中的一员，我为你而骄傲。

我相信在你们的时代，一个一直在想象中存在的最伟大的工作或使命已经成为现实，它的艰巨和危险，它所需要的献身精神，在人类历史上是史无前例的，那就是恒星际的宇宙航行。我相信在你看到这封信的时候，第一艘飞向其他太阳的飞船已经出发，还有更多的飞船即将起航。对于飞船上的探索者来说，这都是单程航行。虽然他们都有很长的寿命，但航程更加漫长，可能以千年甚至万年来计算。我不想让你生活在一艘永远航行中的飞船上，但我相信这样的使命对你会有吸引力，因为你是我的女儿。

你在那时过得快乐吗？我知道，每个时代都有自己的烦恼，我无法想象你们时代的烦恼是什么，却能够知道你们不会再为什么而烦恼。首先，你不用再为生计奔忙和操劳，在那时贫穷已经是一个古老而陌生的字眼；你们已经掌握了生命的奥秘，不会再为疾病所困扰；你们的世界也不会再有战争和不公正……但我相信烦恼依然存在，甚至存在巨大的危险和危机，我想象不出是什么，就像春秋战国的人想象不出地球温室效应一样。这里，我只想提一下我最担心的事情。

你们遇到TA们了吗？你知道我指的是什么，人类与TA们的相遇可能在十万年后都不会发生，也可能明天就发生，这是人类面临的最不确定因素。我写过一部关于人类与TA们的科幻小说，那部书一定早已被遗忘，但我相信你还记得，所以你一定能理解，关于未来，这是我最想知道的一件事。你们已经与TA们相遇了吗？虽然我早已听不到你的回答，但还是请你告诉我一声吧，只回答“是”或“不是”就行。

亲爱的女儿，现在夜已经深了，你在自己的房间里熟睡。这年你十三岁。听着窗外初夏的雨声，我又想起了你出生的那一刻。你一生出来就睁开了眼睛，那双清澈的小眼睛好奇地打量着这个世界，让我的心都融化了。那是21世纪第一年的5月31日，儿童节的前夜。现在，爸爸在时间之河的另一端，在二百多年前的这个雨夜，祝你像孩子一样永远快乐！

爸 爸

发表于2013年6月1日《新京报》

壮丽的宇宙云图
——《隐藏的现实:平行宇宙是什么》序

文明的历程,就是人类越看越远的历程。随着视野的延伸,人们所知道的宇宙变得越来越大。

我小时候生活在太行山区,那时远方的山脊线在我眼中曾经是很奇妙的东西。看着那条以空旷的天空为背景的山脊,我总是好奇山的那边会有什么东西,渐渐地开始想象山那边有一个很神奇的世界。对于那时的我,那条山脊线就是世界的边缘。对于人类的远古祖先来说,这种感觉可能常常出现。在那时的人们眼中,可能一条山谷就是世界的全部。

不同民族的神话传说中,都出现过淹没全世界的大洪水的叙述,以至于人们曾认为地球真有过一个大洪水时代。其实这可能是一个误解,因为神话中的“世界”概念与我们今天大不相同。比如最著名的《圣经》中的大洪水,也声称是席卷全世界,但那个世界只是地中海地区极其有限的一个范围,那次洪水也只是一次地区性洪水而已。即使黑海灌入地中海的猜测成立,离现今意义上的世界性洪灾也还差得远。

后来，人类的世界视野扩展到整个地球，并延伸到星空中。但在相当长的一段时间里，人类所认识的宇宙仍然只有太阳系大小，土星和海王星就是宇宙的边缘。17世纪末恒星视差的发现，使人类眼中的宇宙的尺度发生了一次巨大的飞跃。但直到20世纪初，科学家们仍然认为银河系就是宇宙的全部。现在，可观测宇宙的尺度已经扩展到百亿光年以上，这是一个人类的想象力已经难以把握的巨大存在，但平行宇宙理论告诉我们，这样一个巨大的宇宙并非存在的全部，而可能只是沧海之一粟。

我们对多重宇宙理论并不陌生，但大多来源于量子力学的多世界假说，但在这本书中，作者为我们描述了多达九种可能的多重宇宙，大多以前鲜有听闻，量子力学的那一种反而放到了最后。

在这九种平行宇宙中，最为直观的应该是所谓百纳布多重宇宙。我们对宇宙无限的概念并不陌生，在一个无限的宇宙中，相距遥远的区域必然形成无数的多重宇宙，最惊人的推论是：基本粒子的组合方式是有限的，如果宇宙无限，那么必然会出现粒子的组合与我们所在的子宇宙相同的其他子宇宙，而这样的子宇宙也有无穷多个，也就是说，我们的世界可能有无数个拷贝。这是一个在数学上最能为我们普通人所理解的多重宇宙模型。最具哲学性的是所谓终极多重宇宙，设想所有可能的规律和参数都是存在的，都能构成各自的宇宙，甚至包括那些无法用数学计算和表达的规律，这无疑是无穷大中的无穷大了。这样的宇宙动摇了认识论的哲学基础，因为科学探索是建立在这样的动机上，即试图说明宇宙规律和宇宙参数为什么是现在这个样子，但在终极多重宇宙中，所有的可能性都存在，就像鞋店中有所有尺寸的鞋子，其中必然有合我们脚的那一双，这样一来，探索的意义就大打折扣。除以上两种外，书中还描述了包括弦论在内的现代最前沿的物理学和宇宙学理论所产生的多重宇宙模型，甚至还探讨了可能在计算机中产生的虚拟宇宙。

我一直认为，人类历史上最伟大最美妙的故事，不是吟游诗人唱出来的，也不是剧作家和作家写出来的，而是科学讲出来的。科学所讲的故事，其宏伟壮丽、曲折幽深、惊悚诡异、恐怖神秘，甚至浪漫和多愁善感，都远超文学故事。这本书更证明了这个想法。作为一个科幻迷，我在读此书时充满了阅读科幻小说的快感，但此书的想象力却远远超越了科幻，其宏大和疯狂的程度是任何科幻小说所不及的，比如，弦论中的高维空间形态有10的500次方之多，由此可能产生同样数量的多重宇宙，而我们所在宇宙所有基本粒子的总和也不过10的34次方；还有那包含一切可能的终极多重宇宙，科幻小说中从来不敢描述这样的概念。读这本书的自始至终，震撼紧跟着震撼，神奇叠加着神奇，书中思想之辽阔深远、想象力之疯狂，让人头昏目眩。但本书不是科学幻想，其中的每一种多重宇宙模型，都是严谨的科学推论，都有着理论和数学基础，其含金量是科幻小说所远不能比的。所以，科学不是想象力的桎梏，恰恰是想象力的源泉和翅膀。本书的书名本来叫《宇宙的云图》，我感觉这个书名更贴切一些。在这幅壮丽的云图面前，我们的思想尺度被拉伸到极致，有一种站在无限时空之外的上帝的体验。

现代科学，特别是物理学，已经进化到极其深奥的领域，其前沿理论所描述的世界已经远远超出了我们日常的经验范围，而描述这些理论所用的艰深的数学语言也让人望而生畏。但本书的作者格林却有一种伟大的才能，能够把最深奥和晦涩的理论用符合我们现实经验的语言描述出来,不仅能够为我们所理解,而且这些描述还鲜活生动,富有美感。这种才能在他之前一本介绍弦论的书《宇宙的琴弦》中已经表现出来,那是我读过的对包括相对论、量子力学和弦论在内的现代理论物理学介绍得最为清晰明白的一本书,格林的才能在这本书中更是发挥得淋漓尽致。同时,本书的翻译也十分出色,译者对理论物理学和宇宙学有着专业而深刻的理解,用流畅的译文完美地表达了原书的意蕴。在高层次科学传播著作的翻译中,本书可以说是一个典范。

说到科学传播,不由生出诸多感慨。相对于有着明确现实意义的应用科学和技术,每个人更应该了解的却是最基础的科学理论,以及其最前沿的进展,因为这是人类眼中宇宙和大自然的最新图景。如果一个人,从降生起直到老死,终生都没有走出过家门,这无疑是十分悲惨的人生。而如果我们在短暂的人生中匆忙而过,对超出我们视觉的宏大和微小的世界毫无了解,每天的思想都在生活和工作的范围里徘徊,那就等于在精神上一辈子没走出过家门,这无疑是人生的一大遗憾。

曾经,基础科学的最新理论对社会和人们的思想产生了深刻的影响,哥白尼的日心说、牛顿的古典力学以及达尔文的进化论,莫不如此。但后来,这种影响渐渐消失了,基础科学,特别是理论物理学,变成了象牙塔上的空中楼阁,离社会生活越来越远。如果要找出一个界限的话,那就是量子力学,大众正是在量子力学出现之后才对理论物理学和宇宙学渐渐陌生的。相对于包括相对论在内的基于决定论的古典理论,量子力学以后的物理学显现出全新的哲学面貌,对人们所习惯和熟悉的认知方式产生了巨大的挑战,特别对于一直接受单一哲学教育的中国公众,这种陌生感和挑战就更加明显。

于是产生了一个令人不安的现象:在科学技术飞快改变着人类生活的同时,科学的最新的世界观却不为人知,社会公众和科学家眼中的大自然和宇宙的差距越来越大,公众眼中的宇宙仍是一幅古典的图景。这种认知的差距可能成为社会进步的潜在的最大障碍。

例如,现代物理学和宇宙学为我们展示了一个极为广阔的宇宙,而平行宇宙理论的出现,不论书中的九种多重宇宙假说的哪一种成为现实,都使宇宙的广阔又提高了许多个数量极,使人迹未至的广漠空间又复制了无数份。这种宇宙与人类在大小上的反差触目惊心,这种反差其实是一个明确无误的哲学上的启示,召唤着人类走出灰尘般的地球摇篮,去填补那巨大的空白。这种开拓和扩张不仅是文明的使命,更是生命的本质。但是现在,人们显然没有感受到这种召唤,他们仍沉浸在古典的宇宙图景中,在人类中心的幻觉里得过且过。

基础科学日益远离大众,有可能使人类躺在技术的安乐窝中再次进入蒙昧时代,社会亟须第二次科学启蒙运动,这就使得《隐藏的现实:平行宇宙是什么》这样优秀的科学传播著作具有了不可估量的意义。

发表于2013年7月人民邮电出版社

《隐藏的现实:平行宇宙是什么》,[美]B.格林 著,李剑龙 等 译

走了三十亿年，我们干吗来了？

——《太空将来时》序

对现今盛行的成功学进行的比较严肃和严谨的研究表明，大部分成功的方法和秘诀都用处不大，因为这里面有一个误区：只举出了用这些方法取得成功的那个或那几个人，却没有看到其他数量庞大的人群也这么做过却与成功无缘。但真正通向成功的比较可靠的方法还是有的。研究表明，一个人从小树立起远大的理想或志向，并在以后的岁月中持之以恒地朝向这个理想努力，是比较可靠的取得成功的途径。现在流行的一万小时定律，也就是这个途径的另一种说法。

作为一个科幻小说作者，我倾向于把全人类看作一个整体。在科幻文学的潜意识中，人类就是一个人。那么，我们当然想知道这个叫“人类”的人怎样做才能在宇宙中取得成功。有理由相信，树立起远大的理想并持之以恒地朝这个理想努力，是人类取得成功（或至少生存下去）的关键。那么就让我们考察一下人类的理想，首先看看这理想是什么，再估量一下它有多么远大。

人类的共同理想是什么，这是一个比较复杂的问题，却有一个比较确定的答案。设想就这个问题对全球六十多亿人进行一次全面的问卷调查，就像前一阵儿问“你幸福吗”那样，统计出来的主流答案是可以大致确定的：物质财富丰富，制度民主，世界上的每一个人都能在物质和精神层面过上幸福的生活。把这样一个理想作为全人类所有种族和国家都认可的理想，应该是没有什么问题的。

请注意这里面有一个隐含的前提：无论说“社会”还是说“世界”，其实都是指的地球。无论是学者、政治家还是平民，说到两个词的时候，潜意识中很少往月球轨道以外想。那么，对于全人类的共同理想，我们可以精简为一句话：在地球上过好日子。

为了考察这个理想的远大程度，我们树起一个参照物，在落后的农业时代，一个居住在偏远闭塞的小村庄中的老实巴交的农民的理想：种好自己祖传的一亩三分地，冬天把炕烧得暖暖和和的，娶个老婆，生三个孩儿。

这个参照物已经足够低矮了，想想那个“放羊—娶媳妇—生娃—放羊”的说法，现代人显然对这个低矮的人生目标充满轻视和怜悯。

那么就让我们进行一番比较。为了量化，我们这里提出一个“理想指数”的概念，就是人安于生活的地区的半径，与他经过努力能够到达的世界的半径之比。

先看看那个农民的理想指数：首先确定他生活地域的半径，按照他的卑微理想，应该是从所居住的村庄到自己田地的距离，这个不同地区差异较大，平均两公里应该是比较合理的。再看他经过努力能够到达的世界的半径，按照他所处的文化环境，应该可以从村里的教书先生或某个外来人那里知道自己生活在一个叫地球的大圆球上，取赤道周长的一半即20 000公里，即是他能够经过努力可以到达的世界的半径。那么他的理想指数是2∶20 000，即0.000 1。

再看那个叫“人类”的人，他所安于生活的区域的半径正好是那个农民知道并通过努力能够到达的世界半径，即地球赤道周长的一半20 000公里；他所知道的宇宙半径，目前大约是150亿光年。但到达太阳系外的其他恒星已经远超出他的能力，甚至现在看来有可能永远都到达不了，所以我们不考虑太阳系之外的距离；太阳系的最远边界是奥尔特云，距太阳约1光年，按照他的飞船现在所能达到的最快速度要走两万多年，也不考虑；我们只考虑太阳系的外围柯伊伯带，平均距太阳有200亿公里，这应该是合理的，因为他的探测器“旅行者1号”已经飞出了150亿公里，肯定能够到达这个距离。那么，人类的理想指数是20 000∶20 000 000 000，即0.000 001。

现在我们看到，人类的理想指数，只及那个老实巴交的农民的1%，换句话说，他那让现代人轻视和怜悯的低矮卑微的理想，其实比全人类的理想宏伟了100倍！

如果放到以前，这个全人类版的老婆孩子热炕头的理想还是合理的。在以前的人类历史中，充满了饥饿、疾病、动乱和战争，在相当长的年代里，新生婴儿只有一多半能活下来，那些活下来的孩子也只有一多半能活到十五岁以上。在文明史的大部分阶段，贫穷和饥饿伴随着大部分人，甚至笔者直到上初中的时候还不能完全吃饱饭，而在那时，与别的孩子相比，我还算有一个让人羡慕的家境。所以在以前的时代，全人类求个温饱舒适，就是很伟大的理想了。

但现在不同了,大部分人已经衣食足,开始“思淫欲”了。地球上大约还有十分之一的人仍在挨饿且缺少起码的卫生医疗条件,但现代文明正以前所未有的速度缩小着贫困的范围。历史意义上的贫困被完全消灭的那一天虽不是指日可待,也不会太遥远了;另一方面,随着社会的进步,人类的野蛮争霸时代已经结束,普世价值得到了越来越多的共同认可,爆发全球规模战争的可能性迅速降低……总之一句话:人类从二十万年前走出非洲以后,第一次安顿下来了。

远古的地球上,在闪电打击下的浑浊海洋中诞生了第一个可以自我复制的有机分子,然后经过三十多亿年漫长而曲折的进化,地球上终于出现了第一个智慧文明。回首背后这条长得无法想象的路,我们自然感慨万千、唏嘘不已,而现在已经是时候该问自己一句:走了三十多亿年,我们到底干吗来了?

换句话说,人类应该树立起稍微远大一些的共同理想。这个理想是什么,可以从不同的方面得到不同的启示,有科学的,有宗教的,但有一个最大最明显的启示:可见的宇宙半径一百五十亿光年,可以到达的地方有二百亿公里,而我们现在生活的范围只有两万公里,地球是一粒生机勃勃的尘埃,而它飘浮的这个广漠的空间却一直空荡荡的,就像一座摩天大楼中只有一个地下贮藏间的柜橱里住上了人。这个巨大的启示一直悬在我们上方,这无声的召唤振聋发聩,伴随着人类的全部历史。这个启示,就像三十亿年前海洋给予第一个可复制自己的有机分子的启示,已经把人类文明的使命宣示得清清楚楚。

当然,我们也清楚,这类大而空的慷慨激昂不会打动这个叫“人类”的人,已成为地球宅男的他,更在乎的是如何过得更富足更舒适,至于如何在宇宙中更有出息，不在他的考虑范围内。那我们从另一个角度来看这个使命，就会发现它具有更为重大的现实意义，不仅关系到地球宅男的舒适和惬意，也关系到他的生死存亡。

地球生态圈是一个不稳定的动态的封闭系统，且像生命体一样，寿命是有限的，美国在亚利桑那州沙漠中进行的“生态圈2号”实验就证明了这一点。我们觉察不出地球生态圈的衰老，是因为与占地不到一公顷的“生态圈2号”相比，它太庞大了。它的寿命是以地质纪年来计算的，虽然漫长，但总有终结的时候。地球生态就像时间长河中的一个旋涡或一道孤立波，动态的平衡随时都会被打破，随时都可能发生剧变甚至崩溃。

举一个例子：全球海平面上升或下降十二米，对脆弱的现代人类社会都将是巨大的灾难。前者大家已经熟知，沿海城市和经济区将被淹没，向内陆迁移的大量人口将导致难以想象的社会动乱和经济崩溃；而海平面下降则更为可怕，因为这种下降的唯一原因是全球气候变冷致使陆地冰川增加，在这种气候剧变的情况下，全球的农业体系将完全崩溃，在达到新的稳定前，现有人口的三分之二都可能会死于饥饿。

但人们很少想到，就在短短的两万年时间里，海平面高度的波动不是十二米，而是一百二十米，在两万年前的最后一个冰期，全球海平面比现在要低一百二十米！

所以，即使不用很长远的眼光看，地球也只是一个暂住的地方，人类的未来在太空中。

综上所述，我们应该重新认识航天探索的意义。

说到航天成就的意义，普通人能想到的，无非就是增强国力和促进经济发展，具体一点，能够更准确地预报天气，能有自己的全球定位系统，能有更大的通信带宽，太空育种能使西红柿长得更大或更小……但这绝非航天探索的真正图景。

把全人类看作一个在时间长河中流浪的族群，在这六十多亿人的漫长队伍中，人可以分成三类：最多的是在队伍中间的人，他们随大流而行，大队向哪儿走他们就向哪儿走；另一部分人处于队伍的边缘，他们警惕地守护着族群的安全，抵御着来自两侧茫茫荒野的威胁；还有极少一批人，他们处于队伍的最前端，他们始终面对着前方从未有人涉足的地域，他们踏下的每一个脚印，都是那块土地上开天辟地以来的第一个，他们披荆斩棘，为身后的族群开拓着更为广阔的生存空间。这样的人从事的无疑是最伟大的事业，而航天就是这种事业。

在苏联著名的航天题材电影《训火记》中，一位将军对一位国家领导人发出抱怨，他指责那些航天科学家“只想着探索宇宙，而不是国家利益”。现在，他所说的国家，已连同它的利益一起消失在历史的迷雾之中，对除了历史学家之外的所有人都无关紧要了，但航天科学家在航天领域的功绩却没有随着国家消失。如果人类延续到万年以后，大概不会有哪个孩子傻乎乎地问：“爷爷，第一个社会主义联盟是谁呀？”但肯定有孩子问：“爷爷，是谁第一次把人送出地球？”

其实，我认识的从事航天事业的朋友也没有意识到他们事业的本质，他们谈的也都是我们共有的酸甜苦辣。对于航天人和从事航天事业的国家里的每一个公民来说，意识不到航天的本质，将痛失一笔巨大的精神财富。

《太空将来时》正是一本让我们重新认识航天事业的书。本书的内容丰富，从太空城到行星探测，从空天飞机到太空电站，从航天食品到宇航心理，几乎涵盖了航天事业所有的领域，有着丰富和翔实的技术细节和巨大的信息量。它用生动的语言娓娓道来，为我们展现了一幅人类航天事业的宏伟画卷。

但本书最大的亮点还在于“将来时”。

最近有人提出，IT技术的进步和普及造成了一种进步的假象。事实上，人类在除IT以外的其他技术领域，自上世纪60年代以来并无太多突破性进展。这种状况在航天领域尤其明显，在登月以后的这几十年，航天技术在包括推进系统在内的大部分基础技术方面都无重大突破，只是在原有的基础上修补完善。《太空将来时》的作者意识到了这一点，本书不仅介绍了航天事业现在是什么样子，还更多地描述了它应该是什么样子和可能是什么样子，这使得本书与其他的航天科普著作相比站到了一个更高的视角上。这些对航天技术可能性的预测不是科学幻想，而是建立在坚实的科技基础上，甚至连拙作“三体”系列中那些空灵的宇航梦想，作者都给予了令人信服的科学解释。

《太空将来时》告诉我们，人类把整个太阳系开拓为家园，拓展相当于十万个地球的生存空间，绝不仅仅是一个虚无缥缈的梦想，而是在理论和技术上都可以实现的宏愿。如果我们期望人类在未来的岁月中，能够超越老婆孩子热炕头的局限，建立更宏伟的理想，那么本书将为这个理想提供科学的论据，提升开拓新世界的信心。这确实是《太空将来时》最为激动人心的地方。

发表于2013年7月清华大学出版社
《太空将来时》，赵洋 著

2013年，转化中的科幻文学

2013年10月，第四届华语科幻星云奖颁奖大会在太原举行，这本身就是一件很科幻的事。山西作为现实主义文学的大本营，涌现了像赵树理和马烽这样的大家，其文学充满了厚重的现实感和黄土气息，与科幻似乎处于两个极端。而太原是一座历史久远的古城，这次会议是在一座两千年前就诞生的城市里想象两千年后的世界。

这一年，国内科幻文学基本延续着上一年的格局，主要的特点就是作品风格的多样化。有传统的以科学技术为核心的硬科幻，也有充满前卫风格的文学型科幻，更有作品处于奇幻和科幻的边界地带，用绚丽的想象力和优秀的文学品质征服读者。值得注意的是，众多的风格和创作理念中，没有哪一种取得明显优势。在这个时代，随着技术的迅速进步和普及，传统科幻赖以生存的科技的神奇感日益消失，科幻文学的动力也在减退。在这种困难的环境中，国内科幻文学仍在顽强地存在和前行，而各种风格长期并存并均衡发展的格局，正是中国科幻作为一个整体,对奇迹麻木的时代所做出的反应。科幻文学正有意识或无意识地在众多方向上试探和尝试,试图找到新的突破点。

这一年,国内科幻文学的另一个显著特点是,科幻现实主义受到关注,在最有分量的奖项"长篇小说""中篇小说"和"短篇小说"奖中,获得金奖的三部作品中有两部涉及科幻现实主义的理念。陈楸帆的长篇小说《荒潮》描述了一个近未来的时代,虽光怪陆离,却是现实的直线延伸;张冉的短篇小说《以太》,则描述了未来一种匪夷所思的非技术交流方式,对网络信息时代的舆论控制给予了科幻式的隐喻。这些作品,都是从全新的科幻文学角度描述现实,具有主流的现实主义文学所不具备的视角。而科幻现实主义的理念,也在科幻作家群中得到越来越多的认可。在现代化进程中快速发展的中国社会,以及由此带来的众多与机遇并存的挑战和危机,都为科幻现实主义提供了肥沃的土壤。我们期待,科幻现实主义能够同拉美的魔幻现实主义一样,赋予中国科幻文学独特的内涵。

科幻文学衰落的说法一直没有消失,就像网上的"月经帖"一样,隔一段时间就出现一次。现在看来,科幻并没有衰落,而是在转化,转化为某种或多种更适合于现代传播技术的形式,同时也转化为一种日益受到重视的思想方式。

影视是科幻文学的一个明显的转化方向。与其他文学形式相比,科幻更适合用可视化的影像来表达。随着美国科幻大片在国内取得成功,国内影视界对科幻电影给予了前所未有的关注。近三年来,有多个大投资的科幻电影项目相继启动。但今年的情况却发生了意想不到的变化:首先,国内以前那种只要是大投入的影片就能赚钱的趋势中止了,近来的大片在票房上相继折戟沉沙,有的亏损巨大;其次,中低成本影片却意外地连续取得成功,这至少在现阶段对国内的大投资科幻电影是个打击。科幻片转向中低成本其实也存在着很大的困难,因为离开了特技效果的支撑,中低成本科幻片对剧本的要求更高,而这恰恰是国内科幻影视的软肋。在这方面,国内科幻文学界负有不可推卸的责任,至今缺少有影响力的作品和畅销书,难以为科幻影视提供厚实的文学基础。但总的来看,目前国内科幻影视也只是处于一个调整阶段,时代的需求摆在那里,在不远的将来,井喷必将到来。

今年,在国内科幻领域最值得一提的是,科幻不是作为一种文学形式,而是一种思维方式,得到了社会各界的广泛重视。科幻思维具有科学的严谨和文学的灵动,在创意日益成为经济增长驱动力的今天,具有重要意义。近来,有一些机构,甚至包括航天这样高度专业的机构,都邀请科幻作家进行交流,期望由此开阔本部门专业人员的思想。虽然这些活动数量有限,但走出了具有重要意义的一步。科幻界与专业机构和企业的互动在美国和西方早已司空见惯,有的科幻作家从事这方面活动的时间甚至超过写作的时间,期望这种交流在国内能有一个好的开端。与西方科幻作家相比,国内科幻作家缺乏这方面的经验,同时在面对如航天这样的高层次专业机构和专业人员时有一定的心理障碍,这需要双方共同的努力来克服和改进。毕竟,现代化的中国需要作为文学的科幻,更需要作为思维方式的科幻。

发表于2013年10月11日《北京青年报》

珍贵的末日体验

——《逃出母宇宙》序

人类面临的灾难是多种多样的，2012年，欧洲著名的科学传播杂志《新发现》曾经推出过一个专题：世界末日的二十个版本。如果按照灾难规模分类的话，大体可以分为三类：局部灾难、文明灾难和末日灾难。局部灾难是指人类社会的局部地区和部分成员面临的灾难；文明灾难是指涉及人类世界整体的灾难，这种灾难可能使人类文明全面倒退甚至消失，但人类作为一个物种，总能有足够的数量幸存下来，并重新开始恢复或重建文明；末日灾难是灾难的顶峰，在这样的灾难中没有人能活下来，人类作为一个物种将彻底消失。

迄今为止，人类社会所遇到的灾难绝大部分都是局部灾难，包括自然灾难，如地震和大规模传染病；人为灾难，如战争和恐怖袭击等。这些灾难虽然惨烈，但影响的范围十分有限，地理上的范围一般不会超过地球陆地总面积的十分之一，受灾人口一般不会超过三亿。

回顾历史，人类文明自诞生以来，几乎没有经历过文明灾难，《圣经》

记载的大洪水，按今天的视野看只是局部灾难，历史上有确切记载的比较接近文明灾难的灾难有两次：1438年欧洲的黑死病和上世纪的第二次世界大战。但这两者也算不上真正意义的文明灾难。黑死病杀死了当时三分之一的欧洲人口，但并没有影响到世界的其他部分。正如一部科幻小说《米与盐的故事》所描述，即使当时欧洲人口全部死于黑死病，文明也将在世界其他地区发展。第二次世界大战几乎波及全球，战场之广和伤亡之大，史无前例，但由于二战发生在核时代之前，技术水平限制了它的破坏能力，二战中所消耗的炸药的TNT当量总和是五百万吨，仅为战后不久出现的最大核弹的十分之一。不管哪一方在这场战争中获胜，人类文明都将延续下去。迄今为止几乎发生的唯一一场真正的文明灾难是上世纪北约和华约的核对峙，全面核战争一旦爆发，破坏力足以摧毁文明世界，如今这个可怕的阴影已经远去，使我们对人类理智几乎丧失的信心又恢复了一些。

至于末日灾难则从未发生过，目前也没有明显的迹象和可能性。现在基本上可以确定，在地球上可能发生的灾难都不是末日性质的。我们所能够想到的在地球范围内可能发生的灾难，如环境恶化、新的冰期、自然或人为的大规模传染病等，都只能导致人口数量的大量减少或文明的倒退，不太可能在物种级别完全消灭人类。幸存的人类将会借助于灾难前留下来的知识和技术，逐步适应灾难后的世界，使文明延续下去。

末日灾难只能来自太空。

宇宙中充满了难以想象的巨大力量，有些我们看到了但难以理解，有些我们根本还未觉察，这些力量可以使恒星诞生，也能在瞬间摧毁任何一个世界。我们的行星只是宇宙中一粒微小的灰尘，在宇宙的尺度上小到可以忽略不计。如果地球在一秒钟内消失，太阳系所受到的影响，也就是其余七颗行星的轨道因地球引力消失而进行一些调整，这样的调整主要发生在小质量的类地行星水星、金星和火星上，而大质量的类木行星的轨道变化则微乎其微。当这件在我们看来惊天地泣鬼神的灾难发生后，从太阳系的邻居比邻星看来，相当于上万公里外的一支蜡烛边上的一只蚊子掉进烛苗里，根本觉察不出什么；甚至在木星上，用肉眼都很难看到太阳系有什么明显的变化，除了太阳方向的太空中那个微弱的亮点消失了。

与地球上的灾难相比，来自太空的灾难更难预测。以人类目前的技术水平，对太阳突然灾变、近距离超新星爆发等太空灾难很难做出预报。而另一类太空灾难则从物理规律的本质上就不可能预测。如果太空中有某种灾难以光速向地球运动，由于宇宙中没有信号可以超过光速，也就不可能有灾难的信息赶在灾难之前到达地球，换句话说，我们在灾难的光锥之外，绝不可能预测到它。

末日灾难在科幻文学中得到了充分的表现，正如爱情是主流文学永恒的主题一样，灾难也是科幻小说永恒的主题。《逃出母宇宙》就是一部表现来自太空的末日灾难的作品。

《逃出母宇宙》的构想十分宏大，末日灾难的来源是整个宇宙，是真正的灭顶之灾。与其他类似题材的作品相比，本书的科幻设定有其十分独到的地方。在大部分末日题材的科幻小说中，末日像一堵墙一样轰然耸立在人类面前，一切都清清楚楚；但《逃出母宇宙》中的描述更符合人类的认知规律，小说多层面多角度地表现了人类对于灾难的逐步认知过程，真相一步步揭开，曲折莫测，峰回路转，在巨大的绝望中透出希望的曙光，然后又迎来更大的绝望，走到最后悲壮的结局。小说带着读者不断地从希望的顶峰跌入黑暗的谷底，经历着只有科幻文学才能带来的末日体验。同时，与传统的科幻小说中经常表现的太空灾难不同，《逃出母宇宙》中的宇宙灾难是一种全新的灾难类型，涉及物理学和宇宙学最前沿的知识，展现了宇宙演化的总体图景和时空最深处的奥秘，这种想象是终极的，具有无可比拟的广阔视野和哲学高度。

王晋康曾经说过，年轻的科幻作者是从未来看未来，像笔者这样的中年科幻作者是从现实看未来，而他自己则是从历史看未来。这话准确地说出了包括《逃出母宇宙》在内的王晋康科幻小说的特点。正是由于从历史看未来这一深远的视角，《逃出母宇宙》具有了凝重而深刻的内涵。作者用深沉的理性遥望想象中的人类末日，描述出一幅末日灾难中人类社会的图景。正如这一作品系列的总题目《活着》所表现的那样，在作者的世界设定中，人类的生存和延续是压倒一切的目标，为了实现这个目标，末日社会产生了与超级灾难相适应的价值和道德体系，像人的卵生、一夫多妻和极端专制这类在传统社会中大逆不道的行为和体制，在《逃出母宇宙》的世界设定中都变得合理了。

前不久，加拿大科幻作家罗伯特·索耶来中国访问，在谈及我国科幻小说在描绘末日题材时所表现出的黑暗与严酷时，他认为这同我们民族和国家在历史上的遭遇有关，而他作为一个加拿大人，对人类在宇宙中的未来则持一种乐观的态度。我完全同意他的观点，历史的烙印不可避免地出现在对未来的想象中。但反观地球文明在宇宙中的地位，人类作为一个整体，在宇宙中不像现代的加拿大，倒更像五百年前欧洲移民到来之前的加拿大土著人。当时，由不同民族组成并代表至少十个语族的上百个部落，共同居住在从纽芬兰省到温哥华岛的加拿大。设想当时如果有一位土著科幻作家，也用同样的乐观设想他们的未来，现在回头看看显然有些太乐观了。不久前出版的由加拿大土著人作家乔治·斯伊拉兹马斯和乔·桑德斯所著的书《加拿大的历史：一位土著人的观点》引起社会广泛关注，其中对此有着刻骨铭心的叙述。

正因为从历史看未来，王晋康的作品具有鲜明的中华文化色彩，即使在想象中的未来和想象中的末日，这种色彩也是那样鲜明而厚重。《逃出母宇宙》虽然对传统的价值体系进行了大胆的颠覆，但其深层的思想是中国的，其中主要人物的思考和行为方式也具有鲜明的中国文化印记，书中反复出现的忧天的杞人形象就是这方面生动的象征。这部作品给人留下的一个深刻命题是：包括中华文明在内的古老的东方文化和价值体系，是否在未来的末日灾难中具有更大的优势？

当然，《逃出母宇宙》展现的只是一种可能性，科幻的魅力就在于把不同的未来和不同的选择展现在人们面前，我们当然期待能出现另一类描述末日的更加乐观的科幻小说，展现一幅完全不同的末日图景，比如在其中人类传统的核心价值得以保留。

回到太空灾难的话题上。对于这些来自太空的难以预测的灭顶之灾，人类社会无论从理论上还是在现实中都没有做过相应的准备。对末日的研究大多停留在宗教中，没有上升到科学高度。思想家们对人类社会的思考，大多着眼于现实层面，即使思考未来，也是局限于现实的直线延伸，很少考虑末日灾难这样的突变。所以，从启蒙时代思想家的经典著作，到今天学派纷繁的理论，对末日灾难下人类社会的政治、经济、法律、伦理和文化的研究都很少见。

在现实层面,几乎没有一个国家的宪法和法律涉及末日灾难,这显然是人类宪政体系中的一项重大缺失。我曾经与一位学者讨论过这个问题,他认为现有的法律体系中对于灾难已经有了比较完善的架构。这位学者其实没有注意到局部灾难与文明灾难和末日灾难的区别,最大的区别是:局部灾难发生时存在外部的救援力量,而且这种救援力量一般都很强大,往往是整个社会集中力量救援只占国土一小部分的灾难地区和人群。但对于文明灾难和末日灾难,人类世界整体同时处于灾难中,外部救援力量根本不存在。这时,现有的法律和道德体系将无法适用。对于末日灾难,在法律和道德上的核心问题是:如果集中全部社会资源只能使少数或一部分人幸存,该怎么办?迄今为止,现代的法律和伦理体系对这个问题一直模糊不清。不可否认,在现有的社会价值观中,对这个问题进行讨论是十分困难的,会出现激烈的争论和多种选择:可以选择让部分或少数人幸存,也可以选择坚守人类的传统价值观,让所有人平静地面对死亡。这些选择孰是孰非,可以见仁见智地讨论,但不管选择哪一种,最后在法律和伦理上必须明确:这是一个文明世界对自己应负的责任。否则末日到来之际,世界将陷入一片恐惧和茫然,在最后在大混乱中,人类既失掉尊严,也失去未来。

在这种情形下,《逃出母宇宙》所带来的震撼的末日体验,更彰显了科幻文学独特的价值。

发表于2013年12月四川科学技术出版社

《逃出母宇宙》,王晋康 著

最糟的宇宙，最好的地球

——《三体》和中国的科幻小说

三年前，中国出现了一本奇怪的书。首先，它有一个奇怪的书名：《三体》（本书共三部，全名是《地球往事》，后两部的书名分别是《黑暗森林》和《死神永生》，但在中国，人们还是习惯把三部曲统称为《三体》）。这是一部科幻小说，科幻小说在中国是一个处于十分边缘位置的文学体裁，被认为是低幼的少儿文学，不受关注。而《三体》的主题——外星人入侵——在中国同样是一个虽不陌生，但很少有人关心和提及的话题。这样，《三体》在中国所发生的事确实有些出人意料。它出版后引起了中国各阶层的广泛关注，引发了大量的讨论，对于科幻小说来说，这是以前从未有过的事情。

以在校学生为主的科幻读者圈之外，首先关注《三体》的是IT企业界。企业家们多次在论坛和其他场合谈到《三体》第二部中创造的宇宙“黑暗森林”原理，以及第三部中外星文明对太阳系降低一个空间维度的攻击，以此来类比国内互联网业界的竞争状态。接着《三体》在文学界产生了影响，中国文学一贯以现实主义小说为主流，《三体》像一个突然闯入的怪物，让评论家们不知所措又不得不正视。《三体》的影响也渗入科技界，研究宇宙学和弦论的理论物理学家李淼专门为此写了一本书：《〈三体〉中的物理学》；在航天领域，《三体》也拥有大量读者，国家空间技术研究机构邀请作者进行咨询（尽管在《三体》第二部中，国家航天系统被描写为极端保守和僵化的形象，以至于多名航天高级官员和科学家被一名激进派军官狙杀在太空中）。这种事情在美国可能司空见惯，但在中国却绝无仅有，这也与官方舆论在20世纪80年代对科幻的打压形成鲜明对比。网络上流传了多首为《三体》谱写的音乐和歌曲，人们殷切盼望《三体》电影的出现，以至于网友用已有的影视视频材料剪切成《三体》的虚假的电影预告片。在微博上，突然涌现出大量《三体》中人物名字的ID，最后所有人物的ID都在网上出现了，形成了一个网上的组织，以书中人物的视角给出对现实问题的看法，继续演绎着《三体》的故事，以至于有人推测，《三体》中外星入侵者在人类中的第五纵队——地球三体组织（ETO）——已经在现实中出现了；网上甚至在销售ETO的徽章。在去年国内最大的主流媒体中央电视台举办的一次以科幻为主题的访谈节目中，演播室内的上百名观众突然高呼《三体》中ETO的口号："消灭人类暴政，世界属于三体！"让两位著名主持人错愕不已。

在这些事情发生时，科幻小说在中国已经走过了一个世纪的历程。

中国的科幻小说诞生于20世纪初的清朝末年，当时，西方的科学技术在中国引起了广泛的好奇与向往，被认为是国家摆脱贫弱落后的希望，涌现了大量对科学技术进行普及和想象的作品，其中也包括科幻小说。戊戌变法的领袖之一、著名思想家梁启超就写过一篇名为《新中国未来记》的科幻小说,想象了百年后才变为现实的上海世界博览会。

与其他文学体裁在中国的经历一样,科幻小说在中国也一度被工具化,服务于某一很现实的目的。在其诞生初期,就成为中国人强国梦的宣传品,在清末民初的科幻小说中,中国无一例外地成为富强先进的国家,让全世界向往和朝拜。在新中国成立后的20世纪50年代,科幻小说则成为向大众普及科学的工具,所面向的读者主要是少年儿童。这时的科幻小说中的幻想以现实技术为基础,并未超越其太远;作品大多以技术设想为核心,没有或少有人文主题,人物简单,文学技巧即使在当时也是简单而单纯的;小说中所描写的空间范围基本上没有越出火星轨道,时间也都在近未来。在那一时期的中国科幻小说中,科学和技术都是以完全正面的形象出现,科技所带来的未来都是光明的。

回顾这一段中国科幻小说的历史,有一个值得注意的有趣现象:当时,中国国内的政治氛围十分浓重,对共产主义理想的教育充满了社会生活的方方面面。以未来社会为描写对象的科幻小说,本应该成为描绘共产主义理想社会的有力工具,但实际上这事却从来没有发生过,几乎没有出现过以共产主义为主题的科幻小说,甚至连简单的宣传图解都没有。

到了20世纪80年代,随着改革开放,西方科幻对中国科幻小说的影响逐渐显现,中国科幻作家和评论家开始了一场科幻小说到底是属于文学还是科学的争论,最终以文学派的胜利告终。这场争论对中国科幻文学的发展方向产生了重大影响,某种程度上可以看作西方科幻小说新浪潮运动在中国迟来的回响。科幻文学开始摆脱科学普及的工具性使命,朝新的方向发展。

从20世纪90年代中期至今,中国科幻小说进入新的活跃期,新时期的中国科幻从作家到创作理念都是全新的,与上个世纪几乎没有联系。在日益多元化的科幻创作中,中国科幻也正在失去自己曾经有过的鲜明特色,越来越趋同于世界科幻,在美国科幻小说中出现过的所有题材和风格,都能在中国科幻中找到对应的作品。

值得注意的是,上个世纪中国科幻中的科学乐观主义几乎消失了,对科技发展的怀疑和忧虑在中国科幻小说中得到了大量的反映,未来景象变得阴暗和飘忽不定,即使光明的未来偶尔出现,也是经历了难以想象的曲折和灾难。

《三体》出版之际,中国的科幻界正处于焦虑和压抑之中。科幻文学长期处于边缘化状态,科幻小说的市场很小,只有一个很封闭的读者圈子。中国的科幻迷一直是一个顾影自怜的群体,他们一直认为自己生活在孤岛上,感到自己的世界不为别人所理解。而与此同时,科幻作家们正在为吸引科幻迷圈子外的读者做出巨大的努力。他们认为,要想吸引圈子外的读者并获得主流的承认,必须抛弃坎贝尔式的"科幻原教旨主义",提高科幻小说的现实性和文学性。

《三体》的前两部也体现了这种努力。第一部描写了"文革"的故事;第二部中,在抗击外星侵略的近未来,中国仍处于现在的社会体制之下。这些,都是试图增加读者的现实感,为科幻的想象找到一个现实的依托和平台。也正因为如此,作者和出版商都对即将出版的《三体》的第三部失去了信心,因为随着故事的发展,第三部不可能再与现实接轨,只能描写遥远的未来和更加遥远的宇宙,而这些,被认为是中国读者不感兴趣的。于是作者和出版商达成了一致意见,认为既然第三部不太可能取得市场上的成功,就干脆抛弃科幻圈外的读者,写成一部很纯的科幻小说,这也算是对身为铁杆科幻迷的作者的一个安慰。于是,第三部成为了科学幻想的狂欢,描写了多维和二维世界,出现了人造的黑洞和小宇宙,故事在时间上一直到达宇宙末日。但出乎作者和出版商的预料,正是只写给科幻迷看的第三部造就了"三体"三部曲的巨大成功。

《三体》的经历让科幻作家和评论家们重新思考中国科幻和中国本身,他们发现自己以前忽略了中国读者的思维方式正在悄然发生的变化。随着现代化进程的加速,新一代的读者不再像他们的父辈那样把思想局限于狭窄的现实,而是对未来和星空产生了更浓厚的兴趣。这一时期的中国,很像科幻小说黄金时代的美国,科学技术使未来充满神奇感,机遇和挑战都同样巨大。这是科幻小说生存和成长的肥沃土壤。

回到《三体》本身上来,科幻小说是一种展示不同的可能性的文学,宇宙也有多种可能性。对人类来说,有最好的宇宙,有中性的宇宙,而《三体》所展示的,是最糟的宇宙。在这样一种可能的宇宙中,生存的严酷和黑暗达到了极限。

不久前,加拿大科幻作家罗伯特·索耶来到中国,在谈及《三体》时,他给出了作者选择最糟的宇宙的原因:他认为这同作者的民族和国家在历史上的遭遇有关,而他作为一个加拿大人,对人类与外星文明的关系就持一种乐观的态度。其实不是这样,在20世纪的中国科幻小说中,宇宙是充满善意的,外星人大都以慈眉善目的形象出现,以天父般的仁慈和宽容，指引着人类这群迷途的羔羊。金涛的《月光岛》中，外星人抚慰着经历“文革”的中国人心灵的创伤；童恩正《遥远的爱》中，人类与外星人的爱情凄美而壮丽；郑文光的《地球镜像》中，人类的道德无比低下，甚至把技术水平高出几个数量级但菩萨心肠的外星文明吓跑了！

但反观地球文明在宇宙中的地位，人类作为一个整体，在宇宙中不像现代的加拿大，倒更像五百年前欧洲移民到来之前的加拿大土著人。当时，由不同民族组成并分属至少十个语族的上百个部落，共同居住在从纽芬兰省到温哥华岛的加拿大。他们面对外来文明时的遭遇，显然与《三体》中的描述更为接近。不久前出版的由加拿大土著人作家乔治·斯伊拉兹马斯和乔·桑德斯所著的《加拿大的历史：一位土著人的观点》一书引起了广泛关注，其中对此有着刻骨铭心的叙述。

在《三体》这样的科幻小说中描写最糟的宇宙，是为了能有一个最好的地球。

发表于2014年6月9日作者新浪博客

《三体》英文版后记

童年的一个夜晚在我的记忆中深刻而清晰:我站在一个池塘边——池塘位于河南省罗山县的一个村庄前,那是我祖辈生活的村庄——旁边还站着许多人,有大人也有小孩,我和他们一起仰望着晴朗的夜空,漆黑的天幕上有一颗小星星缓缓飞过。那是中国刚刚发射的第一颗人造卫星"东方红一号",时间是1970年4月25日,当年我七岁。

那时距人类第一颗人造卫星进入太空已经十三年了,距第一位宇航员飞出地球也有九年,而就在一个星期前,"阿波罗13号"飞船刚刚从险象环生的登月飞行中返回地球。

但这些当时我都不知道。我看着那颗飞行的小星星,心中充满了不可名状的好奇和向往,而与这些感受同样记忆深刻的,是饥饿。当年这个地区很贫穷,饥饿伴随着每一个孩子,而我还算是比较幸运的,因为我脚上穿着鞋,站在旁边的小伙伴们大部分光着脚,有的小脚上冬天留下的冻疮还没好。在我的身后,村中破旧的茅草房里透出煤油灯昏暗的光。这个村子直到上世纪80年代还没有通电。

旁边的大人们说,人造卫星和飞机可不一样,它是在地球之外飞。那时大气还没有被工业粉尘所污染,星空清澈明亮,银河清晰可见。在我的感觉中,那满天的群星距离我们并不比那颗移动的小星星远多少,所以我觉得它是在星星间飞行,甚至担心它穿越那密密麻麻的星群时会撞上一颗。

那时我不在父母身边,他们在上千公里外的山西省的煤矿工作。几年前,在我更小的时候,那里是“文革”中各派别武斗的重灾区。我记得夜里的枪声,记得街上驶过的大卡车,车上挤满了带枪的人,他们的胳膊上都有红袖章……但那时我太小了,不知道这些画面是真实的记忆还是后来的幻觉。不过有一点是真实的:当时矿上的环境不安全,加上父母受到“文革”的冲击,只好把我送回河南的农村老家。看到人造卫星的时候,我在这里已经待了三年多。

直到几年后,我才知道了那颗人造卫星与其他星星的距离。那时我看了一本叫《十万个为什么》的书,是当时中国流行的一套科普丛书,我看的是天文卷。从书中我第一次知道了光年的概念。在这之前,我已经知道光一秒钟能够绕地球跑七圈半,而以这骇人的速度飞驰一年将跨越什么样的距离?我想象着光线以每秒三十万公里的速度穿越那寒冷寂静的太空,用想象努力把握着那令人战栗的广漠和深远,被一种巨大的恐惧和敬畏所压倒,同时又有一种吸毒般的快感。从那时起,我发现自己拥有一种特殊的能力:那些远远超出人类感官范围的极大和极小的尺度和存在,在别人看来就是大数字而已,而在我的大脑中却是形象化的,我能够触摸和感受到它们,就像触摸树木和岩石一样。直到今天,当一百五十亿光年的宇宙半径和比夸克都小许多数量级的弦已经使人们麻木时,一光年和一纳米的概念仍能在我的心中产生栩栩如生的宏大或精微的图像,激起一种难以言表的宗教般的震撼和敬畏。与没有这种感受的大多数人相比,我不知道这是幸运还是不幸,但有一点可以肯定:正是这种感受,使我先是成为科幻迷,进而成为科幻作家。

就这样,人造卫星、饥饿、群星、煤油灯、银河、"文革"武斗、光年……这些相距甚远的东西混杂纠结在一起,成为我早年的人生,也塑造了我今天的科幻小说。

作为一个科幻迷出身的科幻作家,我写科幻小说的目的不是用它来隐喻和批判现实。我感觉科幻小说的最大魅力,就是创造出众多的现实之外的想象世界。我一直认为,人类历史上最伟大、最美妙的故事,不是吟诵诗人唱出来的,也不是剧作家和作家写出来的,而是科学讲出来的。科学所讲的故事,其宏伟壮丽、曲折幽深、惊悚诡异、恐怖神秘,甚至多愁善感,都远超出文学的故事,只是这些伟大的故事被禁锢在冷酷的方程式中,一般人难以读懂。各民族和宗教的创世神话,与壮丽的宇宙大爆炸相比都黯然失色;生命从可复制的分子直到智慧文明的三十多亿年漫长的进化史,其曲折与浪漫,也是任何神话和史诗所无法比拟的;还有相对论诗一样的时空图景,量子力学诡异的微观世界,这些科学讲述的神奇故事都具有不可抗拒的吸引力。我只是想通过科幻小说,用想象力创造出自己的世界,在那些世界中展现科学所揭示的大自然的诗意,讲述人与宇宙之间浪漫的传奇。

但我不可能摆脱和逃离现实,就像无法摆脱自己的影子。现实在每个人身上都打上了不可磨灭的烙印,每个时代都给经历过它的人戴上了无形的精神枷锁,我也只能戴着镣铐跳舞。在科幻小说中,人类往往被当作一个整体来描述,在这本书中,这个叫"人类"的人面临灭顶之灾,他面对生存和死亡时所表现出来的一切,无疑都是以我所经历过的现实为基础的。科幻的奇妙之处在于,它能够提出某种世界设定,让现实中邪恶和黑暗的东西变成正义和光明的,反之亦然。这本书(以及它的后两部)就是在试图做这种事情,但不管现实被想象力如何扭曲,它总是还在那里。

我一直认为,外星文明将是人类未来最大的不确定因素。其他的大变故,如气候变化和生态灾难,都有一定的过程和缓冲期,但人类与外星人的相遇随时可能发生。也许在一万年后,人类面对的星空仍然是空旷和寂静的;但也可能明天一觉醒来,如月球大小的外星飞船已经停泊在地球轨道上。外星文明的出现将使人类第一次面对一个"他者"。在此之前,人类作为一个整体,是从来没有外部的对应物的,这个"他者"的出现,或仅仅知道其存在,将对我们的文明产生难以预测的影响。

人们面对宇宙所表现出来的天真和善良是匪夷所思的:在地球上,他们可以毫无顾忌地登上另一个大陆,用战争和瘟疫毁灭那里的同类的文明,却把温情脉脉的目光投向星空,认为如果有外星智慧生命存在,它们也将是被统一的、崇高的道德所约束的文明,而对不同生命形式的珍视和爱是宇宙中理所当然的行为准则。

我觉得事情应该反过来:让我们把对星空的善意转移到地球上的同类身上,建立起人类各种族和文明之间的信任和理解;但对于太阳系之外的星空,我们要永远睁大警惕的眼睛,也不惜以最大的恶意来猜测太空中可能存在的"他者"。对于我们这样一个在宇宙中弱不禁风的文明,这无疑是最负责任的做法。

作为一个科幻迷,科幻小说塑造了我的生活和人生,而我读过的科幻小说相当一部分都来自美国,今天能够让美国的读者读到我自己的科幻小说,也是一件很让人高兴和激动的事。科幻是全人类的文学,它描述的是地球人共同关心的事情,因而科幻小说应该是最容易被不同国度的读者所共同理解的文学类型。总有一天,人类会像科幻小说中那样成为一个和谐的整体,而我相信,这一天的到来不用等到外星人出现。

在此,我要对本书第一部和第三部的译者Ken Liu(刘宇昆),以及第二部的译者Joel Martinsen(周华)表示诚挚的谢意,是他们辛勤而认真的工作,使这部小说的英文版得以面世。感谢中国教育图书进出口公司和科幻世界杂志社,他们以极大的信任和真诚推动了本书的出版。

发表于2015年第2期《山西文学》

黑暗森林猜想

作为一个老科幻迷(我可以说是中国第一代科幻迷),我一直坚信宇宙中存在大量的智慧生命和文明。如果这众多的文明中有一部分得知其余部分的存在,并能够相互交流的话,很可能已经存在一个宇宙文明社会。这个文明社会可能是一个什么样的状态,宇宙文明间是一种什么样的关系,这是我一直感兴趣的问题。

在中国的科幻小说中,对外星文明往往有着美好的想象。于是,我产生了一种逆反心理,试图设想一个最糟的宇宙。

研究宇宙文明社会的唯一现实参照物就是人类社会自身。地球上存在着各种不同的文明,每个文明本身都是极其复杂的,而这些文明间的相互作用也呈现出错综复杂的状态,其间有着数不清的政治、经济和文化因素。以这个参照物来研究宇宙文明社会,很难得出一个明晰的结论。

我突然从一场足球赛中受到启发,那是我第一次观看现场比赛,在北京工人体育场,中国队对意大利桑普多利亚队。当时我刚工作不久,只买得起最便宜的票,坐在最后一排。在下面遥远的球场上,球员本身的复杂技术动作已经被距离隐去,球场上出现的只是由二十三个点构成的不断变化的矩阵(有一个特殊的点是球)。连这场球赛中最耀眼的球星古利特,在我眼中也只是一个移动的点。我后悔没带望远镜,但同时感觉到,由于细节的隐去,球赛呈现出清晰的数学结构。

我突然意识到这就是星空的样子。

星际间遥远的距离隐去了文明世界内部的复杂结构,在我们这样的观察者眼中,外星文明只是一个个的光点,每个文明世界内部的种种复杂结构,只凝聚为每个光点有限的参数和变量。这也使得宇宙文明社会呈现出明晰的数学结构。

用这种方式来考察宇宙文明社会,必然需要设定一个公理体系,以此为基础进行推论。我设定的公理如下:

公理一:生存是文明的第一需要;

公理二:文明不断增长和扩张,但宇宙中的物质总量保持不变。

公理一应该足够坚实,但公理二的后半部分还没有被宇宙学所证实。不过如果这两个公理只是用在科幻小说中,作为小说的一个世界设定,在逻辑上还是说得过去的。

与此同时还产生了三个基于事实的推测:

一、宇宙文明间的相互交流和理解十分困难,基本无法判断对方是善意还是恶意。这是由于:A. 星际间的遥远距离,按照目前已知的物理学规律,交流需要漫长的时滞;B. 双方巨大的生物学差异,地球上生物分类为界、门、纲、目、科、属、种,阶层越是往上,彼此之间的差异就越大。

人类与不同“属”的生物已经不可能相互理解。在宇宙中,如果考虑到非碳基生物的存在,外星种族与人类的差异可能超越了“界”一级。

二、技术爆炸。人类从石器时代走到农业时代用了十万年,而从蒸汽时代到信息时代只用了二百年。任何一个文明世界随时都可能发生技术爆炸,所以,即使仅仅是原始的婴儿文明或萌芽文明也充满危险。

三、探测可逆。这个推测源自光学中的“光路可逆原理”,在宇宙中,如果一个文明能够探测到另一个文明的存在,那么后者也迟早能探测到前者的存在。

基于以上的公理和推测,可以进行一番简单的逻辑推导,进而得出一个宇宙文明社会可能的形态。这个推导的详细过程在我的小说“三体”系列的第二部《黑暗森林》中出现,我如愿以偿地得到了一个最糟的宇宙。正如这部小说的书名所暗示的一样,宇宙呈现出一种令人难以置信的黑暗状态,其中的文明世界之间只存在一种可能的关系:一旦发现对方,立刻摧毁之。这种关系与文明本身的道德状况无关,只要上述两个公理成立,这就是它们必然的行为准则。这个结论被中国读者称为“黑暗森林猜想”。

这个结论也是对费米悖论的一个解释,一个最黑暗的解释:如果宇宙中有任何文明暴露自己的存在,它将很快被消灭,所以宇宙一片寂静。

当然,这只是科幻小说所展现的一种可能性。目前,在宇宙诡异的大寂静面前,我们对这个猜想无法证实也无法证伪。

科幻小说是一种关于可能性的文学,它把各种可能性排列出来供读者欣赏,而其中最有魅力的往往是那些最不可能的可能性。而在这个神奇的宇宙中,任何看似不可能的可能性都有可能成为现实,正如一位天体物理学家所说:“恒星这东西,如果不是确实存在,本来可以很容易证明它不可能存在。”

所以,在宇宙的各种可能性中,加入一个最糟的可能,至少是一种负责任的做法。

发表于2015年第2期《山西文学》

诗意的科幻

——《杀敌算法》序

由于刘宇昆的小说《手中纸,心头爱》获得雨果奖,就想在他来北京时送给他一套折纸艺术品作为礼物,由此发现折纸实在是一门很奇妙的艺术。在很多情况下,纸的折叠过程与最终的结果并没有明显的对应关系,在经过一系列复杂的看似莫名其妙的折叠后,那张纸只是呈现一个随意的无法辨认的形状,但经过一次翻转,立刻魔术般地变成栩栩如生的形象。许多人小时候从妈妈那里学到的叠那种带篷的小船就是一个简单的例子。所以折纸的设计需要高超的空间想象力,我甚至想过是不是有一个数学分支,如拓扑学之类的,来描述这个过程。国内有许多优秀的折纸艺术家,他们的作品或形象逼真或造型前卫。由于携带不便,无法把最好的折纸艺术品送给刘宇昆,只能送一些很小的,即便如此,当我拿到那些折纸时,仍很难相信那些美妙的形状都是由一张纸不经裁剪完整地折叠出来的,多次有拆开的冲动。折纸就是这样一门艺术,由数学的精确和理性,得到美轮美奂的艺术形象。

这也正是刘宇昆的科幻小说的特质。

文学的本质是一种美学的追求,我们不妨把这种美学不太准确地称之为诗意。科幻小说中存在着两种诗意:文学的和科幻的。

作为一种文学体裁,科幻小说有着文学的共性,所以无疑应该具有文学的诗意。文学的诗意主要来自对人的描写和表现,人与人、人与社会和人与时代的关系构成了文学的主体,而现代文学更多地专注个体的内心和精神世界,由此产生了对生活和人性的深刻而丰富多彩的表现,形成了文学的诗意。

科幻的诗意则主要来自科幻小说中对人与科技、人与宇宙大自然的关系的描写。科幻小说是在基于科学的想象中展开的,它的一个重要因素就是世界设定:用想象力构建一个不同于现实世界的科幻世界,这个世界是超现实的,但不是超自然的。在主流文学中产生文学诗意的主体——人物的文学形象——在科幻小说中相当一部分被世界设定所取代,环境和种族可以在科幻小说中作为独立的文学形象存在。在塑造这种形象时所表现出来的想象力和创意,是科幻诗意的重要来源。科幻小说就是把现实的人放入超现实的世界设定中展开故事,人性在科幻世界中的表现也是科幻诗意的另一个重要来源。科幻诗意是科幻文学所独有的,与文学诗意相比,科幻诗意与科技和大自然有着更为密切的关系,自然规律的坚硬和不可逾越在科幻诗意中都有相应的表现;同时,在主流文学中很少出现的科学美学,如逻辑的自洽与和谐,对称、简洁、新奇等,也构成了科幻诗意的重要部分。

由于文学诗意和科幻诗意在美学属性上的差异,两者很少在同一部作品中共存,它们之间甚至有着相互抵消的关系。经典的科幻小说都是在两者之一上表现得特别突出，传统的坎贝尔型的科幻小说以表现科幻诗意为主，这方面的例子有克拉克和阿西莫夫的作品；而呈现文学诗意的科幻小说最典型的例子是布拉德伯里的作品。

刘宇昆的科幻小说，很可贵地做到了文学诗意和科幻诗意完美地融合与统一。

刘宇昆的科幻小说都有着精致而独特的科幻内核和创意。比如《宇宙智慧生物制作书籍掠影》，由一组美妙的小故事组成，描述了不同的宇宙文明记录和阅读信息的不同方式，从流水构成的大脑，到阅读宇宙万物甚至黑洞视界中的信息，构成了一幅宇宙文明和文化的神奇画卷，让人浮想联翩；而《贝利星人》则展示了一种与我们所知的生命相差甚远的晶体生命，这种生命形式的构成与进化完全颠覆了我们所有的生物学概念，极大地拓展了我们对生命的想象，可以说，这是我所看到过的关于外星生命的最奇特的想象。

刘宇昆另外一些作品中的科幻构思，则展示了对人与科技、人与宇宙关系的深刻思考。在这方面，《可数集》是一篇让人回味无穷的小说。小说以数学为背景，通过对不同的无穷大的描述，所展示的数字世界不再是一串单调数字的排列，而是变得如星空一般浩瀚无垠、连绵深邃，我们常识中所见到的数字，只是其冰山一角。而从这个宏大的数学背景上重新审视人生，让我们感到自己以前面对生活时都是可怜的摸象盲人。正是通过这些神奇的想象和独特的视角，科幻诗意在刘宇昆的小说中得到了完美的体现。

从文学角度，用诗意来描述刘宇昆的小说也是再合适不过了。从他的作品中，能够感受到一种在科幻小说中很少出现的宁静与柔和，仿佛一汪平静的湖泊，里面映射着高科技下的人生百味、宇宙间的悲欢离合，其中也有挫折、灾难和死亡，但湖面永远那么波澜不惊，平滑如镜。这并不是说作者是一名超然事外的冷酷旁观者，从他的作品中，我们一直能感受到他在细心地倾听和感受着生活，他的叙述就像一面细腻的筛子，过滤了高科技的激情和焦躁，只剩下平静的诗意，这种文学诗意往往能触动我们心中最柔软最敏感的部分。即使在《物哀》中的末日灾难里，在《人之涛》中人类波澜壮阔的进化历程中，我们依然能够感受到这种宁静和细腻的诗意。

在讨论刘宇昆作品中的文学诗意时，不能不谈到其中的东方文化色彩。在这里，我不想过多地强调他的小说中的中国及东方元素，其实他的作品有着很地道的美国文化背景，其中的东方色彩是美国文化多元化的一种表现，是建立在作者对东西方文化深刻而广博的理解上的。正如作者在一次访谈中所说："我的作品与其他美国作家不同，仅仅就像每一个美国人都与其他人不同一样，这种个体差异是作为美国人所必有的，自亚历西斯·德·托克维尔游历美国之日起就一直如此。"在《人生百味》中，中国文化和美国文化不是呈现对立的状态，而是在相互融合与补充，来自中国历史的主人公最后说："从现在开始，我不会再讲我身为中国人时的故事了。我会好好讲讲我是怎么成为一个美国人的。"但东方文化也确实是刘宇昆作品中一个不容忽视的元素，比如在《物哀》中，人们面对末日灾难的心态和行为，主人公的父母以及他自己所作出的牺牲，都是东方式的。但除了像《人生百味》和《手中纸，心头爱》这类题材有明确指向的作品，东方文化元素更多地渗透到作品的基调和底色中，刘宇昆小说那种宁静的诗意，那种对生活细腻的感受，正是东方文化在其作品中最深刻的体现。

科幻诗意和文学诗意在刘宇昆的小说中得到了完美的融合,在其中,科技不再坚硬如铁,不再是独立的异物,而是成为人生和生活的一部分,人们的生活在被科技悄悄地、不可逆转地改变和塑造着。在这一过程中,不管做出什么样的选择,生活都会呈现出一种陌生的面貌,都伴随着难以言说的复杂感情和感受。在《人之涛》中,人从肉躯凡身进化到近乎神一样的存在,但在人们每一步艰难的抉择中,都体现着对人性本源的坚守与留恋。刘宇昆从未拒绝技术进步,但他清醒地看到了被高科技所改变的生活的复杂性,看到了人们即将面临的选择的艰难。在描写永生的《弧》中,一个人物说:“我不想要你死,死亡赋予生命意义是一个谎言。”但主人公还是无法忍受无穷无尽的生命,选择了衰老和死亡来逃离时间的束缚。在《物哀》中,科幻小说中最常见的末日灾难仿佛是一首绵长的抒情诗,末日、逃离和牺牲,都浸透在意境悠远的诗意中。《贝利星人》则展现了另一种诗意,新世界中的人类所面对的新生活,与不可思议同时又充满艺术美感的外星生命相映衬,展示了宇宙给予生命和生活的无限可能性。在《信息》中,对于人类而言,外星人标示放射性危险的方式无疑是失败的,但那个宏伟的标志所展现出来的古典美感和诗意却给人留下了深刻印象。对人生最铭心刻骨的描写是在《可数集》中,在大自然远超出我们直觉的数学本质前,人生也是一个超出我们想象的存在,我们的理性能够感受到的生活,不过是露出水面的少数孤岛,人生的大部分是不可数的,在感觉和理性之外,像数的世界一样无限致密和广阔,这真的是一幅令人迷惑而恐慌的图景。

坦率地说,在最初接触刘宇昆的作品时我并没有给予足够的关注,我的科幻阅读也处于一种浮躁中，看小说都是囫囵吞枣的状态，只是寻找着科幻的激情和刺激。但随着时间推移，如果每一篇科幻小说都是一首乐曲的话，我发现其他的乐声都渐渐消失并淡出记忆，只有刘宇昆的音乐还在响着，而且在脑海中越来越清晰。当我看过所有能够找到的刘宇昆的小说后，终于意识到科幻文学中不仅能有激情与创意，也能有悠远深邃的诗意。

刘宇昆的这些作品，科幻与文学水乳交融，是科幻文学中不可替代的存在。

发表于2015年3月四川科学技术出版社
《杀敌算法》，刘宇昆　著，萧傲然 等　译

星海中的蜉蝣

——《天年》序

在原本空无一物的湖面上方，不知从何时开始渐渐聚集起一大片模糊不清的东西，氤氲如烟。

那是蜉蝣！

这种孱弱的生命正在拼命挣脱水的束缚，冲向天空，它们相互拥挤、推搡，甚至倾轧和构陷……阳光下的飞翔就是它唯一的追求，烟云般的蜉蝣之舞就是它全部的宿命！……

黄昏不可遏止地来临了……

一个错误出现了，又一个，接着又一个。像沾染了灰尘的雪片般，蜉蝣们的尸体越来越密集地坠落。挂在树枝间，落在草尖上，更多的是漂荡在水面，然后葬身鱼腹……在大地的这一面即将进入夜晚之际，蜉蝣们的一切便已沉入永恒的黑暗。它们当中没有任何一只能够目睹下一次晨曦的来临。

这是《天年》中的一段让人印象深刻的描写,这种朝生暮死的小虫,引发过多少诗人的感叹。但人们很快意识到,从大自然的时间尺度上看,人类的命运与蜉蝣没有什么区别。

人类个体生命的时间跨度为八十年左右,这真的是一段短暂的时光。即使以光速飞行,这段时间我们也只能跨越八十光年的距离。八十年,大陆漂移的距离还不到一米;即使以生命进化的时间尺度看,一个物种可见的自然进化要两万年左右才能发生,与之相比,八十年只是弹指一挥间。与蜉蝣相比更为不幸的是,人类看到了这个图景!

我们有理由对Ta发出质问:为什么要这样?! Ta可以是有神论者的上帝或造物主,也可以是无神论者的自然规律。为什么个体生命被设定得如此短暂? 现在所得到的最可能的答案是进化的需要,只有不断地死亡和新生才能给自然选择以机会。正是个体不断地死亡和新生才使物种整体得以在进化中尽可能长时间地延续。至于是不是还有什么别的理由,我们不知道。地球上也有极少数近乎永生的物种,如灯塔水母,但绝大多数的生命个体都是一个个朝生暮死的悲剧。

正是个体生命的短暂和物种整体延续时间的漫长,导致了人们对个体和物种的生存状态产生了不同的印象:个体的寿命是短暂的、有终点的;而物种整体则是永生的。我们暂且把这种印象称为"物种错觉"。

物种错觉在中华文化中最为明显。基督教和伊斯兰教文化中都有世界末日的概念,但在中华文化中则很难找到末日的蛛丝马迹,我们的文明没有末日意识,它在潜意识中认定自己是永生的。

其实在古代,物种错觉倒是更符合人们的直觉。无论在东方还是西方,在那漫长的进步缓慢甚至时有倒退的年代,作为个体的人在一生中看不到生活和世界有什么本质的变化,一生如同不断重复的同一天,尽管天下不断经历着改朝换代,但只是城头变幻大王旗,城本身是永恒存在的。

但工业革命后,物种错觉被打破了,时间不再是一汪平静的湖水,而是变成了一支向前飞行的箭,文明的进化呈现出以前没有的明显的方向性,过去的永远成为过去,即将到来的也不会再重复。方向性的出现暗示着终点的存在。现代科学也证实了末日的存在,在人的一生中看不到任何变化的太阳其实正在演化之中,在虽然漫长但终究是有限的时间内终将走向死亡。就整体宇宙而言,虽然目前宇宙学还没有最后确定宇宙的膨胀是开放的还是封闭的,但无论是哪种可能性,宇宙都有末日。不断膨胀的宇宙将撕裂所有物质,宇宙最终将成为物质稀薄的死寂的寒夜;而因引力转为收缩的宇宙将在新的奇点中结束一切。现在我们意识到,一个物种和文明,也同一个生命个体一样,有始,也必然会有终。

面对现代科学,中国文化中的物种错觉也在破灭中,但在文学中,这种错觉一直在延续。文学在不断地描写个体的末日,感叹人生苦短,但从来没有正视过物种和文明的整体的末日,即使是中国科幻文学也是这样的。中国科幻自清末民初诞生以来,直到上世纪末,很难找到末日题材的作品。新中国成立以后,末日题材曾经是一个忌讳,世界末日的概念被视为资本主义文化所专有的悲观和颓废。但人们忽略了一个事实:在这一时期的主流哲学观辩证唯物主义中,末日这一概念恰恰是得到哲学上的认可的。老一辈在谈到生老病死时,总是达观地说道:我是一个唯物主义者嘛。

在国内新生代的科幻小说中，特别是近年来，末日题材开始出现，以长篇小说为例，近年来就有拙作“三体”系列、王晋康的《逃出母宇宙》和何夕的这本《天年》涉及末日题材。至少在科幻小说中，我们开始正视这一沉重而宏大的命题。

在我们每个人的生命中，“年”是一个重要的概念，它是一个由地球围绕太阳运行的天文周期形成的时间单位，同时它也隐含着个体的末日，一般人很难活过一百个年，从这个角度上讲，“年”的确就像传说中的那样，是一个吞噬生命的怪兽。

对于一个物种或一个文明，也存在着一个天年。天年不仅仅是时间单位，还有更恐怖的内涵。与年相比，天年在时间尺度上要大几亿倍，在空间尺度上则大几十亿倍。天年对于物种整体，比年对于生命个体更冷酷，大部分物种很难挨过一个天年。这就是《天年》的世界设定。

《天年》的背景主要在中国，从来没有想到过末日的中国文化将面对世界末日。书中展示了广阔的社会背景，从政治、经济、军事，直到宗教。科幻作家王晋康评价《天年》时曾说：“作者拥有广博的知识，无论是宗教、历史、天文、民俗民谚等都是信手拈来。依靠这些很硬的知识素材把天年的构思演绎得非常令人信服，有强大的感染力，以至于我完全无法分辨作品中哪是真实的知识而哪些是虚构。科幻内核的线索埋设很深，从理性的推理到现实的推理，步步设伏，悬念迭起，一直到最后那个叙述冷静又令人血脉偾张的结尾。”而科幻作家韩松评价《天年》时说道：“作品让我惊讶的是知识量的巨大，生物学、环境科学、理论物理、天体物理、宇宙学、天文学、气象学、数学、大脑科学、计算机科学、心理学、历史学、政治学、宗教学……每个领域作者都并非浅尝辄止，而是贯注了自己独有的思考。这样的情形，很像小松左京写《日本沉没》时下的功夫。与此同时它又很刺激，有些像丹·布朗的书。同时，《天年》绝非民族主义和国家主义的著作，作者有很强的人文悲悯、宇宙情怀。他写的其实是，在宇宙面前，人是蜉蝣。曾经有种观点认为，科幻自诞生以来已把一切主题穷尽了，但读了《天年》就知道，还是可以探索、可以发现的，仍然可以对'那个答案'充满期待。还有人说关于哲学，关于终极命题，这方面的智慧，不可能超过古人了。文学的任务，只能是在形式上变化、手法上创新，思想方面要突破很难了，不要去探讨。但是，《天年》给人的启示是，中国的科幻作家仍在不懈努力，而且能做得很好，不仅仅是对旧命题的阐释或展现，而是一个更新也更加深入的思维实验。刘慈欣的《三体Ⅱ·黑暗森林》其实也是这样的。"

以前在介绍何夕时我曾经说过：我们可以被一部科幻小说中的想象力和创意震撼，然后在另一部中领悟到深刻的哲理，又被第三部中曲折精妙的故事吸引，但要想从一部小说中同时得到这些惊喜，只有读何夕了。这个评价用在他的第一部长篇小说上更为适宜，这些在科幻小说中似乎很难共存的特质，在《天年》中得到了完美地结合。

《天年》应该是系列长篇中的第一部，主要描述危机被发现的过程，故事在多层次多线索中推进，凝重而富有张力。小说的世界设定逻辑严谨，技术细节准确而扎实，同时整个故事却给人想象力的超越感。

常有评论说，在科幻小说中，可以把一个种族或文明作为一个整体的文学形象来描述，这被认为是科幻文学与主流文学的一个重大的不同。以往，这种种族的整体形象是由包括外星文明在内的不同种族的同时存在而建立的，而在只有人类这个单一智慧物种出现的《天年》中，这种“整体形象感”却给人留下了极为深刻的印象。书中有众多形象生动的人物，有科学家、政治家、军人和形形色色的普通人，也有天主教的牧师和道教的长老，但我们时时刻刻都感觉到，那双看着这个世界的眼睛不在人群之中，那双眼睛高高在上，在它的视野中，地球有一个完整的形状，人类文明是一个整体。这双眼睛扫视着全部的时间，从洪荒初开、生命起源直到遥远的未来，将个体生命难以把握的宏大天年尽收眼底。

一个人，知道自己终将死去或认为自己永生，他相应的人生哲学和世界观肯定是不一样的，一个文明也一样。随着《天年》的诞生，当我们再次仰望星空时，天年的宏大阴影将叠现在壮美无匹的星海上，我们将在想象中，把自己以年衡量的生命扩张到天年尺度，经历一次震撼灵魂的末日体验。

发表于2015年10月四川文艺出版社

《天年》，何 夕 著

时间足够你爱

那是四十多年前的一个炎热傍晚，我家住的平房里没有电扇，空调和电视机都还是十多年后才会有的东西。大人们都在外面摇着扇子聊天，家里只有我一个人在流着汗看书，那是我看的第一本科幻小说——凡尔纳的《地心游记》。正读得如痴如醉时，书被人从我手中拿走了。是父亲拿的，我当时有些紧张，因为前几天看《红岩》被他训斥了两句，还把书没收了（现在的人们很难想象，像《红岩》和《青春之歌》这样的红色革命文学在当时也是禁书），但这次父亲没说什么，默默地把书还给了我。就在我迫不及待地重新进入凡尔纳的世界时，已经走到门口的父亲回头说了一句："这叫科学幻想小说。"

这是我第一次听到这个决定了我一生的名词（"科幻"这个简称则要到十几年后才出现），我现在还清楚地记得自己当时的惊讶，我一直以为书中的故事是真的！凡尔纳的文笔十分写实，而国内"文革"前出版的多版《地心游记》中，相当一部分并没有在封面上标明是科学幻想小说，我看的就是这样的一本。

“这里面都是幻想?”我问道。

“是,但有科学根据。”父亲回答。

就是这三句简单的对话,奠定了我以后科幻创作的核心理念。

以前,我都是把1999年发表第一篇短篇小说作为自己科幻创作的开端,到现在有十五六年了,但其实,我自己的创作历程要再向前推二十年。1978年我写了第一篇科幻小说,是一个描写外星人访问地球的短篇。在结尾,外星人送给主人公一件小礼物,是一小团软软的可以攥在手中的薄膜,外星人说那是一个气球。主人公拿回去后向里面吹气,开始是用嘴吹,后来用打气筒,再后来用大功率鼓风机,最后把这团薄膜吹成了一座比北京还大的宏伟城市。我把稿子投给了《新港》,天津的一份文学刊物,然后石沉大海,没了消息。

在发表《鲸歌》前的这二十年中,我断断续续地写作,其间也有过长时间的中断。其实,早在20世纪80年代初,由我和父亲那三句对话所构成的传统科幻理念就已经开始被质疑,然后被抛弃。特别是在后面的那十年中,新的观念大量涌入,中国科幻像海绵一样吸收着这些观念。我感觉自己是在独自坚守一片已无人问津的疆土,徘徊在空旷的荒野中,偶尔路过一处野草丛生的废墟,那种孤独感仍记忆犹新。在最艰难的时候,自己也曾想过曲线救国,写出了像《中国2185》和《超新星纪元》那样的东西,试图用更迎合市场的科幻赢得发表的机会,但在意识深处,却仍在坚守着那片疆土。后来我放弃了长篇小说的写作,重新开始写短篇,也重新回到自己的科幻理念上来。

开始在《科幻世界》上发表作品后,我惊喜地发现,原来这片疆域并不像我想象的那样空旷，还有别的人存在，之前没有相遇，只是因为我的呼唤不够执着。后来发现这里的人还不少，他们成群结队地出现；再到后来发现，他们不但在中国，在美国也有很多，大家共同撑起一片科幻的天空，也构成了我科幻创作的后十五年。

科幻文学在中国有着不寻常的位置，作为一种类型文学体裁，它所得到的理论思考，所受到的深刻研究和分析，所承载的新观念、新思想，都远多于其他的类型文学。有些已经争论了三四十年的话题现在仍没有结论，而新的话题和课题又在不断涌现，不断被研究和讨论。没人比我们更在意理论和理念，没人比我们更恐惧落后于时代。于是，一件奇怪的事发生了。

获得雨果奖后的这一个月，有机会与更多领域和阶层的人谈科幻，与国家副主席谈，与所在城市的市长谈，与中学老师谈，与女儿的同学谈，与交通警察谈，与送快递的小哥谈，与小区旁边卖猪头肉的老板谈……我愈发感觉到这件怪事的存在。

科幻界和学术界谈的科幻，与界外的人们谈的科幻，几乎不是同一种东西。

一边是科幻界，约几百人；另一边是卖猪头肉的、送快递的、交通警察、女儿同学、中学老师、市长、国家副主席，约十三亿。哪边错了？说实话，我真不认为是我们这边错了，但面对这个图景，多少是有些心虚的。

曾经有一位著名作家说过，以托尔斯泰和巴尔扎克为代表的古典文学，是一块砖一块砖地垒一堵墙；而现代和后现代文学则是一架梯子，一下子就能爬到墙头的高度。

这种说法很好地描述了科幻界的心态。我们总想着要超越什么，但忘了有些东西是不能越过的，是必须经历的，就像我们的童年和青春，不可能越过这些岁月而直接走向成熟。至少对科幻文学来说，一块砖一块砖地垒一堵墙是必不可少的，否则即使有梯子也没地方架。

这本文集收录了我科幻创作三十多年中后十五年的大部分非小说文章。在之前漫长的二十年里，我没有写过任何关于科幻的文章，翻阅那时的日记，也没见到与此有关的只言片语。

从这些文章的演化脉络看，总的来说呈现出一个由偏执走向宽容、由狂热走向冷静的过程。我后来意识到科幻小说有许多种，也明白科幻小说中可以没有科学，也可以把投向太空和未来的目光转向尘世和现实，甚至只投向自己的内心。每一种科幻都有存在的理由，都可能出现经典之作。

但与此同时，那三句对话所构成的核心理念在我心中仍坚如磐石，我仍然坚定地认为那是科幻文学存在的基础，这也是所有这些文章想要表明的。

虽然走了一百年，中国科幻文学至今也是刚启程，来日方长，时间足够你爱。

发表于2015年12月四川科学技术出版社《最糟的宇宙，最好的地球》

人与机器的黑暗史诗

——《机器之门》序

江波的最新科幻长篇《机器之门》，用卓越的想象力描述了一种可能性，在合上这本书后我们都祈祷这样的未来不要变成现实，但它的景象总是在我们的脑海中挥之不去。在这样的未来中，人类不但面临着灭顶之灾，还同时面对着人为什么成为人的困惑，以及人是否要继续成为人的选择。这一切，都源于人类最伟大的创造物：机器。现在机器驱动着我们的世界，我们在机器的怀抱中舒适地生活着，然而我们真的有可能会和机器走到《机器之门》中那噩梦般的一刻吗？

在展望未来之前，我们先看一看现实。如果一个石器时代的原始人被突然扔进现代社会，他感到的震惊和迷茫是我们难以想象的，这仿佛由魔法构成的一切与他来自的世界差异如此之大，以至于几乎没有一样东西是他能够理解的。但渐渐地，他终于找到了一个精神上的定海神针，他发现了一样没有变的东西——人，人没变。尽管开始时他会被现代人怪异的服装所迷惑，但当他脱下兽皮，剃短身上的毛发换上这些衣服后,就发现自己与周围的人没什么两样。曾有一位人类学家说过,如果一个太平间里放进了一具三万年前石器时代的人的尸体,那验尸官不会发现什么异常。不仅是身体特征,在智力上也是如此,新石器时代的人的智力与现代人差别不大,我们的这位来到现代的原始人朋友很快发现,适应这个"魔法世界"的生活并没有他想象的那么困难,他能够学会这时的语言——如果他足够年轻的话,还能进入学校同其他人一样学习现代知识,并在毕业后找到一份工作。

这确实是一个令人吃惊的事实。现代,几乎是变化的同义词。变化是现代生活的基调,技术在飞快地改变着一切,但在这个万花筒般不断变化的世界中,我们自身却没有改变。从生物学意义上说,我们与石器时代的人没有太大差别,我们可以说都是摩登原始人。周围那些构成现代世界的先进机器都是身外之物,与我们没有生理上的联系,我们只是用四肢和语音去操控它们。

然而随着技术的发展,这种情况很难持续下去,技术终将挺进到最后的、也是最重要的疆域,我们将与机器建立生理上的联系,最后与之融为一体。这就是《机器之门》所展现的未来世界。

其实,人机结合的进程早已开始。从维京海盗断臂上的铁钩子到现代的人工心脏,人们一直在试图通过与机器连接的方式来弥补自身的残缺。但这些结合都是小规模的和局部的,更重要的,没有脑机接口,人的思想和意识无法操控植入自身的机器,这很难说是真正的人机结合。

以脑机接口为基础的人机结合,还存在着许多巨大的技术障碍,其中之一是在脑科学方面。与计算机技术相比,人类对自身大脑的研究还处于十分初级的阶段。不过这些技术障碍有很大的可能终将被克服,或至少被绕过。仍以脑科学为例,即使人类永远无法完全了解大脑的运行机制,仅把它看成一个黑箱,破解其输入和输出,仍能够实现脑机接口。

应该承认,真正的人机结合并不为现代社会的价值观所接受,对于大多数人而言,与机器结合是一件令人十分恐惧和恶心的事。人们由此也想当然地认为,在未来这个选择权也属于自己,当人机结合技术实现并普及后,每个人都可以选择拒绝并保持自己的生物学身体。

可是这想得太简单了。对于大多数人而言,驱动社会生活的关键技术并不给我们用与不用的选择。现在选择不用手机已经很难,选择不用电的人几乎没有,否则很难在现代社会中生活下去。人机结合技术一旦实现,将有几大压力迫使每个人使用它。

一个压力是人与人之间的竞争。在人机结合的历史上,南非的"刀锋战士"奥斯卡·皮斯托瑞斯的出现将是一个重要的转折点,人们对其参加奥运会的质疑,不是因为与健全人比赛对身为残疾人的他不公平,而是因为这对健全人运动员不公平。刀锋战士那经过机器改造的双腿可能使他比健全人更强!与刀锋战士结合的机器只是完全无智能的碳纤维假肢,而在未来,与先进的智能机器的结合无疑将在各方面大大提升人类的能力。当接受人机改造的新人类在智力和体力上几倍甚至几十倍地超越自然人,后者将面临被淘汰的命运。人机结合一族与自然人的差异,将远大于自然人不同种族之间的差异,这时一直伴随着人类历史的种族歧视将死灰复燃。一开始,歧视无疑是针对人机结合族群的,首先接受人机结合的人将面临巨大的社会压力,但随着这一新族群力量的壮大,他们在政治、经济和文化等各个领域的实力将很快超越自然人,这时被歧视的将转变为自然人一方,自然人将成为弱势群体,进而可能变成“劣等种族”。当这一局面到来时,与机器结合将是每一个人不得不做的选择,同时也将是他们为后代所做出的选择。

另一个压力是人与机器的竞争。在一个智能机器与人类争抢工作机会的时代,要想与机器人在工作能力上取得平等,人机结合可能是唯一的途径。

还有许多其他的可能性使得人机结合成为必然,比如环境的变化。目前地球环境的恶化速度远大于人类通过自然进化适应环境的速度,可能有一天,地球环境会变得完全不适合自然人生存:空气变得无法呼吸,气温达到自然人体能够承受的极限……这时通过人机结合来改造人体使其适应恶化的环境,可能也是一个必然的选择。值得注意的是,这种环境变化可能并非单纯由环境污染所致。当AI或人机结合一族取得对世界的控制权后,他们可能按自己的需要改变环境,这样的环境可能适合机器人生存,但对于自然人类却十分恶劣。

《机器之门》中的未来则走到了极端,在那个世界,最恐怖的可能性变为现实:AI与人类为敌,发动了以毁灭人类为目的世界大战,而经过机器改造的人类与自然人类(书中叫原生人)也存在着不可调和的矛盾和文化冲突。在AI和人机结合一族面前,原生人类的血肉之躯是那么脆弱,如推土机面前的一丛小草,无论如何抗争,也难逃毁灭的命运。这时,是否选择人机结合,已是一个生存还是死亡的问题。

对于预测人机结合将带来怎样一个世界,任何想象力都是贫瘠的。现在构成人类文明的一切因素,政治、经济和文化等等,追根溯源,都是建立在人的生物属性上的。政治和经济体系是由资源的分配和占有所产生,而资源是人类作为生物生存所必需的。如果人类对资源的需求发生变化,如不吃饭只耗电就能存活,不用衣物和空调就能适应各种气温,那人类的政治和经济形态将是一种完全不同的面貌。文化也是一样,所有的文化,从最本源上说是建立在人类的生物器官对世界的感知上,建立在人类之间通过生物功能——如话音、视觉和触觉所产生的相互交流上,仅仅是人类的两性属性发生变化,就将产生完全不同的文化形态。

在美国国家地理频道最近拍摄的爱因斯坦传记片《天才》中,当爱因斯坦去世后,有学术机构请求爱因斯坦的儿子汉斯同意对他父亲的大脑进行研究,以揭示这位伟大天才思维的秘密,汉斯回答说:"这样的研究不会有任何结果,你们研究的是一件物品,而我父亲,是一个人。"这个深刻的回答也适用于评论对人机结合的另一个天真的想法。人机结合的终极阶段,就是除了大脑之外人体的其余部分全部变成机器,而现在人们认为,只要人的大脑存在,他的完整人格就存在。然而事实可能不是这样的,构成一个特定人格的,除了大脑中的思想和记忆,还有对周围世界的感知。后者同思想和记忆一样,是人格的重要组成部分,而机器躯体将完全改变自然生物身体的世界感知,这也将完全改变人格。

是否接受这样的改变,将是人类所面临的最艰难的选择。《机器之门》生动地描述了这种艰难,但在那个严酷的世界,生存最终压倒一切,原生人会在痛苦和纠结中选择与机器结合,从此,人类从大自然手中夺得了掌握自身进化的权利。

人机结合将产生一个难以想象的世界和文明,我们只能想象出多种的可能性,而《机器之门》则描述了这些可能性中最震撼的一种。同江波的其他作品一样,这部人与机器的未来史诗,在坚实的科技内核上展开宏大的想象。书中的世界由三种力量构成:原生人类、经过机器改造的人类和超级AI。三股力量之间存在着错综复杂的关系,有不共戴天的对抗,也有不稳定的结盟和共生。人性的纠结和异化、命运的选择和冷酷的毁灭战争碰撞融汇,构成了这段如激流般疯狂行进的未来史,每时每刻都在命悬一线的震撼中度过,甚至不给人以喘息的间隙。

《机器之门》给人留下深刻印象的,还有它的不回避,它像直面严酷的现实一样直面未来最黑暗的可能性。它清楚地展现了人与机器之间存在着的巨大的沟壑,这沟壑横亘在原生人与机器改造人之间,更出现在全人类和AI之间。在《机器之门》中,人与机器的矛盾以政治的最高的形式——战争表现出来。作品直面原生人类与机器之间在实力上的巨大差异,断言人机战争对人类而言必然是一场毁灭战争。作品生动地表现了现有的价值观在毁灭深渊前的脆弱,对于在这种黑暗的可能性中人类的未来,《机器之门》给出了选择,同时也以厚重的笔触描述了这种选择的艰难和残酷,而且坚定地表现了这种选择的必然性。尽管在结尾处露出一线田园主义的温情,但幸存的人类必将面临更严峻的挑战。而人机结合的选择也为人类指出了一条新的进化方向,在这条比自然进化快千百倍的进化之路上,浴火重生的人类文明可能创造一个更为辉煌的未来。

在美国电视剧《西部世界》里,身为机器人的女主角对人类说了这样一句话:“时间将把你们化为灰烬,而一个新的神灵将在大地上游荡。”这话有些熟悉,这简直就是机器人的《独立宣言》。《机器之门》已经向我们敞开,走过去领略这样一个神奇的未来吧。

发表于2018年3月四川科学技术出版社

《机器之门》,江波 著

新冠疫情与外星人

请原谅我用了这么一个俗不可耐的题目，这里并不是想说新冠病毒是外星人带来的，而是认为疫情的突然传播与外星人的可能降临，这两件事有某些相似之处，它们都是人类世界所遇到或可能遇到的重大意外事件。

在过去的三十年，人类社会处于前所未有的太平盛世，一直在平稳的发展中，虽然地球上不断有局部的意外和波折，但并没有一个全球性的事件打断这种进程。这就给我们造成了一个幻觉：社会的发展将一直是这样直线型的、平滑的、可预测的，但这次全球疫情的到来打破了这个幻觉。

纵观人类历史，世界性的重大的意外事件其实是一个常态，它们在历史上不断出现，从黑死病到两次世界大战，历史的走向不断被这些意外所改变，有些意外事件也标志着一个新时代的开端。与此相比，我们所经历的平稳发展而没有重大意外的这三十年，反而是一个例外。也正是在这三十年中,我们渐渐养成了对未来的一种直线思维方式,这是很危险的。

这次疫情其实不算是完全的意外事件,因为在历史上这种大范围的传染病曾多次出现,人们对此类灾难并不陌生。但即使如此,当疫情到来时,人类社会在各个方面都没有充分的准备,使得本来可以控制在局部范围的疫情演变为一场全球性的灾难。

在未来,人类世界所遇到的意外事件可能真的是意外的,在历史上没有任何先例,也完全不可预测,其中最明显的例子就是外星人。

人们都认为外星人只是一个科幻的话题,但事实上,这件事是十分现实的,甚至比我们正在经历的疫情更现实。外星人问题的特点就是其不确定性和突然性,也许人类在以后的一万年也不会遇到外星人,也许它们在明天就会出现。在这里,我们不谈那些属于科幻领域的太空航行方式,比如超光速航行或空间跃迁什么的,只设定外星人以常规动力的宇宙飞船航行。设想飞船的速度为光速的百分之一左右,这个设定对于跨越恒星际的航行来说是合理的,也是在现有理论上可以达到的。假设进入太阳系的外星飞船有人类的航空母舰大小,那么,以人类现有的观测技术,只有当外星飞船到达小行星带附近,才能确定这是一个非自然的物体,这个距离也就是约三个天文单位左右。在这个距离上,外星飞船到达地球只需40小时左右,而这给人类留出的反应时间也必定远少于疫情在全面爆发前给人类留出的应对时间。

设想一个天文观测团队发现并最终确定了这个飞向地球的物体的性质,在第一时间,他们甚至不知道该向谁报告。通过学术途径显然是来不及的,而现在无论在国家层面,还是联合国,都没有处理这个事件的机构。当他们终于找到了一个勉强可行的汇报渠道,那个机构首先要确定那不是科幻迷的梦呓而是真的外星飞船,才能进一步向上一层汇报。当走完所有的行政层级到达国家层面和联合国,并且在最高层面确认这一发现,40个小时肯定是不够的,可能40天都不够。

当人类最后确定他们所面对的是什么时,在相当长的时间里仍然没有什么可以做的。对于这样的事件,人类从来没有在理论和实际层面进行过认真的研究,各国都没有做过应对这一事件的任何紧急预案,也从来没有被国际社会共同认可的应对外星文明的原则和策略。外星人的到来,对人类意味着重大的灾难或利益,在现有的国际政治框架中,国际社会几乎不可能在短时间达成一致。外星文明的出现对人类的政治、经济、军事、文化、宗教等各个方面将产生前所未有的巨大冲击,而人类对这样的冲击完全没有准备。

人们曾经认为,共同的灾难会让人类团结一致,新冠疫情的全球性流行证明这只是一个美好的愿望。

面对外星文明,不同的国家和政治势力,不同的种族和文化群体,不同的宗教团体,将为了自身的生存和利益陷入无休无止的争斗和冲突之中,外星人将面对一个混乱而茫然的地球世界。即使降临地球的外星文明是善意的,这也会变成一场灾难;而如果是恶意的侵略者,那它们不需要实施任何攻击行动,只需表明自己的意图,就足以使人类世界崩溃。

未来改变历史的重大意外事件可能来自各个方面,除了来自自然,还可能来自人类社会自身。比如突然出现的重大科技突破就可能成为意外事件,如人工智能的智力超越人类,或者发现了使人类长寿甚至永生的技术,都会对人类社会的各方面造成巨大冲击。如果我们对这些没有充分的准备，那么即使是像这样具有正面效应的意外事件也会成为一场灾难。

新冠疫情提醒我们要避免对未来的直线思维，但预测未来重大意外事件是十分困难的，在这方面，科幻小说提供了一个有用的思维方式：我们可以进行思想实验，把各种可能性排列出来，排列得越多越好，虽然我们不可能投入资源对所有的可能性都做出实际上的准备，但我们至少能够在思想和心理上做好准备，至少能让我们意识到未来之路的形状，知道它不是一条直线，而是曲折和变幻莫测的。

发表于2020年7月9日日本《每日新闻》网站

科幻的原力

——《交错的世界:世界科幻图史》序

科幻文学的发展伴随了科学革命和工业革命以来的大部分近现代史,对它的发展历程的研究也引起了学术界广泛的兴趣。近年来随着西方科幻小说的大量翻译引进,也有一些国外科幻文学史的著作在国内翻译出版。

与其他文学体裁相比,科幻文学有着更加丰富的不同侧面,因为它涉及科技与文学两个领域,在这里,科技与文学不是简单的相加的关系,而是相乘的关系,会产生更加丰富的内容;同时,它的文本既有大众通俗文学类别的,也有偏向主流文学的;以上因素产生了科幻文学丰富多样的复杂景观。科幻文学的这种复杂性当然也反映在不同的科幻文学史著作中,这些著作对科幻史的研究有着不同的视角,这些视角的差异之大,甚至让我们怀疑它们说的是否是同一种东西。

国内最早译介的科幻文学史著作应该来自苏联,我曾经看过一本这样的篇幅不长的书,现在已经很难找到,名字也记不起来了。其对世界科幻小说史的介绍主要侧重于由科幻小说所反映出来的资本主义社会的衰落和腐朽，这本书最有意思的地方是对像《1984》这类政治性较强的作品所做出的另一种解读。国内后来译介的比较有影响的著作是冈恩的《科幻之路》，主要是通过对具体作品的展示和分析来勾勒科幻文学的发展历史，很具体形象，对国内科幻研究和创作都有一定影响；再晚些有亚当·罗伯茨的《科幻小说史》，从宗教的角度来研究科幻文学的历史，认为科幻小说的出现和发展与基督教新教有重要关系；奥尔迪斯的《亿万年大狂欢》作为西方科幻经典译丛的一本在国内出版，这部被认为是科幻文学史研究的重要著作，但奥尔迪斯作为科幻文学新浪潮运动的主要作家之一，是个典型的文青，纯粹从文学角度研究科幻史，在长达六百多页的洋洋巨著中，像阿西莫夫和阿瑟·克拉克这样的现代科幻巨头在其中只占了寥寥十几页，且笔调极尽轻视与不屑。

我们面前的这本《交错的世界》，是目前在国内翻译出版的唯一一部从科幻的视角写出的科幻文学史。

本书生动地展示了科幻小说是如何在科学技术发展的大背景下诞生和发展的，书中叙述了不同阶段科技的发展对科幻小说的影响，从蒸汽机到计算机，从牛顿力学到相对论，这些影响深刻地决定了科幻文学的走向。本书研究了科幻文学形态的变化与当时科技大发现和发明的密切关系。特别值得注意的是，在本书的结尾有两个表格，其中之一列出了科幻小说中出现过的主题，每一个都与科技密切相关，同时列出了与每个主题相对应的代表作品；第二个表格很长，名为“西方文明、科学、技术与科幻小说大事记”，列出了从史前火的使用到iPad的问世之间整个文明史中的主要科学和技术进步，以及重大的历史事件，同时列出了相应时期代表性的科幻作家和作品。

作为一名科幻作家和老科幻迷，读这本书时有一种扑面而来的亲切感和归属感，像在看自己的少年和青春。这种感觉在阿西莫夫为本书第一版所写的序《我爱你，科幻》中也有所体现。这倒不是说欧美的科幻文学史与中国的相似，事实上两者有很大差异，这种相似是在精神上和情感上的。本书准确地再现了科幻小说黄金时代的时代特征，那时，世界已经进入电气时代，技术开始显示出它改变生活和世界的巨大力量，并带来日新月异的变化；同时，科学也在产生着革命性的突破，相对论和量子力学的出现，让人们眼中传统的世界图像发生了巨大的变化，宇宙开始以更神奇的面目出现。另一方面，科技尚未像今天一样渗透到生活的方方面面，后来的许多划时代的技术突破尚在孕育中，科技的负面作用也尚未充分显示出来。科技仍在人们的心目中保持着神奇感和疏离感，这使得当时的读者对科技可能带来的美好未来充满了向往，也对科学所揭示的神奇宇宙充满了好奇心。当这种向往和好奇心被生动的文学形式所表现时，如干柴遇烈火般得到了广泛共鸣。

这种感觉可以被称为科幻的“原力”，这种“原力”像一种神奇的催化剂。不得不指出的是，科幻黄金时代特别是初期的很大一部分作品，在今天看来无论是从故事性还是文学性上都是相当拙劣的，但“原力”这种催化剂可以化腐朽为神奇，让这些作品在科幻读者的眼中焕发出无穷的魅力。这种感觉每一个科幻迷读者都经历过，且不分国籍和地域。我清楚地记得上世纪70年代末和80年代初读到的那些科幻小说，其中许多即使以当时的标准看也都故事简单平淡，人物平板，文笔粗陋，但仍然很让我着迷，因为那里面有科学幻想。现在还清楚地记得当时看过的每一篇这样的科幻小说,比如上世纪70年代末的《科学画报》上刊登过一篇译自东德的科幻小说《神秘的马希纳》,说一个机器人从银行抢了钱后扔进垃圾堆,被追捕直到没电被抓,整个故事没什么悬念和转折,十分平淡无趣,更谈不上什么文学性,但我当时很喜欢这篇小说,就因为其中有机器人。阿西莫夫曾经说过一句很让人吃惊的话,大意是:需要给年轻人提供大量的粗陋单纯的科幻小说来阅读。这话在今天看来确实不可理解,这里面就有科幻“原力”的因素。他在本书第一版的前言中生动地描述了那种感觉:

> ……我只是一个爱看科幻小说的孩子,从阅读中体会到了那种莫名的快乐。
>
> 我嫉妒那个孩子,因为后来我再也没有体会到那种快乐,也不再有这种指望了。我也经历过其他带给我快乐的事情……但没有一个能带来不掺任何杂质、让人全身心投入的彻头彻尾的快乐。当你伸手去拿一本新出的科幻杂志,攫住它,捧着它,打开它,读啊读啊读啊……你才能体会到这种快乐。
>
> ……这是一种由衷的快乐,因为它与日历相关:随着日子一天天过去,你心中的渴望越来越强,直到新一期杂志拿到手的宝贵瞬间,这种渴望变成了一种痛苦的狂喜。
>
> 童年时读过的那些科幻小说至今还留在我的脑海里,发出比太阳还要耀眼的明亮光芒。

这段描述就像是我自己在回忆,这种铭心刻骨的感觉很难向外人说清楚,我也很少对别人说起,怕被笑话,但科幻迷之间是可以理解的。现在我们与阿西莫夫已经阴阳两隔,但“原力”让我们跨越时间心灵相通,那时,力与我们同在!

科幻“原力”还具体体现在书中所述的黄金时代科幻小说的文学特点上,书中对此有精到的论述:

> 在科幻小说中,想法比什么都重要,而场景比人物更重要,人物只是传达想法的精炼了的工具……在科幻小说中,人物的复杂性或敏感性并不重要,重要的是从宇宙的视角来看他的存在是否合理,他的观点与我们所知的统治世界的物理法则是否冲突。通常情况下,科幻小说呈现的都是处于陌生环境下的非复杂人物,他们在熟悉的情感推动下做出不同寻常的举动……也就是说,在科幻小说中,人物总是不变的,变化的是环境。作为读者,我们无法同时接受不一样的环境和不断变化的人物,因为这让我们彻底失去了参照点,失去了让我们理解变化意义的标准,也失去了意义本身……

“原力”对科幻文学的发展具有重要的意义,曾经是它最本源的精神动力,是“原力”创造了科幻的黄金时代。但大部分学院派的科幻文学研究没有意识到科幻“原力”的存在,或者意识到了,却认为它是不成熟和幼稚的,也是“不文学”的,对科幻文学的提升和发展没有什么意义。正因为如此,以前看过的科幻文学史虽然资料丰富,体系完整,却总有隔靴搔痒之感。

《交错的世界》在学术上的探讨并不太深,但对科幻“原力”的表现是本书的魅力所在。

本书的另一个特点是强调科幻杂志在科幻文学发展史上的作用，书中科幻杂志的历史占了相当的比例。科幻文学可以分为两个时代，在专业科幻杂志出现以前，科幻文学也取得了长足的发展，出现了像凡尔纳和威尔斯这样的大师，还出现了大量的传奇式科幻，但这个文学体裁并没有独立的自觉，科幻小说借助以前的哥特小说、探险小说和侦探小说框架运行，甚至连“科幻小说”这个名称也没有出现。科幻小说作为一种自觉的文学体裁的出现，是以科幻杂志的出现为标志的。

首先杂志聚集和造就了读者，如书中所述：

> 根斯巴克最初的一大发现是科幻读者的热情和投入，那是亟待表现的天生科幻迷的特质。就好像一群被人遗忘的海外犹太人流散到了一个国家，由于散布各地，谁也不认识谁。如今，通过《惊奇故事》，每个人都找到了自己的天堂，他们可以在精神上聚集在一个新的“犹太人区”当中，温习他们早已忘却的宗教仪式。

在这一点上，国内科幻文学的发展历程也与之十分相似。

中美科幻发展史的另一个相似之处，是它们在作为一个自觉的文学体裁发展的早期，都具有强烈的科普倾向。《惊奇故事》和《新奇科幻》的科普取向相当直接和明显，当时的科幻作家和读者交流谈的也大多是科技内容，最早期的科幻迷组织直接就叫“科学通讯俱乐部”，如书中所述：

> 科学通讯俱乐部于1930年成立，该俱乐部致力于“推动科学的

发展，在大众当中普及科学，最终达到人类的完善”。根斯巴克认为科幻小说的主要功能是培养科学家，这个想法得到了许多人的推崇。

后来的坎贝尔所宣扬的科幻理念也与此十分相似。国内科幻曾经使出吃奶的力气把科幻与科普分离开来，但矫枉过正，以至于有意或无意地忽略美国科幻的这一重要阶段。科幻的科普取向不能简单地认为是对这一文学体裁的工具化，更可能是吃饱的三个包子中的第一个，不可能只吃后两个。

但对于科幻杂志与科幻文学的发展的关系，国内与美国也有着一个值得注意的重大差异。

《惊奇故事》和《新奇科幻》这样的杂志确立了现代科幻小说基本的创作理念的发展方向，与之前的传奇式科幻渐渐分离开来。在坎贝尔的《新奇科幻》周围聚集的作家们都遵循同样的创作纲领。中国的《新奇科幻》——《科幻世界》周围也曾经聚集着中国科幻的主要作家群，但并不存在一个共同的纲领。

按照相关人士的说法，当时的美国科幻杂志有一定的数量，而现在中国基本上只有这一家，如果《科幻世界》提出创作纲领，则有作茧自缚、使中国科幻文学失去多样性的危险。这也许是事实，这个差异对中国科幻文学的影响还有待研究。

最后，本书的作者把目前科幻文学的衰落也归结于杂志的式微：

没有了杂志作为中心，科幻小说将不再是一个统一体，新浪潮科幻就是一个征兆。当科幻小说分解为上百个不同的市场,分解为上千个独特的不同视野,它所依赖的那种众口一致的未来观和哲学立场也会崩塌。

作为一个老科幻迷和由此成为的作家,我翻开这本书后立刻对自己说:“哇,他是我们的人!”这种想法无疑是狭隘和浅薄的,好在本书的作者并非我这种狭隘的“科幻原教旨主义”之人,冈恩对以后来的新浪潮运动为代表的科幻文学的多样性发展都给予了正面的评价,承认了它们的价值,这在他之前编撰的《科幻之路》中也有明确的表现。要指出的是,这种宽容性在《亿万年大狂欢》中是不存在的。同时,冈恩也以豁达和坦然的心态面对科幻文学的衰落:

> 科幻小说仍处于变化之中。
>
> 它仍在不断演变。当它到达最后的终点时——且不管这终点在哪里,它已不再是科幻小说。
>
> ……在那之后,未来的发展将是模糊不定的,科幻小说的漫长旅程——从荷马到汉密尔顿、海因莱因、赫伯特再到哈兰·埃里森的如同奥德赛一般漫长的历程,即便没有到达终点,也到达了一个休憩地,一个坐下来思考的时候。明天,这个无尽的旅程将再次开始……

不管世界科幻的未来是怎样的,科幻在中国才刚刚开始它那“奥德赛一般漫长的旅程”,它将用想象力创造出属于中国的“另外的世界”(本书书名直译)，原力与我们同在！

发表于2020年8月上海人民出版社

《交错的世界：世界科幻图史》，[美]詹姆斯·冈恩 著

科幻文学中的可持续未来

各位嘉宾、现场和线上的朋友们大家好。我们今天要谈论的话题是“科幻文学与可持续未来”。

作为一种基于想象力的文学形式,科幻小说并不能够对未来做出科学的预测,它只是描述未来的各种可能性,同时也提供一个看世界和看未来的独特视角。这个视角与我们从现实看世界、看未来的视角可能有很大的不同,所以我们首先来看看,科幻的视角是什么。

大家可能都知道一张叫“暗淡蓝点”的照片,我本来想把那张照片拿来的,但我想大家应该都看过那张照片,就没有放出来。这可能是人类历史上最重要也是最著名的照片之一,它是20世纪70年代发射的“旅行者一号”宇宙探测器,在20世纪90年代初,在距地球六十亿千米的太空中拍摄的。

初看上去,整张照片都是黑色的,很仔细看才能发现这一片黑色中有一个小小的亮点。它是真的小,仅有这张照片的0.12个像素那么大,如果不加以指示,光靠肉眼是很难发现这个亮点的。有人形容它是太空中的一粒尘埃,其实是把它说得大了,按照比例计算,这个暗淡的小点放在宇宙中,它比地球大气层中的一粒尘埃还要小很多个数量级。

这个亮点就是地球。人类世界的全部,和我们有关的一切,所有活着和曾经活过的人,所有曾经有过和正在进行的历史和生活,都在这粒尘埃上面,这就是科幻的视角。对于人类的发展和未来,这个视角与我们传统的视角是有很大差异的。从这个视角去看,我们对人类社会的可持续发展会有一些新的感悟。

首先,目前可持续发展所依赖的基础,是环境保护、阻止全球气候变化、对资源开采的节约和节制,以及基于环保的绿色生活方式等。其重要性是无须质疑的,在可以想见的未来,坚守并贯彻以上的理念是人类文明得以延续的基本保障。

但是从科幻的视角看,从六十亿千米外看这颗暗淡的蓝点,我们就真切地感受到,人类世界在宇宙中是多么的渺小。对于文明的发展,这样一个小世界存在着天然的脆弱和不确定性。这些脆弱和不确定性,极大地影响着人类可持续的未来。

对发展的威胁很可能来自发展自身。世界正走在现代化的进程中,尽管近年来遇到了包括疫情、局部战争、国际社会分裂和对抗加剧等挫折,但从长远的大趋势来看,现代化的进程不可遏制。现有的不发达国家和地区,全面达到西方的发展程度和生活水平并非遥不可及的事,而如果全世界都进入这样的发展状态,我们粗略估算一下,人类将需要四个半地球的资源。所以要实现人类真正的可持续发展,我们必须找到另外三个半地球。

另外，也是更重要的，就是未来的不确定性还来自地球自然界本身。地球生态系统是一个极其复杂的系统，处于不断的波动之中。例如在漫长的地球历史中，在地球的地质纪年中，大气温度上升或下降几度是一件很平常的事，但是对于现代人类社会来说，却可能是灭顶之灾。地球平均气温上升几度，冰川融化就会导致海平面全面上升，致使沿海地区被淹没，大量人口向内地迁移，进而造成世界经济的混乱和崩溃。而地球平均温度下降几度，将导致全球农业体系的崩溃，使世界处于大饥荒之中。现在人们担忧过量的碳排放导致气温上升时，却很少有人注意到，地球的下一个小冰期可能正在到来。在地球这样一粒宇宙尘埃上，生态圈的长期稳定只是一种幻觉而已。

为了应对未来的种种不确定性，人类社会将在政治经济和文化等方面做出不断的努力。从一个科幻作家的角度来看，我们最终所能依赖的力量还是来自科技的进步。

首先，在地球的生态空间之内，技术的进步可以开发出全新的资源。在历史上，煤炭、石油、核能取代了木材，合成材料取代了棉花和皮革。在未来，科技的进步能够带来更加高效和环保的能源，能够从之前从未利用过的自然资源中，产生新的材料，能够培育出适应各种气候的高产农作物。无论是在未来变化的地球环境中生存下去，还是努力阻止地球环境发生变化，都要借助科技的力量。

如果从地球向外看，我们就看到了一条更为广阔的发展之路。太阳系中有着巨量的资源，在八大行星上，在小行星带中，人类生存和发展所需要的资源从水到金属，从有机物到核聚变材料，应有尽有。我们能够从太阳系的太空中找到的远不止三个半地球，按照地球最终可以养活一千亿人口计算，那么太阳系中的资源总量，能够养活十万个地球。

一个人只有走出摇篮，才能实现可持续的成长。而人类文明作为一个整体，要想拥有真正的可持续的未来，也必须走出地球这个摇篮，否则的话，人类的未来就可能像阿瑟·克拉克在科幻小说《2001：太空奥德赛》中描述的那样，在一片丰饶之中慢慢饿死。

这两个方向的可持续发展都是以科学技术的不断进步为基础的。在这方面，人类面对的现实并不是很乐观。我们现在所处的年份2023年，曾经无数次在科幻小说中出现，对比一下以往的科幻小说中的21世纪20年代，和我们现在已经变为现实的2023年，我们能有的也只是一声叹息。

在科幻小说中的2023年，地球的同步轨道上运行着宏伟的太空城，月球像地球的近邻近郊一样繁荣；在火星上已经建成多处人类的殖民城市，生活着数以百万的人；在小行星带进行着大规模的矿业开发；在木卫一的冰封海洋上，在海王星的轨道之外，都有人类开拓新世界的身影。太空航行已经普遍使用核动力飞船，拥有着现在的化学动力飞船不具有的运载和续航能力。

在那个2023年，也就是科幻小说中的2023年，前人们所展望的2023年，十万个地球正在诞生之中。谈到可持续的未来，这应该是一幅符合逻辑的图景。但在现实的2023年中，我们确实还看不到这幅图景的影子。

在现实的2023年，唯一与科幻小说中对这个年份的想象相近的，是信息技术的发展。在过去的三十年，信息技术以远超其他技术的速度跃进，信息网络已经渗透到人类社会的方方面面，全面而深刻地改变着我们的生活。特别是近来人工智能有了取得突破的迹象,也引起广泛的关注。科幻小说中无数次描述过的强人工智能,已经现出端倪。但是,正是信息技术的快速发展掩盖了其他科技领域进步的缓慢,造成科技全面飞速进步的假象。

如果把科学发展产生的进步看成是一棵大树的话,那么在今天,这棵树上最容易够得到的果实都已经被摘光了。科技的进一步发展和突破需要巨大的投入和长远的规划,而这一点,在目前对可持续发展所持的理念上,似乎并没有被放到最重要的位置。

目前,世界各国对于基础科学研究和航天探索的资金投入,只有对环境保护事业投入的几十分之一。现在对可持续发展的规划是建立在环境保护、节约资源和绿色生活的基础上,但要得到一个长远的、真正可持续的未来,我们还需要更多的开拓精神和进取精神。国际社会需要更长远的发展规划,需要全力关注和投入基础研究和技术创新中。在这方面的很多事业,可能只有大范围的国际合作才能完成,联合国无疑能够在这方面发挥重要作用。

科幻小说描述了未来的多种可能性,用想象力构筑了无数个未来世界,它们色彩各异、形态万千,但都有一个共同点——那里的科学技术已经发展到了很高的水平。借助于科技的力量,人类能够为自己开拓更加广阔的生存空间。这无数个想象世界中的一个将变为现实,成为我们的未来。也许在那样的世界中,人类仍然会面临来自社会发展和大自然更多的挑战。我们也必须接受未来的挑战,用发展来解决发展遇到的问题。

最后,对于人类可持续的未来,引用科幻作家乔治·威尔斯的一句话:要么遍布宇宙,要么彻底灭亡。

谢谢大家。

本文为作者在2023年第十四届联合国中文日“科幻文学与可持续未来”交流会上的演讲